CHUANGZAOXING XIEZUO
Zhongwai Jingdian Sanshi Ke

创造性写作
中外经典三十课

时代出版传媒股份有限公司
安徽文艺出版社

王朝军 著

王朝军，笔名忆然。文学评论家，鲁迅文学院第36期高研班学员。曾任《名作欣赏》副主编，现供职于某出版单位，副编审。《黄河》杂志《对话》专栏主持，长江大学兼职教授，山西省作协首届签约评论家、第七届全委会委员，大益文学院签约作家、签约评论家。发表文学评论、思想随笔若干，出版评论专著《又一种声音》《意外想象》等。获2016—2018年度赵树理文学奖·文学评论奖。

CHUANGZAOXING XIEZUO
Zhongwai Jingdian Sanshi Ke

创造性写作

中外经典三十课

王朝军 著

时代出版传媒股份有限公司
安徽文艺出版社

图书在版编目（ＣＩＰ）数据

创造性写作：中外经典三十课/王朝军著.—合肥：安徽文艺出版社，2023.8
 ISBN 978-7-5396-7707-1

Ⅰ．①创… Ⅱ．①王… Ⅲ．①小说评论－世界－现代－文集 Ⅳ．①I106.4-53

中国国家版本馆 CIP 数据核字(2023)第 014105 号

出 版 人：姚 巍
责任编辑：张妍妍 柯 谐   装帧设计：张永文 张诚鑫

出版发行：安徽文艺出版社　　www.awpub.com
地　　址：合肥市翡翠路 1118 号　　邮政编码：230071
营 销 部：(0551)63533889
印　　制：合肥创新印务有限公司 (0551)64456946

开本：880×1230　1/32　印张：8.5　字数：180 千字
版次：2023 年 8 月第 1 版
印次：2023 年 8 月第 1 次印刷
定价：36.00 元

（如发现印装质量问题，影响阅读，请与出版社联系调换）

版权所有，侵权必究

准自序

作此序之前,我刚刚修饰了标题,叫"准自序"。"准"字准确地道出了我的焦虑,我认为这也是我们的焦虑、文学的焦虑。就像这三十部(篇)被我以"课"圈定的小说范本,它们自出生之日便听任命运的安排,是拍案惊奇,还是过眼烟云,分晓很难见于当时,也未必彰于后世。其中缘由,固然是大浪淘沙,可又何尝不是信息受阻,无法有效抵达读者而导致的呢?是啊,伯乐不常有,况且伯乐也会失明。我的意思是,当伯乐做出选择时,他其实是站在"我"的圆心跑马圈地,布之于众。至于能不能把上等好地都圈进来,着实面临着诸多不确定性。

所以,"课"从来就不该是权威的诫命,也不应是驯服听众的马鞭,课以言服众,也以言激众,什么是"激"?激引,激动,激发,激活,激励也。好的课会充分动员"激"的力量集结于有限的话语文本,而它的受众将由此出发,肯定它,反对它,质疑它,辩驳它,更新它,修正它……甚或推翻它。对,可以推翻!本质上,"课"爱的是真理,而不是说出真理的人。

明确了这层规定性,我们才能从"听"的座池里跳出来,成为一个对等的"说者"。批评者之于作者是如此,读者之于批评者亦是如此。说白了,就是达成内在的对话或互动,只不过该对话或互动存在一个前提,那就是你如何才能将其保持在一个基本面上运行,而不至于失焦和失准。

失了焦点,失了水准,当然也可以发起对话,但不可持续,更谈不上深入。也就是说,你跳出来了,却轻飘飘的,不足以承担"对方"的重量。这是一个比对话行动更迫切更紧要的问题。你要"敲门",手头总得有"砖"吧,抱着一团棉花就想长驱直入,门没开,怕是你的脑门子先要遭祸了。

批评者在履行批评之前,必得备足批评的武器。同理,读者在阅读作品之前,也必得有阅读的武器。倘若将批评者视为作品的"第一读者",那么广大的阅读主体——我们,就是当然的"第二读者"。反过来也成立,即除了所谓的"批评者"之外,还有我们这些普遍意义上的"第二批评者"。在此,第二批评者取得了相对于第一批评者的选择优势,就是他可以经由批评者的眼睛通道观看作品,也可以绕过批评者,直接面对作品。而自诩为优先读者的批评者,却很难听到来自我们的声音。——他们再一次失明了。前一次失明,是器质性失明;这一次,则受制于先天性不足。

对于这一点,批评者心知肚明,他们也急啊,恨不得每天泡在"舆论"的茶馆里从善如流、闻过则喜,就算大眼瞪小眼,也强过自说自话吧。这份心情可以理解,但上哪儿找"我们"呢?是不是放在"我们"位置上的我们都爱文学,都爱读书、读小说呢?我看未必。通常的情况是:不知道读什么或读了一头雾水,导致无话可说。等而下之,则是因不读而被迫沉默。也有更甚者,想当然地就举起立场、定见、形势、利害、时尚或道德的石头扔向作品,哪怕他根本没有读过,"那又有什么关系呢?"他说,"至少我听说过'毒草',听说过'非我族类其心必异'……"硬生生把文学拽上了社会生活的轨道。后者看起来一身格式,但他忘记了这些格式是怎么塞给他的,他究竟是忠实于"人",还是忠实于几经篡改的"格"。如果某一天,他手里的"格"滑落了呢?他又怎么去面对"人",面对他自己的属性?

调子起得似乎高了些,但急是实情,这样一来就急出个我。我在讲"课",在喋喋不休地输出一个专业读者的职分,但我也迫切地想加入"我们"的行列,迫切地想占据对话的一方。所以,每当我把自己悬挂在批评者的位置上时,我就浑身不自在,直到我解下绳套,把自己转换为一个阅读者、对话者或倾听者,才仿佛在"输出"的同时赚取了"输入"。一出一入,那可是呼吸啊。我珍视这份呼吸,有如作品珍视它意义的汁液。也正是通过呼吸的孔道,我才在"课"的整整三十站行程中,发现并发明了"经典"。

我得承认,我尽其所能调度了体例的力量,比如作者素描、导读与分享、节选批读、写作提示,比如当我无法或不愿给予其中的某一部位准确命名时,也会耍些小花招,用文学的表达让它的子弹再飞一会儿。我的目的只有一个,就是向作者与读者发出双向的邀请,畅通作品的呼吸,以期作品有力地进入读者视野,并在读者的深度见证下最终完成。

经历了与作品以及站在作品后方的作者争辩之后,我将面临你——翻阅这本书的读者——尖锐而不乏挑剔的目光。这我知道。可是,荣幸来得就是那么猝不及防,当你偶然为此投射进第一缕曙光时,恰恰证明了一件关乎"课"的本能之事:对话之门开启了,而创造性,就在这门的间隙。

2023年5月26日,午后

目 录

准自序 / 001

第一课
路遥与《人生》 在成长中体验和选择 / 001

第二课
路遥与《平凡的世界》 只要没有倒下,就该继续出发 / 009

第三课
王蒙与《活动变人形》 "审父"即"审我" / 018

第四课
铁凝与《玫瑰门》 属于两个女人的秘密 / 028

第五课
余华与《活着》 为活着本身而活着 / 038

第六课
陈忠实与《白鹿原》 厚重的民族秘史 / 046

第七课
阿来与《尘埃落定》 "傻子"的牧歌 / 054

第八课
韩寒与《三重门》 青春的坎儿 / 063

第九课
麦家与《解密》 天才之心 / 071

第十课
王朔与《看上去很美》 玩儿的就是心跳 / 080

第十一课
阎连科与《受活》 荒诞照进现实 / 089

第十二课
迟子建与《额尔古纳河右岸》 鄂温克的最初记忆 / 099

第十三课
贾平凹与《秦腔》 为故乡树碑 / 106

第十四课
笛安与《告别天堂》 什么是爱情？/ 114

第十五课
李锐、蒋韵与《人间》 "人"的名分 / 124

第十六课
方方与《水在时间之下》 戏里戏外 / 132

第十七课
苏童与《河岸》 河与岸的隐情 / 141

第十八课
张翎与《金山》 百年华工魂 / 150

第十九课
莫言与《蛙》 呦呦"蛙"鸣 / 159

第二十课
王安忆与《天香》 点点杨花入砚池 / 167

第二十一课
严歌苓与《陆犯焉识》 真正的自由 / 176

第二十二课
格非与《春尽江南》 我们也在其中 / 185

第二十三课
吕新与《白杨木的春天》 苦难与清香 / 194

第二十四课
徐则臣与《北上》 破译一条河流 / 202

第二十五课
弗兰克·迈考特与《安琪拉的灰烬》 连上帝都在哭泣 / 211

第二十六课
卡勒德·胡赛尼与《追风筝的人》 "风筝"飞向哪里？ / 220

第二十七课
卡洛琳·帕克丝特与《巴别塔之犬》 "巴别塔"的美 / 228

第二十八课
维多利亚·希斯洛普与《岛》 孤独，却不孤单 / 238

第二十九课
约翰·伯恩与《穿条纹衣服的男孩》 人性的跨越 / 246

第三十课
马克斯·苏萨克与《偷书贼》 文字的羔羊 / 255

第一课 路遥与《人生》
在成长中体验和选择

《人生》和它的作者:

　　这是一部写就于四十多年前的小说,作者是路遥,如果你看过他的另一部小说《平凡的世界》的话,这个名字相信你耳熟能详。那时候,以及在以后的很长一段时间里,《人生》和《平凡的世界》都是许多中学生叩响文学之门的必读作品,他们在其中看到了自己,也看到了自己未来的路应该如何走下去。对于满怀理想和激情的青少年来说,那里面有切切实实的奋发和迷惘、曲折和无奈,当然更有一种奔涌澎湃的力量。

　　比起苏联作家奥斯特洛夫斯基的《钢铁是怎样炼成的》中的保尔·柯察金,《人生》中的高加林和《平凡的世界》中的孙少安、孙少平的道路似乎更深入中国年轻一代的心。他们身边的一草一木,他们在苦难中的执着与奋进、屈辱与笃定,都深深地扎根于我们所熟悉的这片土地。这是异域文学永远都无法替代的。千千万万青少年因有他们相伴,而走过了那段美丽而忧伤的青葱岁月,我们又怎能错过?经典的力量就在于它不因时间的流逝而丧失其价值,反而历经淘洗,迸发出更为耀眼的光芒。

说说路遥吧，一个从农村走出来的贫家孩子，通过自己的不懈努力，成为蜚声文坛的作家，他的苦难而坎坷的经历本身就是一部"人生"，而奠定他文坛地位的就是我们所要介绍的这篇成名作《人生》。人们说，路遥是用生命在写作，此言非虚，而他42岁便英年早逝，也让我们在感叹唏嘘之余更多了一分由衷的尊敬。

《人生》导读：

你将度过怎样的人生？

这是一个任谁都逃不脱的问题，路遥将小说定名为"人生"，就已经暴露了他力图展现"人生"的雄心。但哲学家的思考与小说家笔下的创作毕竟是两回事，哲学家用理论作答，小说家则用故事和故事中的人物。所以，高加林出场了，他的理想抱负、事业爱情成为一条牵系故事的主线，而他在这条线上的每一次舞蹈，又不仅仅是他自己的舞蹈，虽然大部分你都没有经历，但你敢说你以后不会经历吗？这就像农村青年对城市的向往到现在依然存在一样，历史往往存在着惊人的相似。

高加林有理想、有文化，不愿意像祖辈父辈那样面朝黄土背朝天、一辈子当农民，逃离土地才是他梦寐以求的，他发出了几乎所有生活在中国农村的青年的心声，但命运跟他开了一个大大的玩笑，经历悲喜几重天的炼狱之后，高加林又回到了他曾经厌恶甚至鄙视的乡村。直到此时，他才惊魂初定，毅然甩掉过去,开启了真正的人生之旅。你或许会问,那他以前的那些挣扎、痛苦、快乐和悲伤就不算人生吗?当然算,但我更愿意把它看作人生的前奏,而前奏意味着磨难,一次次的磨难之后,才能让我们看清楚路向何方。高加林也正是这样走过的,对与错、成与败并不重要,重要的是你得意识到,你的人生将不会平坦,迎接它远比抱怨它更让你接近人生的真谛。一帆风顺?只是美好的祝愿而已。一帆风顺?多么苍白空洞,若果真如此,还怎么品咂生活的酸甜苦辣?

爱情对你不应该是个禁忌的话题,尽管你知道,这还很遥远,也应该遥远一些,那就让我们在遥远的位置上来看看高加林的爱情选择带给我们些什么吧。在高加林被村支书的儿子顶替、免去民办教师的职务,重新成为一个农民之后,是美丽、质朴的农村姑娘刘巧珍给了他精神上的慰藉和温暖,他对巧珍的感情也同样是真诚的,即使到县城做了宣传干事,亦未改变。偶然的因素来自老同学、县广播站的现代女性黄亚萍,在亚萍的爱情攻势下,高加林经过痛苦的思索,最终屈服就范了,他抛弃了巧珍。但这种抛弃明显地带有功利的成分,在他感情的天平上,从来都是巧珍更重。不过,随着巧珍的出嫁,一切都无法挽回。

这可不是简单的陈世美抛弃秦香莲,虽以爱情为依托,但作者想告诉我们的又何尝不是如何抉择的问题?撇去爱情的外壳,你曾经历或正在经历的学业、亲情和友情,甚至是少男少女之间的某种爱慕,不都面临着选择吗?如何选择,怎样选择,将考验着你的智慧,尽管阅历尚浅的你不一定会同时遇到上述的所有,但你必须做出选择,要知道,每一次的选择都是一次成长的体验。而在人生关键处的选择,可能会影响你的一生。

柳青(一位前辈作家)说:"人生的道路虽然漫长,但紧要处常常只有几步,特别是当人年轻的时候。"被路遥奉为座右铭的这句话,你是怎样理解的呢?

节选批读:

(高加林被解除民办教师职务后,回家务农,这一天,县里正逢赶集,父亲让母亲蒸了一锅白馍,吩咐加林提到县城集市上去卖,以解家里油盐即将告罄之急。——笔者注)

当高加林挽着一篮子蒸馍加入这个洪流的时候,他立刻后悔起来。他感到自己突然变成一个真正的乡巴佬了。他觉得公路上前前后后的人都朝他看。他,一个曾经潇潇洒洒的教师,现在却像一个农村老汉一样上集卖蒸馍去了!他的心难受得像无数虫子在咬着。(是对农民、对土地的厌恶和抵触,也是今昔对比的巨大落差,让他觉得抬不起头来。)

但这一切是毫无办法的。严峻的生活把他赶上了这条尘土飞扬的路。他不得不承认,他现在只能这样开始新的生活。家里已经连买油量盐的钱都没了,父母亲那么大的年纪都还整天为生活苦熬苦累,他一个年轻轻的后生,怎么好意思一股劲儿待下吃闲饭呢?(还是面对现实吧,现实最终会让我们那点小小的虚荣心相形见绌的。)

他提着蒸馍篮子,头尽量低着,什么也不看,只瞅着脚下的路,匆匆地向县城走。路上,他想起父亲临走时吩咐他,叫他卖馍时要吃喝,他的脸立刻感到火辣辣地发烧。天啊,他怎能喊出声来!("匆匆""立刻",极言高加林之自卑、羞怯。)

"可是,"他想,"如果我不叫卖,谁知道我提这蒸馍是干啥哩?"

走到一个小沟岔的时候,高加林突然想:干脆让我先跑到这没人的拐沟里喊叫一下,到城里好习惯一些嘛!他满脸通红朝公路两头望了望,见没什么人,于是就像做一件见不得人的事一样,匆忙地折身走进了公路边的那条拐沟里。

他在这荒沟里走了好一段路,直到看不见公路的时候才站住。(叫卖还要找个没人的地方预演,可见其心里害臊到何种程度。)他站住,口张了一下,但没勇气喊出声来,又张了一下口,还是不行。短短的时间里,汗水已经沁满了他的额头。四野里静悄悄的,几只雪白的蝴蝶在他面前一丛淡蓝色的野花里安详地飞着;两面山坡上茂密的苦艾发出一股新鲜刺鼻的味道。高加林感到整个大地都在敛声屏气地等待他那一声"白蒸馍哎——"!(景物描写得恰到好处,大地"敛声屏气"是拟人手法的运用,均突出了高加林此时的尴尬处境。)

啊呀,这是那么难人!他感到就像要在大庭广众面前学一声狗叫一样受辱。

他用手背擦了一下额头上的汗水,决心下一声非喊出来不可!他狠狠地咽了一口唾沫,把眼一闭,张开嘴怪叫一声:"白蒸馍哎——"(等得人心焦啊,他可终于发声了。此处是细节描写,"擦""咽""闭""张""叫"五个单音动词准确生动地刻画了高加林喊出那几个字的不易和别扭。)

他听见四山里都在回荡着他那一声演戏般的、悲哀的喊叫声。(怪叫嘛,当然听起来像"演戏",也点明了这一声喊叫的实质。"悲哀的"暗示高加林叫喊时内心的痛苦和挣扎。)他咬住嘴唇,强忍着没让眼里的泪花溢出来。

他直愣愣地在这个荒沟野地里站了老半天,才难受地回到公路上,继续向县城走去。从他们村到县城只有十来里路,但他感到这段路是多么漫长和艰难。他知道,更大的困难还在前头——在那万头攒动的集市上!

当他走到大马河与县河交汇的地方时,县城的全貌已经出现在视野之内了。一片平房和楼房交织的建筑物,高低错落,从半山坡一直延伸到河岸上。亲爱的县城还像往日一样,灰蓬蓬地显出了它那诱人的魅力。他没有走过更大的城市,县城在他的眼里就是大城市,就是别一番天地。他对这里的一切都是熟悉的、亲切的;从初中到高中,他都是在这里度过。他对自己和社会的深入认识,对未来生活的无数梦想,都是从这里开始的。学校、街道、电影院、商店、浴池、体育场……生活是多么丰富多彩!可是,三年前,他就和这一切告别了……(他对城市是充满向往的,因此,他眼里的县城也被浸染上了更多的感情色彩,"亲爱的""诱人""亲切的"等等形容词,竟让原本一个山区的小县城成为高加林眼中的圣地。)

现在,他又来了,再不是当年的翩翩少年,衣服整洁而笔挺,满身的香皂味,胸前骄傲地别着本县最高学府的校徽。他现在提着蒸馍篮子,是一个普通的赶集的庄稼人了。

往事的回忆使他心酸。他靠在大马河桥的石栏杆上,感到头眩晕起来。四面八方赶集的人群正源源不绝地通过大桥,进了街道。远处城市中心街道的上空,腾起很大一片灰尘,嘈杂的市声听起来像蜂群发出的嗡嗡声。

他猛然想到一个更糟糕的问题:要是碰上他在县城的同学怎么办?(难道一辈子还不见人了?呵呵。)

他下意识地抬起头,先慌忙朝前后看了看。这时候他才真正后悔赶这趟集了。一般的赶集倒也没什么,可他是来卖蒸馍的呀!现在折回去吗?可这怎行呢?他已经走到了县城。再说,家里连一点零花钱都没有了,这样回去,父母亲虽然不会说什么,但他们心里肯定会难受的——不仅为这篮没卖掉的蒸馍,更为他的没出息而难受!

"不,"他想,"我既然来了,就是硬着头皮也要到集上去!"当然,他也在心里祷告,千万不要碰上县城里的同学。

他很快提起篮子,过了桥,向街道上走去。他准备穿过街道到南关里去。那里是猪市、粮市和菜市,人很稠,除买菜的干部,大部分都是庄稼人,不显眼。(曾记起我上初中时,母亲跟我讲,她为贴补家用,第一次上街卖枣的情景。她也是躲到一个犄角旮旯儿,不敢叫卖,离着摊位远远的,待有人来问"这是谁家的枣呀?多少钱一斤?"时,母亲才憋着个大红脸走过来,像是做贼一样。看来,人都是被现实逼出来的,现实是最好的人生教材。)

写作提示:

心理描写可分为直接描写和间接描写,直接描写又包括作者直接描绘人物的心理状态和人物的内心独白两种,而间接描写主要是通过人物的语言、动作、神态以及环境、景物、氛围等来烘托表现。选文中,这几种方式几乎都有。比如,第一段是作者直接描写,第三段则是动作神态描写,第四段就属于内心独白,第八段两只蝴蝶和苦艾的描写则是景物对心理的烘托等。这些描写全部都是为表现高加林怕丢面子又不得不去、硬着头皮去了又担心见着熟人的矛盾心境而服务的。

因此,运用心理描写时,有两点不能忽视,一是抓住人物在特定环境中的本质心理特征,符合人物心理的演变轨迹;二是和其他描写相互配合,形成有机的联系。选文即为范本,可细细体会。

第二课 路遥与《平凡的世界》
只要没有倒下,就该继续出发

作者素描:

路遥,男,原名王卫国,当代著名作家。1949 年生于陕西榆林一个贫苦农民家庭。1969 年回乡务农,1973 年开始写作。著有中篇小说《惊心动魄的一幕》《人生》《在困难的日子里》等。1988 年,其百万字的长篇巨著《平凡的世界》出版,后荣获第三届茅盾文学奖,被誉为"茅盾文学奖皇冠上的明珠,激励千万青年的不朽经典"。1992 年,路遥因肝病早逝,年仅 43 岁。

导读与分享:

1982 年的一个暮秋时节,位于陕北高原的陈家山煤矿迎来了一位不速之客。他 30 来岁,戴着一副深度近视眼镜,手指间一支未抽完的香烟伴随他稍显急促的步伐,或明或暗地闪烁着。他的神色看起来颇为凝重,似乎有什么很重要的事情没有完成。他扶了扶厚重的镜框,目光移向前方,不远处便是矿医院——他此行的目的地。他将在医院的小屋内进行他酝酿已久的计划,为此他整整准备了三年,是到该开始的时候了……

六年后,《平凡的世界》终于面世,此时,他已是心力交瘁、疲惫不堪,甚至过马路都需要别人的帮助。人们说,这本巨著是他用血和汗水换来的,而他却说:"只要没有倒下,就该继续出发。"

时隔三十余年后,当我们再次捧起这部小说,路遥,这个影响了几代青年人的名字,仍旧在呼唤着我们,引领着我们走进这充满艰辛和希望的"平凡的世界"。

少安和少平,一对在改革浪潮中历经苦难的农民兄弟,凭借他们的诚实和坚韧、智慧和勇气,在摆脱贫困、寻求幸福的道路上不屈地前行。少安虽然在学校成绩优异,却因家境贫寒,高小毕业即回乡务农。但他并未就此沉沦,在挑起家庭重担、供弟弟少平继续读书的同时,他开始思谋着带领全村脱贫致富。先是在全村落实农业生产责任制,而后办起了砖窑,其间,虽经历与润叶的分手、砖窑塌陷、爱妻秀莲罹患癌症等种种变故,但倔强的他仍没有被压垮。少平高中毕业后,回双水村做了一名民办教师,田晓霞给他寄来的报纸和信件,促使他萌生了离开故土到外面世界闯荡的想法。从只身一人去黄原城打工,到后来去矿上当采煤工人,无论在哪里,他都用那颗热情拥抱生活的滚烫的心面对人生的每一次悲喜。晓霞的罹难、师傅的死亡及自己为救徒弟而身负重伤,让他承受了过多的磨难与打击,也让他迅速成长成熟起来。

有人说,在两兄弟身上,似乎看到了保尔·柯察金的影子。

是的,也许从精神层面,他们有某种共通性,但在路遥笔下,少安和少平已成为成长于中国广阔农村土地上的普通大众中的一员。他们的经历我们似曾相识,似曾经历,我们在其中不断咀嚼出泪水,咀嚼出我们已经或正在经历的人生况味。尽管时代语境发生了新的变化,但时至今日,改革开放四十多年后,那些仍在辛苦劳作的农民兄弟,那些期盼团圆的留守儿童,那些仍在偌大的城市里无处安身的打工者,那些苦苦打拼的大学生,那些为起码的生存而忙碌奔波的劳苦大众,他们在《平凡的世界》里,定会看到他们自己。你就是孙少安,你就是孙少平,你就是……过去的,现在的,未来的。

因此,《平凡的世界》便不再是路遥的"世界",也不再是20世纪七八十年代的"世界",它已然踏过了历史的河流,走向了今天。

因此,《平凡的世界》便不会因为主流文学界的批评和漠视而失去它在大众中本来的光芒。

因此,《平凡的世界》便在国人的生命记忆中历久弥新,激励着一代代的读者。

因此,它是经典,而且,应该说,永远是!

节选批读:

在校园内的南墙根下,已经按班级排起了十几路纵队。各班的值日生正在忙碌地给众人分饭菜。每个人的饭菜都是昨天登记好并付了饭票的,因此程序并不复杂,现在值日生只是按饭表付给每人预订的一份。菜分甲、乙、丙三等。甲菜以土豆、白菜、粉条为主,里面有些叫人嘴馋的大肉片,每份二毛钱;乙菜其他内容和甲菜一样,只是没有肉,每份一毛五分钱;丙菜可就差远了,清水煮白萝卜——似乎只是为了掩饰这过分的清淡,才在里面象征性地漂了几点辣子油花。不过,这菜价钱倒也便宜,每份五分钱。(在列举并描述三种饭菜时,并未用相同的叙述方式,而是有所变化,这样,就避免了语言形式的雷同。重点放在对"丙菜"的描写上,目的是将"丙菜"上漂浮的"几点辣子油花"与"甲菜"的"叫人嘴馋的大肉片"形成鲜明对比,突出"丙菜"的寒酸。且照应后文:孙少平和郝红梅即使连最廉价的"丙菜"也吃不起。)

各班的甲菜只是在小脸盆里盛一点,看来吃得起肉菜的学生没有几个。丙菜也用小脸盆盛一点,说明吃这种下等伙食的人也没有多少。只有乙菜各班都用烧瓷大脚盆盛着,海海漫漫的,显然大部分人都吃这种既不奢侈也不寒酸的菜。主食也分三等:白面馍,玉米面馍,高粱面馍;白、黄、黑,颜色就表明了一种差别;学生们戏称欧洲、亚洲、非洲。("*差别*"既是经济条件的差别,也是地位的差别。学生们的戏称更强调了这种差别的等级性。)

从排队的这一片黑压压的人看来,他们大部分都来自农村,脸上和身上或多或少都留有体力劳动的痕迹。除了个别人的衣装和他们的农民家长一样土气外,这些已被自己的父辈看作是"先生"的人,穿戴都还算体面。贫困山区的农民尽管眼下大都少吃缺穿,但孩子既然到大地方去念书,家长们就是咬着牙关省吃俭用,也要给他们做几件体面衣裳。当然,这队伍里看来也有个把光景好的农家子弟,那穿戴已经和城里干部们的子弟没什么差别,而且胳膊腕上往往还撑一块明晃晃的手表。有些这样的"洋人"就站在大众之间,鹤立鸡群,毫不掩饰自己的优越感。他们排在非凡的甲菜盆后面,虽然人数寥寥无几,却特别惹眼。(此处是借代修辞,以"洋人"代指条件优越的农家子弟,一是暗示他们与大多数学生的不同,二是带有些许嘲讽和奚落的意思。本不是洋人,却装洋人,洋不洋,土不土,滑稽得很。"非凡"二字,亦在强调此意。)

……

所有打了饭菜的人,都用草帽或胳膊肘护着碗,趔趔趄趄穿过烂泥塘般的院坝,跑回自己的宿舍去了。不大一会儿工夫,饭场上就稀稀落落的没有几个人了。大部分班级的值日生也都先后走了。("趔趔趄趄""稀稀落落"均属双音叠词,即可摹状又可摹声,音律和谐、朗朗上口,形象直观地表现了"打了饭菜的人"穿过院坝时的神态和饭场上剩下几个人的松散和零落。)

现在,只有高一(1)班的值日生一个人留在空无人迹的饭场上。这是一位矮矮胖胖的女生,大概是小时候得过小儿麻痹一类的病,留下了痼疾,因此行走有点瘸跛。她面前的三个菜盆里已经没有了菜,馍筐里也只剩了四个焦黑的高粱面馍。看来这几个黑家伙不是值日生本人的,因为她自己手里拿着一个白面馍和一个玉米面馍,碗里也像是乙菜。这说明跛女子算得上中等人家。她端着自己的饭菜,满脸不高兴地立在房檐下(**以值日女生的"满脸不高兴"来烘托"姗姗来迟者"的窘境**),显然是等待最后一个姗姗来迟者——我们可以想来这必定是一个穷小子,他不仅吃这最差的主食,而且连五分钱的丙菜也买不起一份啊!(**与前文特意对"丙菜"的寒酸描写形成照应。**)

雨中的雪花陡然间增多了,远远近近愈加变得模模糊糊。城市寂静无声。隐约地听见很远的地方传来一声公鸡的啼鸣,给这灰蒙蒙的天地间平添了一丝睡梦般的阴郁。(**"远远近近""模模糊糊""灰蒙蒙"这些叠词,与前述"翘翘趄趄""稀稀落落"的作用相似。此外,以"阴郁"的环境衬托将要出场的主人公孙少平的心理。**)

就在这时候,在空旷的院坝的北头,走过来一个瘦高个的青年人。他胳膊窝里夹着一只碗,缩着脖子在泥地里蹒跚而行。(**"夹""缩""蹒跚",动词的使用准确精当,其不愿被人看到的自卑心理暴露无遗。**)小伙子脸色黄瘦,而且两颊有点塌陷,显得鼻子像希腊人一样又高又直。脸上看起来刚刚才褪掉少年的稚气——显然由于营养不良,还没有焕发出他这种年龄所特有的那种青春光彩。他张开两条瘦长的腿,扑踏扑踏地踩着泥水走着。也许这就是那几个黑面馍的主人?看他那一身可怜的穿戴想必也只能吃这种伙食。瞧吧,他那身衣服尽管式样裁剪得勉强是学生装,但分明是自家织出的那种老土粗布,而且黑颜料染得很不均匀,给人一种肮肮脏脏的感觉。脚上的一双旧黄胶鞋已经没有了鞋带,凑合着系两根白线绳;一只鞋帮上甚至还缀补着一块蓝布补丁。裤子显然是前两年缝的,人长布缩,现在已经短得吊在了半腿把上;幸亏袜腰高,否则就要露肉了。可是除过他自己,谁又能知道,他那两只线袜子早已经没有了后跟,只是由于鞋的遮掩,才使人觉得那袜子是完好无缺的。(**外貌描写贴切,真实地反映了他的穷困与寒酸。**)他径直向饭场走过去了。现在可以断定,他就是来拿这几个黑面馍的。跛女子在他未到馍筐之前,就早已经迫不及待地端着自己的饭碗一瘸一跛地离开了。

他独个儿来到馍筐前,先怔了一下,然后便弯腰拾了两个高粱面馍,筐里还剩两个,不知他为什么没有拿。(**制造悬念,为下文郝红梅的到来埋下伏笔。**)

他直起身子来,眼睛不由得朝三只空荡荡的菜盆里瞥了一眼。他瞧见乙菜盆的底子上还有一点残汤剩水。房上的檐水滴答下来,盆底上的菜汤四处飞溅。他扭头瞧了瞧:雨雪迷蒙的大院坝里空无一人。他很快蹲下来,慌得如同偷窃一般,用勺子把盆底上混合着雨水的剩菜汤往自己的碗里舀。铁勺刮盆底的嘶啦声像炸弹的爆炸声一样令人惊心,血涌上了他黄瘦的脸。一滴很大的檐水落在盆底,溅了他一脸菜汤。他闭住眼,紧接着,就见两颗泪珠慢慢地从脸颊上滑落了下来——唉,我们姑且就认为这是他眼中溅进了辣子汤吧!(此处属细节描写,非常形象,既有孙少平取残汤剩水时羞于让别人看到的狼狈相和胆怯状,又有檐水溅下等外部环境给他心理造成的强烈屈辱感,这些铺垫之后,泪珠滑落便是顺理成章了。)

他站起来,用手抹了一把脸,端着半碗剩菜汤,来到西南拐角处的开水房前,在水房后墙上伸出来的管子上给菜汤里掺了一些开水,然后把高粱面馍掰碎泡进去,就蹲在房檐下狼吞虎咽地吃起来。他突然停止了咀嚼,然后看着一位女生来到馍筐前,把剩下的那两个黑面馍拿走了。是的,她也来了。他望着她离去的、穿破衣裳的背影,怔了好一会儿。("怔了好一会儿",说明他心里生出了同病相怜、惺惺相惜之感,也有引出下文之意。)

这几乎成了一个惯例:自从开学以来,每次吃饭的时候,班上总是他们两个最后来,默默地各自拿走自己的两个黑高粱面馍。这并不是约定的,他们实际上还并不熟悉,甚至连一句话也没说过。他们都是刚刚从各公社中学毕业后,被推荐来县城上高中的。开学没有多少天,班上大部分同学相互之间除了和同村同校来的熟悉外,生人之间还没有什么交往。他蹲在房檐下,一边往嘴里扒拉饭,一边在心里猜测:她之所以也常常最后来取饭,原因大概和他一样。是的,正是因为贫穷,因为吃不起好饭,因为年轻而敏感的自尊心,才使他们躲避公众的目光来悄然地取走自己那两个不体面的黑家伙,以免遭受许多无言的耻笑!

但他对她的一切毫无所知。因为班上一天点一次名,他现在只知道她的名字叫郝红梅。

她大概也只知道他的名字叫孙少平吧?

写作提示:

选文中烘托(也可称为铺垫)和对比手法运用较多。烘托:以值日女生"满脸不高兴"烘托孙少平所处的窘境及屈辱、自卑心理。以环境的阴郁烘托主人公内心的阴郁。对比:甲、乙、丙三种菜的对比,光景好的农家子弟与普通学生的对比等。烘托与对比杂糅:整体上通过其他同学和孙、郝二人打饭场景的对比,烘托出孙、郝二人的贫穷和极度敏感、胆怯的情态。烘托是用相似或相反的事物陪衬主要表现对象,用得好,可以使主要表现对象鲜明突出。

文中的细节描写非常值得大家学习。在细节描写过程中,要注意动作、神态、语言、心理描写的相互配合,总之都必须为描写对象和具体情境服务,但又要恰如其分、传神传意。

叠词的运用也是选文很有特色的地方,增强了小说的艺术性与灵动感,须多加体会。

第三课 王蒙与《活动变人形》
"审父"即"审我"

作者素描：

王蒙，男，河北南皮人，1934年生于北京。中国当代著名作家、学者。曾任《人民文学》主编、文化部部长等职。1953年开始文学创作，后以短篇小说《组织部来了个年轻人》引起社会关注，也由此被错划为"右派"，20世纪60年代调往新疆。著有《青春万岁》《活动变人形》、"季节"系列（《恋爱的季节》《失态的季节》《踌躇的季节》《狂欢的季节》）、《季节四部曲》等近百部小说，是当代文坛上创作最为丰硕、始终保持创作活力的作家之一。

王蒙之《活动变人形》：

王蒙是大家，这个我们都很清楚，他一生创作的文学作品不计其数。《活动变人形》完成于1986年，被文学界誉为"审父杰作"。这部书写现代知识分子灵魂之痛的变形记，虽距现在已有三十余年，但其中的寓意，依然是我们未解而待解的问题。因此，也可以说所谓"审父"就是"审我"。就像鲁迅笔下的阿Q，他在受人欺侮时,用调戏小尼姑来取得某种心理上的平衡,在取得虚假的胜利之后,精神也便归于零。

"活动变人形"是一种拼图玩具,分为三部分,即脑袋、身子和腿脚,三个部分又各有自己的装饰搭配,比如腿脚,可以穿裤子、穿裙子,或穿皮鞋、穿布鞋等等,调换其中的任何一个部位或装饰,便可以组合成不同的"人形"。这个简单的儿童玩具,为什么会成为小说的名字呢?从小说中几位主人公的身上,我们应该能够找到答案。

另外,值得一提的是,王蒙在 2000 年曾被提名为诺贝尔文学奖候选人,后来虽未获奖,但至少也说明其在中国乃至世界文学领域的雄厚实力。借此也要祝贺莫言,尽管一个真正的作家并不是为获奖而写作,且诺贝尔文学奖也并非评判创作水平的唯一尺度,可毕竟不是谁都可以获得诺贝尔文学奖,就像不是谁都可以从《活动变人形》中看出"人形"之后的东西来。

如果你看出来了,那么,祝贺你。

"人形"前述:

没有什么比一个故事放在家庭里更能够说明故事本身。

倪吾诚留过洋,在 20 世纪三四十年代,那可是了不得的事,外面得敬着,家里得供着。不像现在,海归已经不稀奇,有些还沦落为"海带"或"海参",呜呼哀哉!倪吾诚一回来就受聘为大学讲师,显然不用为找工作发愁,不过,他也有自己的烦恼,尤其是在家里。

倪吾诚的家是简单的,无非妻儿老小,但也是复杂的。一是妻子静宜,乡下地主的女儿,上过两年学堂,但中学没毕业就嫁给了吾诚,一心只想着安分守己,多生孩子,节俭持家,从来不懂得什么是浪漫。二是妻姐静珍,嫁出去没两年,男人就死了,立誓守寡,绝不再嫁。自己不如意,也见不得别人好。三是岳母姜赵氏,同样是老伴去世,寡居在家。一副旧式地主婆做派,还时不时耍一耍家长的威风。这些在喝过洋墨水的倪吾诚眼里,是绝不能容忍的,统统被他扫进了传统文化的"垃圾桶"。更不能容忍的是,她们与生俱来的恶习竟然要传给下一代,传给他的一双儿女——倪藻和倪萍,这怎么能行?于是家庭战争一次次上演就是不可避免的了。

其实倪吾诚也有缺点,他致命的缺点就是心比天高,命比纸薄,夸夸其谈,百无一用。就连教书也教不好,东一榔头西一棒槌,讲了等于没讲,或者还不如不讲。可偏偏曾经的西方生活经历让他自我感觉良好,总以为占领了制高点,可以雄踞于"愚昧"和"腐朽"的中国文化之上了。那么谁是第一个批判和改造的目标?他瞄准了这个家、这个家里的所有人。因此,他那一点点可怜的知识和见识,就一股脑儿地倾泻下来,大有排山倒海之势。可是他的主要对手又是深受传统习染的姜家母女。一对三,好嘛,本来就先天不足,怎能敌过三个女人的算计?终得了个落荒而逃的结局。

倪吾诚想把他心里的圆画出来,没承想画得这般支离破碎、惨不忍睹。与此同时,他西装革履下的"小"也一步步暴露出来。他的懦弱,他的无能,他的自高自大、自以为是、自私自利,他无任何生存技能,又没有谋生活的勇气,让他将苦闷进行到底。不是说他的鄙视、他的愤恨全没有道理,也不是说姜家母女就都是"高大",而是说,改造别人、改造文化之前,须先反省和改造自己;须先认清改造对象的复杂性。活动变人形,人的性格及文化的复杂性,正如这能活动的人形玩具一样,想做一个庖丁,只有先搞清楚牛的肌理,才有可能解牛。

倪吾诚在骂娘,骂娘太愚昧,太落后,太没有文化,史福岗却爱上了他娘,而史恰恰来自让他五体投地的"文明的西方",这让倪吾诚困惑不已。一个在他看来生活在"无比幸福"的西方国度的洋人,怎么会爱上中国文化?还梦想着"有一个中国太太""有一个中国式的牢固的婚姻"……这不是昏了头了吗?从倪吾诚以后的生活经历来看,他其实至死也没有弄明白。但他不明白的,正是我们应该反思的。

> 中国的文明……有自己的独特性,独特的完整性和独特的应变能力……今后的几十年,中国也许会变个天翻地覆。但只要中国是中国,它的深层,总保存着一些不变的实质性的东西。您看着吧,老兄,不论是日本人还是军阀还是革命家,谁也改变不了中国自己的文化传统。

第三课 王蒙与《活动变人形》／021

史福岗这话没错儿,古有焚书坑儒,近有破"四旧",文化的根却依旧屹立,而越是中国文化遭受浩劫之时,我们才越感到中国文化的可贵和伟大。要不,怎么会提倡让孩子们学习《弟子规》呢?

节选批读:

(倪吾诚重病一场,在得到妻子精心照料后,终于有了力气。这天,他向妻子提出要带儿子倪藻去澡堂子洗一次澡,妻子极不情愿地拿出了变卖典当换来的、省吃俭用的钱交给他,然后父子俩就去了澡堂子。——笔者注)

也许他更小的时候父亲就不止一次带他洗过澡,但那些回洗澡的事都淡忘了。他永远不能忘记的是这一次。是在那个深秋的明亮的下午以后,是在父亲重病以后。(这话的重点在"重病以后",那这洗澡的事儿就更值得记住,更值得回味了。)"倪先生来啦""倪先生里边请""倪先生这边请",他们一进澡堂子,就受到伙计们的欢呼欢迎。"倪先生,怎么老没见啦?出门啦怎么的?""倪先生有点不舒服?您贵体欠安了?那可保不齐的,您得在意点儿!"(一看就是北京味儿,一口一个"您",而且这般殷勤,看来,倪吾诚是老主顾,但已经好一段儿没有光顾澡堂子了,这下来了,还带着个小的,伙计们能不兴奋?)"倪先生您来壶茶?龙井?香片?滇红?高末?好,高末一壶,两碗!"(高末是什么东西呢?)

北京人本来最喜欢把一些名词动词"儿化"的,"茶叶末儿",口头上也是这么说的。偏偏在正式说起喝茶买茶卖茶的时候,不说"末儿",而只说"末"。"高末"(绝不"儿化"),显得特别庄重,因而就有点可笑了。(哦,闹了半天,原来是这么回事儿,茶叶末儿啊。而且人家作者也说了,这"高末"绝不能叫"高末儿",的确是够"庄重"的,要不,客人脸上挂不住,呵呵,你说可笑不可笑?"可笑"二字,大有深意,慢慢体会。)

倪吾诚还是绷得住的,不苟言笑地要了"高末",而且向伙计明确,他们父子俩只要一个位置。("绷得住""不苟言笑",这叫装蒜,虽然要了"茶叶末儿",但也不能丢份子啊。这还不够,首先得明确俩人要一个位置,潜台词是,只掏一份子的钱。由此,倪吾诚之寒酸、之窘迫、之尴尬、之可笑、之打肿脸充胖子的心理跃然纸上。)

倪藻却似乎有那么一点不好意思。他也不好意思当着伙计的面脱光衣裳,露出自己的瘦小肮脏的身体。但父亲已经这样做了。看到仪表堂堂的父亲脱掉衣服以后变成一个他心目中的骷髅,那突出的肋骨,那弯曲的 O 形腿,那细小的踝骨和那尖小无肉的屁股,他只觉得说不出的惭愧乃至恐怖。父亲帮着他脱衣服,父亲的"肮脏身体"接触了他的"肮脏身体",这也使他觉得别扭而且厌恶,他躲躲闪闪,脸都红了。(四个"那",父亲之于儿子已是另一番模样,极写父亲身体的丑陋,与之前"仪表堂堂"恰形成鲜明的对比。"骷髅",只有骨架,没有肉啊,能不惭愧,乃至别扭而且令人厌恶吗?)

但倪藻终于脱掉了衣服,让伙计把自己的衣服与父亲的衣服一起挂到了头顶高处。来到澡堂,就由不得你不脱衣进池下水。

倪吾诚领着儿子走进了大浴室,湿热的水蒸气令倪藻喘不过气来。地又滑,一个又一个赤裸裸的发育不良的身体,青筋和红肉,脚趾和毛发,都使倪藻觉得紧张。(听起来都毛骨悚然,仅仅几个词,就活生生地刻画出"发育不良"的特征,这哪里是人?简直是恐怖片里的魔鬼嘛!)池子里的水是那样热,好可怕呀,怕不是煮人剥皮的场所?特别是"木床"上躺着的赤身裸体的人,正由另一个只在腰部系了一条毛巾的人摆布、揉搓,把全身擦得像胡萝卜一样通红。倪藻不知道这叫作"搓澡",他的感受倒像是正在进行屠宰解剖。(也难怪,倪藻还是个孩子,而他在澡堂子里看到的尽是"发育不良"的如骷髅般的身体,自然会联想起剥皮屠宰之事。这也算陌生化的表述方式吧。)而他自己呢,瘦弱不说,脖子黑不说,全身的皴已经起得如鳞片。他无法不为自己的身体,为父亲的身体,为所有的身体而自惭形秽乃至自我厌恶。("皴"读作cūn,意思是皮肤上积存的泥垢和脱落的表皮。都皴成鳞片状了,想想有多脏,这个比喻够贴切。)

这时父亲已经下了三个池子中温度最低的靠外的那个池子里去了。(父亲很细心,知道儿子小,怕烫,所以选的是温度最低的池子。)他叫倪藻也下来。倪藻却畏畏缩缩地不敢下。"太烫了!"倪藻说。于是只泡了半分钟的倪吾诚又探出了身,他坐在塘沿上,先用自己的蘸了热水的手掌在倪藻的小小的脊背上拍,再拍他的胸,他的屁股,他的腿。倪藻一开始有些躲闪,但后来拍得他咯咯地笑起来。倪吾诚也高兴了,开始把热水撩到儿子的身上。头几次撩水时,热水花一触到倪藻的身体,倪藻就要神经质地抖动一下,缩一下脖子,然后他又咯咯地笑出了声。热水已经撩了一会儿,父亲一把把孩子拖到池塘里,倪藻尖叫一声从温水里跑了出来。于是倪吾诚咯咯地笑了,他终于经过耐心地劝说、示范和一系列适应准备的完成,与儿子并排躺在温暖的浴池里了。(父亲之于儿子,是那么伟岸、高大,即便父亲的身体瘦弱如骷髅,即便父亲有这样或那样的不是,即便父亲曾经是令人厌恶和痛恨的。父亲就是父亲,永远是父亲!当父亲怀着极大的耐心和疼爱,引导倪藻下到池子里时,他又有什么理由不感到快乐和温暖呢?那是父爱的力量,是血浓于水的亲情啊!此时,我忆起了自己的父亲带我第一次洗澡时的情景,可以说几无二致。我泪如泉涌,爱你,父亲。)

倪吾诚给儿子搓泥。热水一泡,用大拇指一搓,倪藻身上的泥成条成绺成片成卷。("条""绺""片""卷",形容得多到位,小脏孩儿一个。)他告诉孩子要特别注意搓肘部、膝部和腋部及手背、脚跟、脖颈及耳后的泥。他本来要帮助倪藻搓的,但他的手掌一接触这些部位儿子就笑得弯下了腰。儿子的痒痒筋真发达,他还以为是父亲胳肢他呢。于是倪吾诚把重点放到为儿子搓洗他自己够不着的后背上,其他部位则由儿子自己搓洗。他来检查是否洗得干净。打肥皂和洗头时又出现了一点小小的问题,满头的肥皂沫在冲水时"侵犯"了倪藻的眼睛,倪藻的眼睛疼得厉害,他龇牙咧嘴,使父亲嘿嘿笑个不住。父亲一笑倪藻就急了,他差不多哭了起来,边哭边伸手打他的父亲。终于,头上的肥皂冲净了,眼角上沾带的肥皂水也擦干了。(这样的父子嬉戏图,可能许多男孩子都经历过,那是爱,是父亲的表达。)

洗完澡,倪藻只觉得神清气爽,身轻如燕,飘飘然如一步便可登天。父子俩在用了几次手巾把,喝了几次"高末",剪了指甲梳了头以后,心满意足地离开了澡堂子。

"洗澡真好!"倪藻赞道。

倪吾诚听了高兴,继而又觉鼻酸。(高兴的是,儿子通过这次快乐的经历,体会到了讲究卫生的好处;鼻酸的是,作为一个父亲,太不称职,没有也没有能力给儿子提供更好的成长条件。)

写作提示:

详写的当然是父子洗澡的整个过程,对于一个从未在澡堂子洗过澡,甚至很少洗澡的孩子来说,这一幕是让他恐惧、惊心动魄的,但接着又是快乐的、满足的、舒畅的,而作者能将倪藻的这一系列感受适时熨帖地采用多种方式表现出来,足见其中之功力和功夫。脱衣服时是"躲躲闪闪,脸都红了";下池子时,是"畏畏缩缩地不敢下";到父亲用自己的蘸了热水的手掌轻轻拍他的身体各部位时,他是"一开始有些躲闪,但后来拍得他咯咯地笑起来";后来父亲帮他搓澡时,他则"笑得弯下了腰","龇牙咧嘴",还"伸手打父亲"。由对洗澡的恐惧到享受洗澡的快乐,由和父亲的生疏到父子俩亲密无间,都体现在了字里行间的细致描写上。层层递进,终将这洗澡一幕淋漓尽致地展现了出来。

略写则是洗澡前后,但又各有侧重。洗澡前写得相对详细,主要是伙计们热情欢迎,倪吾诚尴尬应对,以及倪藻对澡堂子里的见闻的心理反应,这主要是为接下来父子二人洗澡的细节做铺垫,也有衬托、对比之意,更凸显这次洗澡经历的难忘。而洗澡后,仅寥寥数语即告收场,亦是给读者留下回味空间。

第四课 铁凝与《玫瑰门》
属于两个女人的秘密

作者素描：

铁凝，本名屈铁凝，女，1957年9月生于北京，祖籍河北赵县。当代著名作家，人称文坛"美女作家"，亦有人称她为"女性主义"作家。现为中国作家协会主席。1975年发表处女作《会飞的镰刀》，主要作品有长篇小说《玫瑰门》《无雨之城》《大浴女》《笨花》，中短篇小说《麦秸垛》《哦，香雪》《孕妇和牛》《永远有多远》《没有纽扣的红衬衫》以及散文、电影文学剧本等。其中，《玫瑰门》是铁凝迄今最重要的两部小说之一，另一部为《笨花》。

门里门外的"玫瑰战争"：

玫瑰会盛开，也会凋零，一如女人会美丽，也会衰老。将玫瑰比作女人，或将女人比作玫瑰，由头是容色，实际上却另有所指。在《玫瑰门》中我们能看到什么？难不成就是这"另有所指"？

在婆婆司绮纹眼里，苏眉充其量只是个旁观者或有限的参与者。她没有机会介入司绮纹以前的生活,因为被妈妈送来响勺胡同时,她才8岁;她也没有能力介入司绮纹现时的生活(这里的"现时"指的是小说的主体部分,即苏眉寄居在响勺胡同婆婆家的那几年),即使有,也可忽略不计,因为她,还是个孩子;待她拉着妹妹逃离响勺胡同后,更是与婆婆的世界隔绝。不过,硬币总有两面,婆婆的不以为意,却在小小的苏眉心里荡起涟漪,这涟漪所及,就像苏眉初生女儿额角上的那弯"新月",轮回罔替,留下永恒。

逃离很简单,我指的是身体,至于灵魂,则要困难得多,甚至每一步都可能是让你回归原点的西绪福斯陷阱。在两任丈夫相继在一年中死去后,司绮纹才被迫承认这一点的,她又回到了本可以断然舍弃的庄家,在这个几乎榨干了她的血和泪的空壳里,继续她的守寡生涯。不同的是,原来守活寡,现在守的是死寡。波澜不惊、平静如水,倒也是好事,这起码让司绮纹感受到自己的存在,没准儿修身养性之后,她会整装待发,开始新的生活。事实上她已经有所尝试,糊纸盒、锁扣眼、砸鞋帮、做用人、教书,她正用一双劳动之手,涤清旧社会、旧家庭的恶,站出来拥抱新政权,但事不遂愿,她劳动的资格被剥夺了,谁让她曾经是"庄家大奶奶"呢?

是非总在不经意间出现,造反运动来临,日月又换了天,不甘受冷落的司绮纹投入了一场新的斗争。响勺胡同里这个小小的四合院,便成了她上演"文革"实景剧的最佳场所。先是主动邀请革命小将抄自己的家；后是殷勤接迎革命干部罗大妈"霸占"祖产；再后是为罗大妈一家凌虐、杀害小姑子充当帮凶，诬陷自己的亲妹妹和达先生……无穷无尽的算计、无穷无尽的罪孽，都只为一个"斗"字，和"斗"字底下那不为人所察觉的自保策略。玫瑰终泅出玫瑰色的血，司绮纹那屡屡被压抑的希望也通过这场运动的转换，释放出令人战栗的寒光。

这一切，年幼的苏眉都看在眼里。

苏眉后来幸运地逃脱了，连同她的妹妹苏玮，但留在她们头脑中的印记怎能轻易地消除？尤其是苏眉，这个"无关紧要"的旁观者目睹了婆婆在一次次争斗中的卑劣伎俩，甚至是某些极微小的细节都历历在目。总之，她是恨司绮纹的，尽管这恨里还夹杂着许许多多说不清道不明的情感，比如感激、同情、怜悯，甚或还有点小小的钦佩吧。这是苏眉始料未及的，钦佩？从何而来？如果苏眉知道婆婆的过去，知道婆婆也曾是一位坚强的隐忍的对生活充满着美好向往的女性，那她就不应该为此感到诧异；如果苏眉能够透过这丑恶的表象，看清婆婆的内心世界，看清她的挣扎、她的无奈、她的情非得已，以至她的善良和果敢，那她就不会因生出钦佩而懊恼或困惑。

人性多么复杂啊，苏眉怎么可能完全了解婆婆，了解那个叫司绮纹的女人？她只是本能地以有限的经验去分辨婆婆身上的色彩，或鲜艳，或妖冶，或灰暗，但在这混乱的色布上，并不是女性的全部颜色！当苏眉回到自己的内心，一步步审视着自己的成长时,她才不情愿地发现,就女性而言,她和婆婆没有分别。只不过,婆婆被逼进门里,紧锁门扉;她则成功地突出门外,感受着玫瑰的芬芳。

一个是未脱童稚的女孩,一个是年过半百的女人,她们的交集以不信任的眼神始,以婆婆嘴角上露出笑容而终,谁也不知道这笑容代表着什么,因为,那是属于两个女人的秘密。

玫瑰之门,终于开启了……

节选批读:

她跟她第一次见面就不愉快。(开门见山,统领下文。)

妈说:"眉眉,叫婆婆。"她不叫,还把脸一扭,小黑脖子梗着,很直。

一副不招人喜欢的样子。

她是1957年出生,她的婆婆——也就是外婆,比她大半个世纪。她无法说清这个比她大五十岁的人为什么会惹她一肚子不高兴,她甚至想成心和她作对。那年她5岁。(陌生?有点,毕竟从出生到现在,她头一次见外婆,但人与人冥冥之中还有一种命定的缘分,显然,她跟她不投缘。)

在5岁的她面前,婆婆显得格外高大,显得非常漂亮和气派。她那洁白细腻的脸、红润的双唇和夹杂了少量银丝的满头黑发,使她看上去比本来的年纪要年轻许多。她的体型偏瘦,却有一双秀气而又丰满的手:手掌短而窄,手指修长、溜圆,手背的皮肤还绷得很紧,看不见血管。(手掌、手指、手背,随眉眉目光的移动,次第作简要描述,既符合逻辑顺序,又紧紧围绕手的"秀气"和"丰满"展开。)外婆随便地扬起一只手,不断把微微弯曲的短发捋顺,对5岁的她说:"个儿倒是不矮,就是瘦。"(这话怎么听怎么别扭,倒不像是从亲外婆嘴里讲出来的,婆婆的性格已略可见。)

"关你什么事?"眉眉把脸转向妈。

妈妈或许没有看见转过脸来的眉眉,她正坐在宽大的梳妆台前胡乱照镜子。镜台前有一只丝绒面的杌(wù)凳,紫红。("紫红"俩字,足够。)

眉眉觉得妈妈现在不该照镜子,应该和她站在一起替她说话。不说她,说别的也行,这样婆婆就不会光注意她了。(她恨不得在婆婆面前化作空气,孩子心理哦。)

妈妈照起来没完,就像觉得镜子里的她比她自己好看似的。妈妈也在向后抚弄头发,头发没弯儿,很黑很密。

"眉眉,把茶杯递给我。"婆婆吩咐她,仿佛测验她的智力。

她进幼儿园时老师就这么测验她,让她认方块,认圆圈,还认红黄蓝白黑。现在婆婆让她认茶杯。

她早坐了下来,妈妈旁边有个高杌凳,她两条腿离地悬着。

茶杯用不着认。(哼!就是要杠着,看你怎么着吧!)

"要是整天坐着不动,倒也叫大人省心。"婆婆说,发现眉眉的不可造就,于是眉眉站起来。

"叫婆婆!"妈妈可能注意到外婆和外孙女之间的什么了,不再照镜子。

"婆婆!"她倒是叫了,声音很小,觉得这个称呼很难。叫,是为了证明她和婆婆之间没有什么,证明她没有不高兴。她想不明白她为什么要自己做这种证明。

婆婆没有明确的答应,就开始笑话她的口音:"怎么和丁妈说话一个味儿?"

婆婆笑出了声儿,嗓子咯咯地哆嗦着。妈妈也笑,但没声儿,是一种无可奈何的笑。(婆婆笑,是一种得意的笑、傲慢的笑,无所顾忌,所以笑出了声;妈妈笑,是一种不情愿的附和,夹在亲生母亲和亲生女儿之间尴尬的笑,所以发不出声。人物的微妙心理,在两种笑的对比中尽显。)

她坐上了妈妈空出来的那个丝绒杌凳几乎要哭。她顺手从镜台上拿起一支眉笔(她以为是铅笔)背过手便使劲在丝绒面上乱画,她画得狠,想把那丝绒画个乱七八糟,最好再扎个窟窿。她们凭什么把她和一个没头没脑的丁妈联系在一块儿?丁妈是谁?反正不是好人,不然为什么有人笑。她画了一阵就把那笔悄悄往杌凳底下塞,让你们永远也找不到。(这是心理描写,始终从还是5岁的眉眉尚有限的经验视角出发。)

丁妈是妈妈小时候的保姆,家在虽城附近的农村。妈妈都上了大学丁妈才离开婆婆家,于是她们就突然扔下眉眉谈丁妈。妈妈说前几年还见过丁妈一面,背驼得厉害,两只手患着类风湿,还净打听大奶奶(眉眉自然不知道大奶奶就是婆婆)。后来没再见过面,兴许不在了。她们沉默一阵,好像都很怀念她。(好像?这种怀念很可疑。)

也许是想起了丁妈的缘故,她们忽然想起该吃午饭了。婆婆出去了一会儿,买回了菜,买回了"螺丝转儿"(一种面食,呈饼状,外皮是一根根烙成金黄色的面丝,极细,一碰即碎)和馒头。菜其实是肉和香肠。有一种鲜红透明、吃起来甜丝丝的肉,后来眉眉才知道那叫叉烧肉,婆婆只称它为"叉烧"。妈做了一个汤,婆婆吃了很多香肠和叉烧,也不让妈妈吃。(婆婆和妈的感情也不怎么地,何况对眉眉?)一边吃着,一边挑剔那叉烧的不地道。

"哪儿赶得上'天福'?"婆婆说。

"还有'天福'?"妈问。

"有。也不如从前。"

妈不挑剔,给眉眉往馒头里夹了几块香肠和叉烧,就自己吃自己的了。眉眉没吃出什么滋味,她注意着桌上的"螺丝转儿",却没人让她。

吃完午饭就睡午觉,这像是婆婆家两个挨着的节目。窗帘被拉得严严实实,屋里一下子暗淡下来。她们睡,也让她睡。宽大的床罩揭开了,她被夹在妈妈和婆婆当中,三口人睡在一张软而大的床上。这床的栏杆很高,床头有**两根又细又高的铜柱子,柱子之间连着烦琐、奇怪的花纹,很亮,有铜锈味**。("严严实实""暗淡""铜锈味",表明婆婆家环境气氛的逼仄,几乎让人喘不上气来。)

闻着这种铜锈味,婆婆和妈妈很快就睡着了。她睡不着。她既不愿意把脸冲着妈妈,也不愿意把脸冲着婆婆,就平躺着看天花板。她看到天花板上有凸出来的大圆圈套小圆圈,她就数圆圈。那圈儿就像她在湖边往水里扔小石子时,水一圈套一圈地向外扩展一样。

一只吊灯就吊在当中最小的一个圈子里。

婆婆打起了奇怪的小呼噜,发出"吱儿吱儿"的响声,像吹着吹不响的哨子。吹着哨子,她的脸不再漂亮,下嘴唇耷拉下来,嘴角淌出口水,浸湿了枕头的一角。妈妈也打着呼噜,妈妈的呼噜更怪:打着打着就断一会儿气,气上来再打。(哈哈,有遗传吧?)

眉眉像蛆一样在床上咕哝。(以蛆做比,贴切)她有点故意,她想用这咕哝使她们惊醒。但她们不醒,她们不在乎她这小手小脚的小咕哝。她们睡得很是心中有数,很有主意。也许她们做着一个梦,梦里一片光明。昏天黑地的是眉眉。

这昏天黑地的午觉使她莫名其妙,但她们一定要睡,要的就是这莫名其妙。("莫名其妙"点到了实质,眉眉来婆婆家莫名其妙,婆婆说话吃饭睡觉打呼噜莫名其妙,所有婆婆家的一切,都让眉眉莫名其妙,在这莫名其妙的背后,恐怕是更为莫名其妙的"玫瑰战争"吧。)

午睡前她们总要吃两粒小药片,婆婆先吃,吃完再发给妈妈两片。婆婆吃得轻松顺利,把药随意含在嘴里,不用汤水也能咽下;妈妈却吃得勇猛坚定,她先把药"砍"进嘴里,再深深喝进一口水,水砸着嗓子,药被水砸下去。("砍""砸"相呼应,形象至极!)

眉眉觉得妈妈的吃药里仿佛有一种表示:入乡随俗,回家吃药。婆婆吃她不得不吃,她吃就得有足够分量的水,那药才能咽下去。(婆婆过着养尊处优的生活,这点妈妈自然不能比,眉眉细腻地观察到了其中的微小差别。)

尽管许多年后她知道她们咽的不过是和睡觉毫无关系的VC,但她仍然觉得她们的咽和睡就是一个不可分割的整体,这整体常使她生出几分恐惧。

每天中午她都领受着同样的恐惧。因为恐惧她想逃跑,又因为恐惧她才没有逃跑。她就那么在两个女人中间不安生着,咕哝着熬着时光,等待一个窗帘被拉开的时刻。(其中应该有隐喻的成分,暗示着眉眉未来的某种生活轨迹。)

写作提示:

"不愉快"是眉眉和婆婆第一次见面的基调,因此,所有的描述都应服务于这个基调。在选文中,主要是通过动作、语言、心理和环境描写来完成的。动作,如婆婆略带嘲讽的笑;语言,如婆婆对眉眉一次次冷冰冰的评价;心理,如眉眉被嘲笑后的愤恨以及这种灰暗陈腐的生活给她带来的恐惧和逃离感;环境,如床头那两根又高又细的铜柱子。作者通过这些描写的措置安排,很好地构建出了板滞、沉闷的环境,进而烘托出人物的不愉快。

  肖像描写亦是文中亮色,尤其是对婆婆的描写,由脸及唇及发及手,未多着墨,却于寥寥数笔之间,将婆婆雍容尊贵的气质推到读者面前,也从侧面说明婆婆优裕的生活境况。

第五课 余华与《活着》
为活着本身而活着

作者素描:

余华,男,1960年生于山东高唐。1984年开始发表作品,中国先锋派小说的代表人物。著有长篇小说《在细雨中呼喊》《活着》《许三观卖血记》《兄弟》《文城》等。其中《活着》曾荣获意大利格林扎纳·卡佛文学奖、第三届世界华文"冰心文学奖",入选台湾《中国时报》10部好书、香港《博益》15本好书、"20世纪中文小说百年百强"和"20世纪90年代最有影响的10部作品"。后被张艺谋改编为同名电影,获1994年法国戛纳电影节评委会大奖和最佳男演员奖。

导读与分享:

1860年,美国作曲家史蒂芬·柯林斯·福斯特妻子家中的一个老黑奴不幸亡故,这给福斯特的内心造成了极大的震动。这个老黑奴是福斯特的多年好友,他的亲人早已先后离世,他生前却依然乐观地活着,友好地对待每个人。老黑奴这种对待生活的态度既感染了福斯特,也触发了这个遭受诸多生活磨难的作曲家创作的灵感,于是他写下了歌曲《老黑奴》。

　　……为何哭泣?如今我不应忧伤,为何叹息?朋友不能重相见,为何悲痛,亲人去世已多年。我听见他们轻声把我呼唤,我来了,我来了,我已年老背又弯,我听见他们轻声把我呼唤……

　　正是这首脍炙人口的美国民歌,让作家余华下定决心写小说《活着》,写"人对苦难的承受能力,对世界的乐观态度"。

　　《活着》区区十二万字,可以说是长篇中的"短篇",但一部作品的分量,又岂能用字数来衡量?篇幅虽短,却包含着生活的全部。福贵从一个嗜赌成性的富家子弟到一位孑然一身的放牛老人,饱经了世事的变迁与人生的苦难。

　　如果说父亲因"我"输光家产而一命归天是"我"人生轨迹发生戏剧性转折的开始,那么接下来所发生的一切,才是"我"成为一个普通人之后体验到的真正的生活。母亲、儿子、爱妻、女儿、女婿,这些至亲之人曾经是"我"对生活尚抱有希望的依凭,但他们的相继亡故又一次次让"我"跌落到冰冷的谷底,即便是"我"唯一的外孙都没有逃脱死神的眷顾。苦难似乎是覆压在"我"身上的魔咒,始终桎梏着"我"在人世挪移的每一步。但接踵而至的苦难也让"我"更清醒地认识到,"活着"有它超越岁月与死亡的更深刻的意义,那就是:"活着"的态度。

"人是为活着本身而活着的,而不是为了活着之外的任何事物所活着。"余华在序言中,这样表达他当初之所以写《活着》的初衷。这句话同时也在提醒我们,尽管我们不可能像福贵一样,经受如此凄惨至极的人生,但我们必定会面临人生路上许多看似无法承受的不幸与打击,试着接受苦难并勇敢而积极地面对苦难,才是我们的心灵走向成熟的精神之路。

　　《活着》借用一位老人对自己身世的诉说,道出了挣扎于社会底层的小人物在时代沉浮与社会变革中的普遍生存状态,与《秦腔》相类似,它也采用了第一人称"我"的叙事手法,但《秦腔》中的引生仅仅是"清风街"人事的旁观者,而福贵既担当了家庭苦难的叙述者,又是小说的主人公。双重身份的设定,或许让我们在阅读《活着》时能读出更多的自己。

　　选段中,福贵的女儿凤霞因难产死后,一家人悲痛欲绝……

节选批读:

　　那天雪下得特别大(以自然环境中的"雪"渲染凤霞死时的凄凉氛围,使环境与人物当时的心境相呼应,这是典型环境中塑造典型人物的现实主义创作手法),凤霞死后躺到了那间小屋里,我去看她一见到那间屋子就走不进去了,十多年前有庆也是死在这里的。(解释"走不进去"的原因:"我"的一双儿女都死在同一间屋里。这样不仅勾起了对有庆的怀念,更表明凤霞的死给"我"带来了又一次无情的打击。)我站在雪里听着二喜在里面一遍遍叫着凤霞,心疼得蹲在了地上。雪花飘着落下来,我看不清那屋子的门,只听到二喜在里面又哭又喊,我就叫二喜,叫了好几声,二喜才在里面答应一声,他走到门口,对我说:

"我要大的,他们给了我小的。"(此刻,二喜处于极度悲伤之中,话语表达上自然不够清楚连贯,其实,他想说的是:本来要保住凤霞的命,却偏偏阴差阳错,孩子生下来了,妻子凤霞反而没有活下来。从这句简短的话语中,也可见二喜对妻子的亡故毫无心理准备。)

我说:"我们回家吧,这家医院和我们前世有仇,有庆死在这里,凤霞也死在这里。(照应前文中"有庆也死在这里"。)二喜,我们回家吧。"

二喜听了我的话,把凤霞背在身后,我们三个人往家走。("我们三个人往家走",说明福贵到现在都无法相信凤霞死了,在他的心里,凤霞依旧是一个活脱脱的人。这种幻觉描写在下文中也有呈现。)

那时候天黑了,街上全是雪,人都见不到,西北风呼呼吹来,雪花打在我们脸上,像是沙子一样。二喜哭得声音都哑了,走一段他说:

"爹,我走不动了。"

我让他把凤霞给我,他不肯,又走了几步他蹲了下来,说:

"爹,我腰疼得不行了。"

那是哭的,把腰哭疼了。回到了家里,二喜把凤霞放在床上,自己坐在床沿上盯着凤霞看,二喜的身体都缩成一团了("西北风""雪夜"与凤霞的死亡导致他的肉体和心灵遭受了双重的寒冷,用"缩成一团"来形容,贴切自然)。我不用看他,就是去看他和凤霞在墙上的影子,也让我难受得看不下去。那两个影子又黑又大,一个躺着,一个像是跪着,都是一动不动,只有二喜的眼泪在动,让我看到一颗一颗大黑点在两个人影中间滑着。我就跑到灶间,去烧些水,让二喜喝了暖暖身体,等我烧开了水端过去时,灯熄了,二喜和凤霞睡了。(此处是侧面描写,突出了二喜对凤霞难以割舍的汩汩深情。"二喜和凤霞睡了"与前文"我们三个人往家走"类似,都是幻觉表现手法的运用。)

那晚上我在二喜他们灶间坐到天亮,外面的风呼呼地响着,有一阵子下起了雪珠子,打在门窗上沙沙乱响,二喜和凤霞睡在里屋一点声音也没有,寒风从门缝冷飕飕地钻进来,吹得我两个膝盖又冷又疼,我心里就跟结了冰似的一阵阵发麻,我的一双儿女就这样都去了,到了那种时候想哭都没有了眼泪。(情景交融,福贵"想哭都没有了眼泪",可见他已心力交瘁,真真是"欲哭无泪"啊!)我想想家珍那时还睁着眼睛等我回去报信,我出来时她一遍一遍嘱咐我,等凤霞一生下来赶紧回去告诉她是男还是女。凤霞一死,让我怎么回去对她说?(提及家珍等回信,自然过渡到家珍得知女儿死去的反应。)

有庆死时,家珍差点也一起去了,如今凤霞又死在她前面,做娘的心里怎么受得住?第二天,二喜背着凤霞,跟着我回到家里。那时还下着雪,凤霞身上像是盖了棉花似的差不多全白了。一进屋,看到家珍坐在床上,头发乱糟糟的,脑袋靠在墙上,我就知道她心里明白凤霞出事了,我已经连着两天两夜没回家了。我的眼泪唰唰地流了出来,二喜本来已经不哭了,一看到家珍又呜呜地哭起来,他嘴里叫着:

"娘,娘……"

家珍的脑袋动了动,离开了墙壁,眼睛一动不动地看着二喜脊背上的凤霞。我帮着二喜把凤霞放到床上,家珍的脑袋就低下去看凤霞,那双眼睛定定的,像是快从眼眶里突出来了。我是怎么也想不到家珍会是这么一副样子,她一颗泪水都没掉下来,只是看着凤霞,手在凤霞脸上和头发上摸着。二喜哭得蹲了下去,脑袋靠在床沿上。我站在一旁看着家珍,心里不知道她接下去会怎么样。那天家珍没有哭也没有喊,只是偶尔地摇了摇头。凤霞身上的雪慢慢融化了以后,整张床上都湿淋淋了。(细节描写,丧女之痛尽显无遗。尤其要注意,"那双眼睛定定的,像是快从眼眶里突出来了""手在凤霞脸上和头发上摸着"等几处,母爱的细腻与温柔在此得到了淋漓尽致的体现。)

凤霞和有庆埋在了一起。那时雪停住了,阳光从天上照下来,西北风刮得更凶了,呼呼直响,差不多盖住了树叶的响声。埋了凤霞,我和二喜抱着锄头铲子站在那里,风把我们两个吹得都快站不住了。满地都是雪,在阳光下面白晃晃刺得眼睛疼,只有凤霞的坟上没有雪,看着这湿漉漉的泥土,我和二喜谁也抬不动脚走开。(阳光下的雪也染上了人物的情感色彩,变得刺眼起来。"我和二喜谁也抬不动脚"同样反映了二人对凤霞的依依不舍之情。)二喜指指紧挨着的一块空地说:"爹,我死了埋在这里。"

我叹了口气,对二喜说:"这块地就留给我吧,我怎么也会死在你前面的。"(翁婿二人之间的对话颇有深意,既表明二喜欲死后与凤霞葬于一处的愿望,也是为后文二喜先福贵而去埋下伏笔。)

写作提示:

情景交融是选文最大的特色。在描写凤霞死后一家人的悲伤时,并没有就情感而写情感,这样反而会显得贫乏和苍白,而是处处依托人物情感的变化,融入"风"与"雪"这些能够渲染悲凉氛围的环境描写,让人物的情感在环境的映衬下得到最大限度的呈现。此外,还注意到时空变化对"雪"的影响,由下雪至雪花、雪珠,再到雪停,时序上完成一个自足的循环的同时,凤霞难产而死这件事也告一段落。

要学会通过语言、动作及心理等表现手法,表现不同人物在不同场景中的思想情感。人物性别、经历、性格等因素都会对人物的语言动作和心理产生一定的影响,有时甚至是决定性的,所以,我们在刻画人物时,不可千人一面,要不断地在生活中观察和体会。

选文中多次提到有庆的死及"雪"的变化,这说明,前后照应并不单单存在于我们所熟知的整体段落结构上,具体到段与段、句与句,乃至词与词,都有可能用照应的手法联结起来。且照应的具体方法也有很多,比如时间上、空间上、人物上、心理上、物体上,等等,所以,不要固守一种,根据写作情况的不同,选用合适的照应方法,往往让你的文章更显严谨。

第六课 陈忠实与《白鹿原》
厚重的民族秘史

作者素描：

　　陈忠实，男，当代著名作家，1942年生于陕西西安东郊灞桥区西蒋村。1965年初开始发表作品，著有短篇小说集《乡村》《到老白杨树背后去》，中篇小说集《初夏》《四妹子》《夭折》，散文集《告别白鸽》，文论集《创作感受谈》等。长篇小说《白鹿原》是其成名作，亦是最能体现陈忠实艺术功力的代表作品，于1993年获第四届茅盾文学奖。2016年4月29日，陈忠实因病在西安去世。

导读与分享：

　　在人民文学出版社出版的《白鹿原》单行本的扉页上印着这样一句话："小说被认为是一个民族的秘史。"这是19世纪法国大文豪巴尔扎克的名言，也是《白鹿原》这部长达50万字的长篇小说所力图达到的高度。事实证明，无论从历史的广度抑或深度，《白鹿原》都堪称是一部厚重的"民族秘史"。其恢宏壮丽的史诗风范和史诗气度，着实为当代文学树立了一块丰碑。

从清末到中华人民共和国成立之初的近半个世纪内,关中平原上的白、鹿两大家族,为了争夺白鹿原的统治权,展开了一场惊心动魄、波诡云谲的殊死较量。先是白嘉轩以退为进,施巧计换取了原本属于鹿家的风水宝地,而后,鹿子霖又以小娥为饵,色诱白嘉轩之子白孝文,以致父子反目、不相往来……直至鹿子霖在镇压黑娃的集会上被吓疯之后,两家的恩怨方告结束。然而,斗争并不是《白鹿原》的全部,在双方斗争的表象之下,还潜隐着对民族命运更为深入的思考。白嘉轩作为白鹿村的一族之长,奉行的是以传统儒家文化为核心的思想道德理念,为此,他身体力行,时时处处都在实践和维护着儒家传统,而鹿子霖、白孝文、黑娃、田小娥、鹿兆鹏、白灵等人又在不同向度上充当了这一文化体系的疏离者与背叛者的角色,白嘉轩一心想恢复和建立起来的传统社会文化秩序,在白鹿原五十年的人事变迁中,逐步走向了衰竭乃至覆亡的境地。当他的长子白孝文以政府的名义将黑娃枪决时,他心中仅存的一丝希望也在顷刻间荡然无存。曾经恪守不渝的信念,在历史沧桑的洗濯之后,竟是那么渺小和不堪一击,我们这个民族究竟应向何处去,是无限止的争斗,还是在时空的演进中重塑民族的魂灵?这恐怕是《白鹿原》留给我们的至为关键也至为凝重的话题。

《白鹿原》在艺术上的成功实验,也是其成为"中国当代小说巅峰之作"不可或缺的因素之一,小说将"东方文化的神秘感、性禁忌、生死观同西方文化、文学中的象征主义、生命意识、拉美魔幻现实主义相结合",创造了一种既神秘奇崛又厚重沉实的叙事风格。

节选部分主要讲述的是白孝文与父亲白嘉轩分道扬镳之后,正赶上一场大旱,颗粒无收,随之而来的是饥馑降临,白孝文无奈之下将分家时得到的所有田地和房产转卖给鹿子霖,又将卖得的钱和情人小娥买大烟抽,最终身上不剩分文。饥饿异常且烟瘾发作的白孝文不得不拉下脸来上街讨饭,当长工鹿三以"半是同情半是揶揄"的口吻提醒他白鹿仓"放舍饭"时,他既感到羞耻,又急不可待……

节选批读:

孝文仰躺在土壕里气得半死,串村溜墙根讨饭时,熟人用白眼瞅他、孩子们喝狗咬他他都能做到心平气和,料想不及鹿三竟会如此强烈地刺激起他的羞耻感,盛怒终于冷寂下去,腹腔里似有一条蚰蜒在蠕蠕拱动,接着一条变成二条三条无以数计的蚰蜒在空荡荡的腹腔里翻搅攻掘,脑子里盘旋着鹿三走出土壕时留给他的三个字:放舍饭。(以蚰蜒蠕蠕拱动做比较,更形象化,目的在于凸显饥饿给孝文带来的撕心裂肺的痛苦感觉,由"一条变成二条三条无以数计",则将这种饥饿感推向极致;"翻搅攻掘"又与孝文的心理活动"盘旋"相接,自然过渡到孝文的心理活动。一个比喻,两种效果。)饭已经十分陌生,现在又变得十分切近十分鲜活十分生动。(四个"十分",反复使用,前一个"十分"表明他已很久未进食,后三个"十分"层层递进,且与前一个"十分"形成鲜明对比,暗示其潜意识被唤醒后,对"饭"的极度渴望。)两三天来水米不进,孝文早已没有饥饿的感觉,也没有饥饿的胁迫,现在饥饿的感觉重新苏醒,饥饿的痛苦又胁迫着他站立起来,到白鹿仓去吃舍饭:他的意志集中劲强烈,拄着打狗棍子站立起来,走出土壕爬上慢道仰起头来,弟弟孝武刚刚走到跟前。孝武是从鹿三口中得知孝文在土壕濒死的消息,他说:"哥,回家吧!"

"不回!"孝文昂起头执拗地说。

"你已经走到绝路了,再没路可走了。"

"路还没绝哩——我去抢舍饭吃呀!"

"你该想想,你咋能去抢舍饭?"

"抢舍饭好!比讨饭好,比回家吃你一碗饭都好!"

"你不顾脸面……也该想想祖先!"

"要脸的滚开……不要脸的吃舍饭去啰!"

……

(此处为语言描写。"不回"加叹号,并交代孝文的动作神态,意图表明孝文的强硬态度;后面之所以不再标明说话主体,原因有三:一是不言自明;二是增强对话的连贯性;三是突出孝文急欲去吃舍饭,不愿与孝武多纠缠的心理。对话中用省略号,亦表明须简短截说,既是无关宏旨之语,便不必尽数道来。)

孝文很得意自己对鹿三和孝武的强硬态度,凭着骤然涨起的一股气力走到白鹿仓外的舍饭场上来了。白鹿仓围墙外开阔的原野上,因为干旱未能播种而闲歇着的田地里,万头攒动,喧哗如雷,像是打开了箱盖嗡嗡作响的蜂群,更像是一个倾巢而出的庞大蚂蚁家族,站着的躺着的坐着的攒动着的男人女人老人和娃娃(**多个定语修饰词与多个主语并列使用,且不用标点,与上文的"蜂群"和"蚂蚁"恰形成视觉与心理上的重合,即杂乱、拥挤不堪。**),一片褴褛的衣裤构成混浊的洪水,四面八方仍然源源不断涌动着人流朝这里会入。孝文刚刚进入时心里一阵畏怯,很快就被一张张饥饿的面孔和粗鲁的咒骂所激励,拄着棍子朝人流密集的地方蹚去。开阔的原野上临时垒起八九个露天灶台,支着足有五尺口径的大铁锅,锅台的两边各架着一只大风箱往灶台下送进风去,火焰从前后两个灶口呼呼啸叫着蹿起一丈多高,灶锅前拥挤着的尽是年轻人,密实到连一根麦草也插不进去。(**孝文逐渐向舍饭场中心位置移动,场景亦随其视角而展开,先是"露天灶台"和"大铁锅",后是"锅台两边"的"大风箱",再是"灶锅前"拥挤着的"年轻人",由远及近,由整体至具体,写作内容井然有序。**)民团团丁挥舞着棍棒,强令人们排起三路纵队,刚刚形成的队列在团丁们转过身时又顷刻瓦解,蜂拥的程度更加激烈。孝文在这种混乱中趁机挤到前沿,看见了热气蒸腾的铁锅里翻涌着黄亮亮的米粥,顿然懊悔得哭叫起来,天哪!旁人手里都攥着一只黄碗或一只瓦盆儿,自己空着手拿什么盛饭呢?他又挤出人窝儿,打算跑回镇子去借一只碗来,肩膀却被谁一把揪住了。(未直接交代"揪住"孝文的施动者,而是以"谁"来代替,造成悬念。)他情急之下愤怒地回过头,鹿子霖惊讶地笑着说:"啊呀呀老侄儿!你咋能跟这些人住一窝里挤哩嘛!"孝文挣了挣肩膀没有挣脱就急了:"哎呀快手开手!我忘了拿碗我去借碗呀!来迟了就给旁人舀完咧!"他觉得鹿子霖的手抓得更紧更狠了,愈加气急地叫:"你再不放手我就骂呀……"鹿子霖脸上浮起一缕难过的神色,倒换了一只手又抓住他的胳膊,拨开混乱拥挤的人群,不由分说拉着他走进白鹿仓围墙上临时挖开的豁口。(此处亦是语言描写,却在对话前后详细描述对话者的动作神态,尤其是鹿子霖的表情及动作,"惊讶地笑""浮起一缕难过的神色""拨开混乱的人群""不由分说"等,这里,他虚伪、狡诈、急欲让孝文在众人面前丢脸的心理昭然若揭。与前述语言描写的目的不同,故方法各异。)孝文根本没有力气与抓着他胳膊的那只手抗衡,他被拉进白鹿仓的院子又进入一间屋子,一抬头就看见姑夫朱先生坐在一张桌子旁边,哑然闭口垂下头来。

屋子里的人全都嘘叹起来。这里坐着的是临时组成的白鹿仓赈济会的成员,包括鹿子霖在内的九个保障所的乡约,各管一项分工,负责向原上饥民施舍饭食,总乡约田福贤自任会长,他们构成了白鹿原上流社会。(特意提到是"上流社会",说明鹿子霖就是要让生于"上流社会"却沦落为乞丐的白孝文,以败家子的形象出现在众人面前,遭受来自"上流社会"的羞辱,其目标直指白孝文的父亲白嘉轩,用心何其歹毒。)大家瞅着鹿子霖拉进门来的白孝文,衣裤肮脏邋遢,头发里锈结土屑灰末儿和草碴儿,脸颊和脖颈粘满污垢,眼角积结着的干涸的眼屎上又涌出黄蜡蜡的新鲜眼屎,令人看了作呕,挽卷着裤脚的小腿上,五花血脓散发着恶臭。(外貌描写。土屑灰和草渣儿属块状固体,与头发长时间贴在一处,如头发生锈一般,故用"锈结";污垢则较为稀软,附着在脸颊和脖颈的皮肤上,自然像粘在上面;而眼屎由液体状干涸至固体状,正如冲积后凝结而成,用"积结"二字形容,再合适不过;"新鲜眼屎"则呈液态,所以要"涌出",且以色彩"黄蜡蜡"形容,更可突出其肮脏邋遢、令人作呕之仪容;另,"血脓"以"五花"出之,可见其身体部位已有溃烂之象,"五花"二字贴切、新奇,产生了陌生化效果。)从德高望重的白家门楼里逃逸出来的这个不肖之徒,使在座的白鹿原上层人物触目惊心、感慨不已,争相发出真切痛心惋惜怜悯的话。孝文不仅得不到丝毫的温暖和慰藉,反而更加窘迫,彻底地领受到堕落者的羞耻,再也说不出对鹿三和孝武那些赌气的硬话了(与前文和鹿三及孝武之对话形成照应)。鹿子霖端着四五个馍馍走进来,正要递给孝文,一直也没有开口的朱先生制止了鹿子霖的举动,挥手让他把馍馍拿走,沉静地说:"让他多饿一阵儿好。"

写作提示:

情节设置跌宕起伏,叙述节奏舒缓有致。仅仅是一个"吃舍饭"的情节,就有孝武苦苦相劝、孝文断然拒绝,鹿子霖假意帮扶,实则羞辱,众人"痛心惋惜怜悯"及朱先生暂拒"舍饭",四个看来难以预料却又顺理成章的小故事前后连贯而成。在如此紧张激烈的情节发展中,又能于叙述间隙,揳入人物的心理活动及景物的描写,故意放慢叙事速度,以维持叙事的内在张力,确属不易。我们在写作时,不妨多加学习,以使自己笔下的故事生动丰富起来。

艺术手法,诸如语言、动作、神态、肖像、心理甚至潜意识的描写等,这些方法的运用并不是孤立的、死板的,也不是越多越好,须根据所表达内容的需要,适当择取其中一种或多种,但切记要贴合内容本身,灵活处置。

无论是方法技巧,还是语言的运用,都要顾及上下文语境的整体性,不能因为某个环节的疏漏而破坏了整篇文章。譬如说对话描写,不同身份、不同地位、不同境况的人,其语调、语速及语言表达的方式都会有哪怕是细微的差别,因此,我们在写作中就要将这种细微之处表现出来。多体会一下选文中的两段对话,看看它们是如何与选文的主旨相契合的。

第七课 阿来与《尘埃落定》

"傻子"的牧歌

作者素描：

阿来，男，原名杨永睿，藏族，当代著名作家，1959年生于四川阿坝藏族羌族自治州的马尔康县。1982年开始写诗，20世纪80年代中后期转向小说创作。著有诗集《棱磨河》，小说集《旧年的血迹》《月光下的银匠》，长篇小说《尘埃落定》《空山》《格萨尔王》，长篇地理散文《大地的阶梯》等。《尘埃落定》获茅盾文学奖时，他41岁，是迄今为止唯一获此殊荣的藏族作家。《尘埃落定》被评论界誉为"一部艺术、思想、文化价值极高的作品，一部新的美学范典"。后被改编为同名电视剧，获第二十一届大众电视金鹰奖长篇电视剧奖。2002年入选教育部新课标必读丛书，是当时茅盾文学奖中唯一入选作品。

尘埃之旅：

人们大多并不了解土司制度，它在新中国成立后就消失了，像川藏高原上空的云彩一样，被风一吹，就倏然而过。但它确实存在过，而且在阿来的笔下重新聚合，甲乙丙丁，子丑寅卯，又来了段波谲云诡、浪漫神秘的传奇故事。谁是传奇？就是那傻子，麦其土司第二个女人所生的儿子。

这是个聪明的选择，如果那个他不是傻子，那场夺嫡之争又怎么会比康熙的九个龙子斗得更为步步惊心？如果那个他不是傻子，那场与女土司的女儿、漂亮女子塔娜的分分合合又怎么会让我们这些见惯了郎才女貌、才子佳人式爱情的男男女女新鲜一把？如果那个他不是傻子，我们又怎么会惊异于他比聪明人还要聪明百倍的脑瓜？……一句话，没有傻子，就没有这场传奇。

是傻子主导了传奇，但传奇再奇，充其量也只是一个精彩的故事而已，搭台唱戏，观众一片叫好声之后，若没有回味，戏的分量就轻了。那就先回味吧，再回头看故事也不迟。

试问人的一生，顶重要的是什么？低级点说，是吃喝拉撒睡；高级点，就是事业和爱情了。傻子若是真傻，能正常地吃喝拉撒睡已属不易，哪还有脑水儿去想什么事业爱情？可偏偏他就想了、做了，还做得比别人好，比别人成功，最后搞得他老爸都不得不承认是自己当年看走眼了。可见，傻子并不傻，是阿来从中作梗，给他背了口"傻子"的黑锅，不过傻子也乐于给自己贴上这个标签，这是他的护身符、他的通行证，他进入尘埃之旅的特殊通道。所以他毫不讳言："我是个傻子。"

这下可好，"我"，也就是傻子开始发威了。"我"不是拙嘴笨腮、木讷少言、反应迟钝吗？那就用眼睛去看，看尽土司家族

第七课　阿来与《尘埃落定》／055

的残暴冷血和土司治下那些如蝼蚁般生活的奴隶;用耳朵去听,听遍窗外画眉的鸣啭和风雨掠过田野上空时的嘶吼;用脑袋去想,想煞"聪明人"不屑或无暇去想的问题。"我"是谁?"我"在哪里?"我"应该做什么?这些个乍一听非常可笑的问题,竟成了傻子每天必修的功课,他时刻都在审视自己,自己的周边、历史和未来。老子说"知人者智,自知者明",聪明人做到了"智",却未必能做到"明",这也许就是傻子高人一等的地方,以至于他虽没有当成土司,在别人眼里,却是"土司们的土司"。这个出于仇人之口的称呼,很直观,也很客观。它道出了小说中始终以第一人称"我"出现的傻子从出生那天起就命定的人生旅程,由不可能成为土司到离土司只有一步之遥,由失去做土司的机会到将众土司玩弄于股掌之中,然后就是这"土司们的土司"的末日——一把刀扎入了肚皮。持刀者并不是"红色汉人",而是寻仇者。老土司当年种下的恶果,终于以两个儿子的丧命得到报应。巧合的是,正是那个冤大头多吉次仁的小儿子杀死了傻子的哥哥,大儿子又结果了傻子的性命,这就有些刻意了,可这刻意之后,恰恰是一种证明:麦其土司家及其所代表的土司制度的灭亡,表面上是因"红色汉人"的到来,实质上却是自身已走到了尽头,走向了崩溃。

在此,傻子在小说中的身份才愈加凸显出来,他既是土司制度的见证者,又是预知土司制度行将消失的先知先觉者,还是亲手瓦解土司制度的领路人,更是让我们看到如此一段历史的叙述人。不过,这还远远不够,想要分清他究竟演了多少种角色还真不容易。所幸,还有"土司们的土司"这个称谓教人去遐想,尽管历史的尘埃已然落定,这个美丽的地方不再有土司和土司治下的生灵……

好了,还是让我们抛下这沉重的主题,来看看傻子,看看那个家、那些人、那片土地和那个寄寓着他灵魂的充满美丽和忧伤的地方吧。与我们一样的是,那里也有爱恨情仇、生老病死,与我们不一样的是,那里还有一个故事、一段传奇、一曲沧桑哀婉的牧歌。

节选批读:

("我"在北方边界开设市场,大获成功,而哥哥在南方边界却一败涂地。"我"带着无数的财富和最美丽的女人回到麦其土司的官寨不久,被割掉舌头的书记官也奇迹般会说话了,这一切让众人在惊骇之余,也坚定地认为"我"就是给他们带来好运的人,民心迅速向"我"靠拢。——笔者注)

济嘎活佛从人群里站出来,走到我的面前,对着麦其土司,也对着众人大声说:"这是神的眷顾!是二少爷带来的,他走到哪里,神就让奇迹出现在哪里!"(活佛的用意再明显不过了,对着麦其土司,是向他暗示,傻子才是最合适的土司继承人;对着众人,是要向大家广而告之,以赢得百姓的支持,同时也有意凸显他诠释的正确性和权威性。)

依他的话,好像是我失去舌头又开口说话了。("我"这样理解,说明自己还不知道活佛的话意味着什么,也为我后来没有利用机会成为土司埋下了伏笔。)

活佛的话一出口,土司一家人紧张的神情立即松弛了。(本来还忐忑是福是祸,现在可以安心了。)看来,除了哥哥之外,一家人都想对我这个奇迹的创造者表示点什么,跟在父亲身后向我走来。父亲脸上的神情很庄重,步子放得很慢,叫我都有点等不及了。(哥哥生怕"我"抢了他继承人的位置,此时自然是羡慕嫉妒恨,又怎么会表示呢?而在父亲"庄重"的神情和缓慢的步伐中,我们似乎能感觉到他正在下定决心准备将土司位子传给小儿子。)

但不等他走到我跟前,两个强壮的百姓突然就把我扛上了肩头。猛一下,我就在大片涌动的人头之上了。(一慢一快之间,原先的节奏看来是要被打乱了。)震耳欲聋的欢呼声从人群里爆发出来。我高高在上,在人头组成的海洋上,在声音的汹涌波涛中漂荡(此处为暗喻,海洋、波涛,即写人多和声音的此起彼伏。)两个肩着我的人开始跑动了(肩,名词用作动词,意同"扛"),一张张脸从我下面闪过。其中也有麦其家的脸,都只闪现一下,便像一片片树叶从眼前漂走了,重新隐入了波涛中间。尽管这样,我还是看清了父亲的惶惑,母亲的泪水和我妻子灿烂的笑容。看到了那没有舌头也能说话的人,一个人平静地站在这场陡起的旋风外面,和核桃树浓重的阴凉融为一体。(四人表情各异,心理亦各不相同。父亲惶惑,是因为不知道将会发生什么,同时又隐隐地担心傻儿子会立马僭越其位;而母亲的泪水分明是为亲儿子即将当上土司高兴得不能自持;至于妻子,一切都在预料之中,她的喜悦之情自然溢于言表;而那个书记官,最有学问,也最为理性,他的平静似乎另有深意。)

激动的人群围着我在广场上转了几圈,终于像冲破堤防的洪水一样,向着旷野上平整的麦地奔去了。麦子已经成熟了。阳光在上面滚动着,一浪又一浪。人潮卷着我冲进了这金色的海洋。(金色的麦地,意味着"我"该有所收获了。)我不害怕,但也不知道他们为什么如此欣喜若狂。(谁让"我"是傻子呢?呵呵。)

成熟的麦粒在人们脚前飞溅起来,打痛了我的脸。我痛得大叫起来。他们还是一路狂奔。麦粒跳起来,打在我脸上,已不是麦粒而是一颗颗灼人的火星了。(以灼人的火星作比,形容疼痛的感觉一阵接一阵,频率极高。)当然,麦其土司的麦地也不是宽广得没有边界。最后,人潮冲出麦地,到了陡起的山前,大片的杜鹃林横在了面前,潮头不甘地涌动了几下,终于停下来,哗啦一声,泄完了所有的劲头。

回望身后,大片的麦子没有了,越过这片被践踏的开阔地,是官寨,是麦其土司雄伟的官寨。从这里看起来显得孤零零的,带点茫然失措的味道。(暗指"我"的家人茫然失措,父亲和哥哥所惧怕的没有到来,母亲和妻子所希望的也没有到来。)一股莫名的忧伤涌上了我心头。叫作人民,叫作百姓的人的洪水把我卷走,把麦其家的其他人留在了那边。从这里望去,看见他们还站在广场上。他们肯定还没有想清楚发生了什么事情,才呆呆地站在那里。我也不清楚怎么会这样。但我知道有严重的事情发生了。这件事情,在我和他们之间拉开了这么远的一段距离。拉开时很快,连想一下的工夫都没有,但要走近就困难了。(是呀,机会转瞬即逝,你已经失去了成为继承人的最佳时机。)眼下,这些人都跑累了,都瘫倒在草地上了。我想,他们也不知道这样干是为了什么。这个世界上就是有奇迹出现,也从来不是百姓的奇迹。……高潮的到来,也就是结束。激动,高昂,狂奔,最后,瘫在那里,像叫雨水打湿的一团泥巴。

两个小厮也叫汗水弄得湿淋淋的,像跳到岸上的鱼一样愚蠢地大张着嘴巴,脸上却是我脸上常有的那种傻乎乎的笑容。(这里有埋怨俩跟班的意思,怎么能像我一样傻呢?也不提醒一下。以张着嘴巴的鱼作比,将两个小厮的呆傻状刻画得淋漓尽致。)

天上的太阳晒得越来越猛,人们从地上爬起来,三三两两地散开了。到正午时分,这里就只剩下我和索郎泽郎、小尔依三个人了。我们动身回官寨。

那片麦地真宽啊,我走出了一身臭汗。广场上空空荡荡。只有翁波意西(就是被割去舌头后又说话的书记官)还坐在那里。坐在早上我们两个相见的地方。官寨里静悄悄的,没有一点声音。我真希望有人出来张望一眼,真希望他们弄出点声音。(巨大的阴影笼罩在了傻子的头上,他是否在劫难逃了呢?)秋天的太阳那么强烈,把厚重的石墙照得白花花的,像是一道铁铸的墙壁。太阳当顶了,影子像个小偷一样蜷在脚前,不肯把身子舒展一点。(如此苍白、落寞的景象,更衬出激昂之后的空虚,疯狂之后的怅惘,可怕的沉默之后,一场暴风雨将不期而至。)

写作提示:

　　这里谈个老问题,就是写作的间架结构,或者也可以说是先写什么、后写什么。讲一个事情,总有发生、发展、高潮、结局,这都是我们耳熟能详的,可真的写出来,又不是那么回事。因为其中要注意的因素太多,且在不同的情况下,又必须做不同的处理。那怎么办呢?我的建议是,不管怎样,先照着自己的意思写出来,再一项一项做细致的修改,一开始可能改得次数多,慢慢熟练了,改得就会少了。

　　选文摘取的是一个事件,从起因到结局,我们都看得很清楚,不再赘述。但在这些主干上枝丫的安排却是我们应该格外留意的。大体上,有如下几处。一是济嘎活佛说完那句话后不是直接转入核心事件,而是先交代土司一家人的反应;二是人群开始跑动后,插入"我"对麦其家诸人的表情观察;三是人群在杜鹃林前停下来之后,散去之前,用一大段的篇幅描写了"我"回望官寨时的情景以及"我"当时的心理;四是"我"回到官寨广场上的情景。这几处看起来是"横生枝节",实际上却起到了丰满主干的作用。因为在整个事件中,决定"我"能不能当上土司的不是百姓,而是土司一家人,"我"最在意的,自然是他们的反应,所以,"我"会下意识地去关注他们的感受。

此外,有两个不为人注意的细节,也使选文增色不少。那就是第二段"我"对济嘎活佛的话的理解以及人群冲进麦地时"我"的心理感受。虽是一句成段,却是点睛之笔,说明"我"从事情开始到结束都是被人们推着往前走,"我"根本就没有清晰地认识到事件的本质。在这里,"我"的傻气又冒出来了,自然也不会有什么好的结局。

第八课 韩寒与《三重门》
青春的坎儿

韩寒和他的"三重门":

  《三重门》是韩寒的成名作,也是他的代表作,由此奠定了他作为"80后"作家领军者的地位,那时,郭敬明和张悦然虽不能称为无名小卒,但与韩寒的"光焰万丈长"相比,张悦然就不仅仅是逊色一丁半点了。至于后来他们的并驾齐驱,似乎总有些炒作的嫌疑,因为一旦把某人强拉硬拽进某一群体,他带着锋芒的个性便会被群体的鼓噪声摧残。所以用"青春文学"这种小儿科的称谓来圈定《三重门》(也包括韩寒后来创作的小说),是不合适的,恐怕就是作者本人也不会答应。这就像读者问韩寒当时为什么要以"三重门"来命名这部小说时,韩寒回答"我忘了"一样,点破干吗?点破了就真的小儿科了,倒不如让它在那儿悬着,说不定还有"悬壶济世"的功用呢。当然,能"济世"是吹牛,能读得过瘾,再激发出点有深度的,哪怕是不知天高地厚的想象和思考,也不枉韩寒17岁坐在高二的课堂上奋笔疾书,以致荒废学业的"苦心孤诣"。

  书是要读,但千万不要学"三重门"里的主人公林雨翔,也不要学现在还不知道在哪重门外游走的韩寒,他和韩寒都是"另类",另类不是学出来的,天生如此,能奈几何? 就像李白,人们再怎么羡慕他的"九天银河",也只能乖乖地循着杜子美的实用主义路线跋涉。这不,顶着作家、职业赛车手、杂志主编、"公知"帽子的韩寒,下一站去向何方,对我们来说,依旧是葫芦里的药,悬着呢……

一重,二重,三重:

是人,就都要过坎儿,什么工作的坎儿了、爱情的坎儿了、生活的坎儿了,等等,不一而足,但总归离不开"人生"二字。林雨翔(《三重门》的主人公)也有自己的坎儿,大概算是青春的坎儿吧。这个话题,你一定不会陌生,反而会感到亲切、会陶醉,外加思绪飞扬。因为,经历过青春期的人,都有一箩筐的记忆可以回味。导演便揪住了人们那根最易引发泪腺分泌的神经,一时间"致青春"似乎成了人们缅怀曾经的年少轻狂、祭奠浪漫理想主义的完美悼词,小试牛刀就如此轰轰烈烈,要是大试一下,还不让导演都去喝西北风? 当然,这是玩笑话。我只是意在说明青春的卖点实在是太好找了。韩寒当年是否也如此想,我们不得而知。不过,我宁愿相信,《三重门》讲述青春仅仅是必然的选择和偶然的巧合相互叠加的结果。必然,是因为韩寒当年只是个高二的学生,他的人生经验已被客观所限,舍青春便无甚可写;偶然,是因为他碰巧就在那个时候写《三重门》,如果是现在,恐怕会是另外的样子。

先不管那么多,反正就这么着了。林雨翔在上海的一个小镇上唯一的一所中学上初三,马上面临毕业升学,这时,学校里来了个叫马德保的语文老师,因为欣赏林雨翔的文采,把他吸收进了文学社,然后便是有关文学、有关考试、有关升学、有关友谊、有关情感的是是非非。故事就是那些故事,无论是怎么百转千回、曲折动人,都脱不了大多数青春校园故事的窠臼。这么说来,《三重门》不过如此?非也!正如"三重门"这个书名,三重(chóng)挈三重(zhòng),膨胀溢流出来的,单单"青春校园"这口锅怎能盛下?

这第一重,是学识。尽管这学识总绕着文史哲政经转圈圈,但我们依然会为作者小小年纪便"学富五车"而惊讶得说不上话来。古文自不必说,什么《史记》《左传》《战国策》,《镜花缘》《聊斋志异》《闲情偶寄》,诗词也是一捞一大把,杜甫的《佳人》、曹植的《美女赋》、柳永的《蝶恋花》……乃至《万历野获编》这样少人问津的明人笔记,都被他充作了行文的材料,其他诸如孔德、孟德斯鸠、菲尔丁、奥斯汀,一长串西方的文化名流,也不得不俯首于《三重门》下,甘愿由着他调侃摆布。你越往下看,越觉得眼红心热、自惭形秽,用如今时髦的话讲,就是羡慕嫉妒恨。

这第二重,是幽默,且是冷幽默。看似正儿八经、面目严整,絮絮叨叨个没完,却不知里面预先藏着暗道机关,只待最后一句出口,定然教你忍俊不禁、哑然失笑,直为其狡黠而赞许,为其机

智而称道,为其老辣、深刻而立马扑地不起。别不服气,拈来一例,试以佐证。比如写到林雨翔去补作文课:

> (老师)牛炯说写作文就是套公式,十分简单……然后给学生几个例子,莫不过"居里夫人""瓦特""爱迪生""张海迪"。最近学生觉得写张海迪写烦了,盯住前三个作文章,勤奋学习的加上爱因斯坦,不怕失败的是爱迪生,淡泊名利的是居里夫人,废寝忘食的是牛顿,助人为乐的是雷锋,兢兢业业的是徐虎,不畏死亡的是刘胡兰,鞠躬尽瘁的是周恩来,等等。就是这些定死的例子,光荣地造就了上海乃至全国这么多考试和比赛里的作文高手。更可见文学的厉害。一个人无论是搞科研的或从政的,其实都在为文学做奉献。

第三重,则是妙喻连篇了。(恕文字所限,不再举例,后面"读书笔记"中自有分解。)单从这点来说,韩寒就必定是私淑钱锺书的,虽然韩之《三重门》与钱之《围城》相比,尚欠火候,但偷艺偷到这份儿上,已属不易,好事者非要替韩寒一争高下,就未免八卦了,一是没必要,二是没劲,想钱老若有灵,亦不屑之。

三重捋下来,诸位以为如何?还是觉得不过瘾吧?那就自己找书来读,还有四重、五重、六重呢。

节选批读:

(雨翔刚参加完中考的最后一门考试,自感答得不尽如人意,故心里颇为忐忑。——笔者注)

三天一晃而过。化学交完卷后,雨翔说不清心里是沉重还是轻松。(沉重是担心考得差,轻松是终于熬过了该死的考试,两者皆有吧,这里恐怕是沉重更多些。)他一个人在路上算分数,算下来县重点应该不成问题,市重点基本无望。但人往往在无望时才最相信奇迹。据说奇迹不会出现在不相信奇迹的人身上,所以雨翔充分相信奇迹。兴许奇迹出现,阅卷教师热昏了,多加十分二十分。(人到命运主宰在他人手里时,往往会做白日梦。)但相信奇迹的人太多了,奇迹来不及每个人都光顾,雨翔做好最坏的打算,去县重点也未尝不可,距离产生美感。(这里有个背景需要交代,即雨翔恋着的那个苏珊和他事先约定一块儿上市重点。若他考不上,也只能以"距离产生美感"来自我安慰了。)雨翔不知道因为距离而产生的美感与思念都是暂时的,都是源于一方不在身边的不习惯,一旦这种不习惯被习惯了,距离便会发挥其真正作用——疏远。(这句话妙在借题发挥,通过条件的置换,点出距离产生美感之外的另一种情况,那就是疏远。)所以由距离产生的美感就像流行歌曲磁带里的第一首主打歌,听完这首歌,后面就趋于平淡了。(这个比喻妙在,让主人公好不容易生出来的那点希望无情地破灭,所以换个角度,你可能就会看到另一副面孔,韩寒够尖锐吧?)

等待分数的日子是最矛盾的,前几天总希望日子过快点,早日知道分数,一旦等待的日子过到中段后,总恨不能时光倒流,然而那时候,日子也更飞逝了。(越希望时间停下,越觉得时间飞快,二元悖反。)这几天里雨翔翻来覆去算分数,连一分都不愿放过,恨不得学祖冲之算圆周率精确到小数点后第七位。(看孩子恓惶的。)

傍晚五点,林父告诉雨翔分数提早一天出来了,今晚就可以知道。雨翔的心震一下。分数已经出来成为现实,幻想也一下子不存在了。又想去看分数又不想去看,往往一个勇气快成形时另一个总是后来居上,如此反复。林父说:"你自己考出来的分数你自己去问吧!"

这句话余音绕梁,飘忽在雨翔心里。这时罗天诚来一个电话问雨翔分数知道否,一听"否",说:"我也不知道,可我太想知道了,不如——哎,对了,你听说了吗?四班里一个女的考不好自杀了,你不知道?真是消息封闭,你在深山老林里啊?我去问分数了……"

雨翔茫然地挂上电话,原来心理承受能力差的已经在中考、高考两个坎里被淘汰得差不多了。(虽是俏皮话,但总让人为中国的教育揪心,乃至悲哀。)这样锻炼人心充分体现了中国人的智慧,全世界都将为之骄傲!转念一想,这种想法不免偏激,上海的教育不代表中国的。转两个念再一想,全国开放的龙头都这样,何况上海之外。说天下的乌鸦一般黑,未免夸大。

雨翔在房里犹豫要不要去问分数。他不怕进不了县重点，因为无论无名之辈或达官贵人，只要交一些全国通用的人民币，本来严谨的分数线顿时收放自如(**拟人手法，"收放自如"四字力道极深**)。但市重点就难了。倒不是市重点对这方面管得严，而是要进市重点要交更多的钱。以保证进去的都是有势之人的儿子。(**旁逸斜出，不照常规出牌，让人大跌眼镜之余，多了些对现实骨感的认识。**)以分数而论，雨翔已经断了大部分进市重点的希望，但纵然是密室，也有通风的地方。雨翔尚存一丝希望。三思之后，雨翔觉得既然分数已经是注定的了，明天看也不会多几分，不如及早圆了悬念。

　　街上的风竟夹了一些凉意，这是从心里淌出来的凉意，想想自己恶补了几个月，还是情缘不圆，令人叹惜。(**物由心生，凉意自然是从心里淌出来的；情缘不圆，意指自己料想考不上市重点，无法和苏姗修成正果。**)

　　学校教导室里灯火通明，但知道消息的人不多，只需略排小队。前面一个父亲高大威猛，一看到分数笑也硬了，腮鼓着，眼里掩饰不住的失望。(**聊聊几语，即入木三分。**)礼节性谢过老师，喝令儿子出去，走道上不断传来那父亲阴森森的声音：'你不争气，你，你……哎！"这几句话如恐怖片里的恐怖音乐，加深了雨翔的局促不安。(**恐怖音乐？看来雨翔是自己吓自己，就差没抽羊角风了。套用本山大叔的话，奉劝雨翔，学生最大的悲剧就是分没出来，人先没了。**)雨翔的脸是冰冷的，但手指缝里已经汗

第八课　韩寒与《三重门》

水淙淙,手心更是像摸鱼归来。(此喻虽简单点,但尚算贴切,摸了鱼的手黏糊嘛。)

写作提示:

语言运用上的妙、奇、新、切,是《三重门》最值得称道的地方,也是撑起这部小说的关键因素。选文亦不例外,尤其是那些独特的感悟性的旁白和贴切且深刻的比喻,在给人以阅读愉悦的同时,也留下了充分的想象和思考空间。而且常常是妙语中有妙喻,妙喻中有妙语,二者在故事情节的发展中,如兄弟手足,同声相应、同气相求。如选文中关于"距离产生美感"的新颖见解就是和流行歌曲磁带的比喻相映成趣的。再如第五段中对中国教育的调侃,"乌鸦"这个喻体的出现,以及对"天下乌鸦一般黑"的另类阐释,就更有一种其义自现、回味无穷的效果。

第九课 麦家与《解密》
天才之心

谁是麦家?

麦家,男,1964年生于浙江富阳。中国当代著名小说家、编剧,被誉为"中国特情文学之父""谍战小说之王"。1983年毕业于解放军工程技术学院无线电系,1986年开始文学创作,后进入中国人民解放军艺术学院文学创作系学习,曾任浙江省作家协会主席。

从简历看,麦家的小说之所以大多涉及谍战、密码、无线电侦听等领域,应该得益于他在军事院校的科班出身和专业优势,不过能将故事和专业知识无缝对接,并以小说的形式精彩呈现,确是一件了不得的事。当然,了不得的还在后面,伴随《暗算》《风声》《风语》《刀尖》等长篇小说及影视剧的相继问世,麦家也一跃而为最炙手可热的作家,各类文学奖纷至沓来。其中最有分量的应该算是第七届茅盾文学奖了,颁给了《暗算》,但这怎么看都是个错误,《暗算》充其量就是几个不相干的中篇故事的合集,况且叙述过程中的不尽合理处比比皆是,与之相比,《解密》无疑是更有资格获此奖项的。如今《解密》赢得的巨大声誉和广泛好评,也间接证明了这一点。

解密《解密》:

> 世上所有的秘密都藏在梦中,包括密码。
>
> ——容金珍

"这并不是一部惊悚悬疑类小说。"英国《经济学人》周刊如是说。惊悚悬疑有惊悚悬疑的套路,至于什么套路,地球人都知道,无外乎通过神秘诡异的故事情节或阴森恐怖的气氛渲染,给人以心理上的巨大冲击。而《解密》或许会令人失望,名为"解密",却并没有解开我们所期待的秘密,比如容金珍是怎样层层剥茧、寻踪觅源才破译紫密的,其中的步步惊心、险象环生呢?类似的疑惑还有很多,应该说,这都是我们的心理定式使然。不过,当我们走进小说的叙述时,将会很快把原先的想法丢进垃圾桶里,由猎奇而关注起人物的命运来。容金珍后来怎么样了?这可能是大多数读者在阅读过程中的频频闪念。这就对了,正中麦家的下怀!

故事同样是生动的,如果你不再痴迷于那些主观臆想的秘密。

容金珍,外号大头虫,继承了他祖母的大头,还有数学天赋,又从洋先生那儿学得英文和解梦之术。8 岁前没上过一天学,却无师自通,发现并总结出乘法口诀,接着又摸索出等差数列求和的演算公式;每天用英语读《圣经》,书上的故事能倒背如流。上学后,直接进中学读书,并连跳几级,以全省第七名的成绩顺利考入赫赫有名的N大学数学系。其惊人的数学才华很快被他的老师——犹太籍教授希伊斯发现(希伊斯是当时世界顶尖的数学家,后因战乱流落到N大学执教。),并力荐他去斯坦福大学读书。可是命运弄人,正当他准备起程踏上繁花似锦的道路时,一场灾难突然而至,他被永久地留在了中国……

如果你不愿让作者牵着鼻子走,那么把这里当作起承转合之"转"是再合适不过的,因为,容金珍的人生由此被彻底改变了,他攀登数学顶峰的脚步还没有发力,便戛然而止。但谁也没有想到,另一个高峰就像专为他量身定做一样悄然耸立,等待着他披荆斩棘、一往无前。这座高峰便是破译密码的高峰。

在接下来的叙述中,麦家充分地发挥了他在密码破译方面的专长,让我们在为这项神秘事业啧啧称奇的同时,渐渐走进他的叙事阴谋而不能自拔,不过此阴谋非彼阴谋,当事人斗智斗勇、殊死搏杀的谍战剧情并未如期上演,反而是无关破译过程的前前后后成了故事主体:神秘的瘸子、无人知晓的通信地址、特别单位701、幽灵般的希伊斯、几乎不可能破译的紫密黑密……这些听起来甚为诡异且令人毛骨悚然的人、事,不过是为容金珍的壮举聊以点缀罢了。事实证明,从始至终,唯一支撑他走向成功的便是那颗几近偏执的天才之心。也正是这天才之心,让他甘享孤独,乃至因一个小小的意外而黯然陨落。正如作者所言:"破译密码是一位天才努力揣摩另一位天才的'心'。这心不是美丽之心,而是阴谋之心,是万丈深渊,是偷天陷阱,是一个天才葬送另一个天才的坟墓。"从这个意义上讲,容金珍葬送了别人(破译紫密),也被别人葬送(因丢失笔记本而致疯,未能破译黑密)。由此,在麦家笔下,我们看到了两场阴谋——他用一场叙事的阴谋讲述了另一场破译的阴谋。

节选批读:

(破译紫密十年后,比紫密更为先进和高级的黑密如幽灵般出现,这一次容金珍苦苦追索三年,进展却极其缓慢,于是701和总部在北京联合召开黑密研究会商讨对策。会后,容金珍便与随行的瓦西里踏上了返程的列车。——笔者注)

半夜里,容金珍被火车进站时的咣当声惊醒。出于一种习惯,他醒来就伸手去摸床下的保险箱。箱子被一把链条锁锁在茶几腿上。

在!(简洁明了,说明他的注意力只集中于一点,即保险箱在还是不在。)他放心地又躺下去,一边懵懵懂懂地听到月台上零散的脚步声和车站的广播声。

广播通知他,火车已经到达 B 市。这就是说,下一站就到 A 市了。

"还有三个小时……"

"就到家了……"

"回家了……"

"只剩下一百八十分钟……"

"再睡一觉吧,回家了……"(五句话如梦呓般,且始终围绕回家和时间,表明他已放松警惕,归家心切。)

这样想着,容金珍又迷迷糊糊地睡过去。不一会儿,火车出站时的噪音(借喻,以噪音喻火车的鸣笛声)再次将他弄醒,而接下来火车愈来愈紧的咣当声,犹如一种递进的令人亢奋的音乐,不断地拍打着他的睡意。他的睡眠本来就不是很沉,怎么经得起这么蹂躏?睡意被咣当声碾得粉碎(此处使用了两种修辞。一为通感,睡意为机体觉,咣当声为听觉,碾得粉碎为视觉;二为夸张,以"碾得粉碎",极写睡意顿消之状),他彻底清醒过来。月光从车窗外打进来,刚好照在他床铺上,阴影儿颠簸着,忽上忽下,勾引着他惺忪的目光("勾引",拟人修辞)。这时候,他总觉得眼前少了样东西,是什么呢?他懒洋洋地巡视着、思忖着,终于发现是挂在板壁挂钩上的那只皮夹——一只讲义夹式的黑皮夹——不在了。他立马坐起身,先在床铺上找了找,没有,然后又查看地板上、茶几上、枕头下,还是没有!

当他叫醒瓦西里(701 的警卫,被派来保护容金珍,因电影《列宁在一九一八》中列宁的警卫叫瓦西里,所以大家以"瓦西里"称之),后来又吵醒教授时,教授告诉他们说,一个小时前他曾上过一次厕所(请记住是一小时前),在车厢的连接处看到一位穿军便装的小伙子,靠着门框在抽烟,后来他从厕所里出来时,刚好看见小伙子离去的背影,"手上拎着一只你刚说的那种皮夹"。

"当时我没想太多,以为皮夹是他自己的,因为他站在那里抽烟,手上有没有东西我没在意,再说我以为他一直站着没动呢,只是抽完了烟才走,现在——唉,当时我要多想一下就好了。"教授的解释带着同情。

容金珍知道,皮夹十有八九是这个穿军便装的小伙子偷走了。他站在那里,其实是站在那里狩猎,教授出来方便,恰好给他提供了线索,好像在雪地里拾到了一路梅花印足迹,沿着这路足迹深入,尽头必是虎穴。(此为明喻,以梅花鹿喻教授,以梅花印足迹喻教授出来方便所提供的线索,以沿迹寻虎喻小伙子窃取皮夹。颇为恰切。)可以想象,教授在卫生间的短暂时间,便是小伙子的作案时间。"这叫见缝插针。"容金珍这样默念一句,露出一丝苦笑——

……

现在,小偷的守望,皮夹的失窃,使容金珍马上联想到自己的守望和绝望,他有点儿自嘲地想:我想从人家——黑密制造者和使用者——身上得到点东西是那么困难,可人家窃去我东西却是那么容易,仅仅是半支烟工夫。嘿嘿,他冰冷的脸上再次挂起一丝苦笑。(前番苦笑,是在为小伙子的偷窃伎俩而戏谑、打趣;现在苦笑,是在自嘲。两者意味不同。)

说真的,这时候,容金珍还没有意识到丢失皮夹是什么可怕的事。他初步回忆,知道皮夹里有往返车票、住宿票和价值两百多元的钱粮票以及证件什么的。亚山的《天书》(著名密码学专家亚山著,又译为《神写下的文字》)也在其中,那是他昨晚睡前放进去的。这似乎首先刺痛了他的心。不过,总的来说,这些东西和床下保险箱比,他觉得自己还是幸运的,甚至感到一丝大难不死的欣慰。

不用说,要偷走的是保险箱,那事情就大了,可怕了。现在看来,可怕是没有的,只是有些可惜而已。只是可惜,不是可怕。

十分钟后,车厢内又平静下来。容金珍在接受瓦西里和教授的大把安慰话后,一度纷乱的心情也逐渐安静下来。但是,当他重新浸入黑暗时,这安静仿佛被夜色淹没,又如被车轮的咣当声破坏一样,使他又陷入对失物的惋惜和追忆之中。(至此,尚波澜不惊,语调平缓。)

惋惜是心情,追忆是动脑,是用力。

皮夹里还有没有其他东西?(转折要出现了!)容金珍思索着。

一只想象中的皮夹,需要用想象力去拉开拉链。(想象力拉开拉链,为拟人,暗示接下来的动作均在想象中发生。)开始他的思绪受惋惜之情侵扰,思索显得苍白,无法拉开皮夹拉链,眼前只有一片长方形的晕目的黑色。这是皮夹的外壳,不是内里。渐渐地,惋惜之情有所淡化,思索便随之趋紧、集中,丝丝力量犹如雪水一般衍生,聚拢,又衍生、又聚拢。最后,拉链一如雪崩似的弹开,这时一片梦幻般的蓝色在容金珍眼前一晃而过。仿佛晃见的是一只正在杀人的手,容金珍陡然惊吓地坐起身,大声叫道:

"瓦西里,不好了!"

"什么事?"

瓦西里跳下床来,黑暗中,他看到容金珍正在瑟瑟发抖。

"笔记本,笔记本!……"

容金珍失声叫道。

原来皮夹里还放着他的工作笔记本!(果不其然,不仅仅是皮夹丢了。从容金珍的反应来看,这个连同皮夹一块儿丢失的工作笔记本一定是极其重要的,里面究竟藏着什么样的惊天秘密呢?)

写作提示:

《解密》全书除"外一篇"以外,共有五篇,分别以"起""承""转""再转""合"命名,事实上,在书中这样的叙事方式随处可见,选文便是一例。容金珍下意识地去摸保险箱是"起",放松警惕后继续睡觉是"承",发现皮夹被偷是"转",通过想象终于意识到笔记本也丢失了是"再转",至于"合",后文有交代,限于篇幅,未予录入。

容金珍通过想象,搜寻皮夹里的东西那段情景描写,也可看作是起承转合的妙用。表面上从"开始"——起、"渐渐地"——承,到"最后"——转,再到"失声叫道"——合,按逻辑顺序展开;实际上内里还有一条线,即思索从"苍白"到"趋紧"再到"雪崩似的弹开",最终到惊慌失措的过程,层层递进,逐次加码,读来惊心动魄,扣人心弦。

第十课 王朔与《看上去很美》
玩儿的就是心跳

"顽主"+"痞子"+"流氓":

王朔,男,1958年生人,打小在皇城根儿一个军区大院里长大。不过,他不是北京人,至少从出身来讲,老北京人一准儿会嗤之以鼻,外来户!可不是嘛,南京,北京,差一字,那就是两千多里地呢。要是再往前推,就得说祖籍,东北那疙瘩——辽宁岫岩。所以,王朔虽然满口京腔京味儿,却从不承认自己是北京人,反倒说起"俺是东北人"来毫不含糊。

甭管他是哪里人吧,到底是在北京混出了名堂,所以大伙儿管他叫"京派作家"。打1984年发表处女作《空中小姐》以后,就一发不可收拾,陆陆续续写了二十来个中长篇小说。哈,写得贼快,跟下饺子似的。起初是锅里等着下米,没日没夜爬格子,只要能趁钱,笔就不搁下;后来写出点儿名堂了,大家喜欢看了,娱乐圈儿的大腕儿也认了,就顺手干起了编剧的行当。你还别说,顺风顺水,就这么一路走过来,俨然成了个响当当的角儿。远有《编辑部的故事》《阳光灿烂的日子》《甲方乙方》,近有《一声叹息》《私人订制》,这些让我们趋之若鹜、耳熟能详、津津乐道、街谈巷议的影视剧,硬是把人耍得团团转,折腾了眼球,折腾心脏,折腾完心脏,乖乖地交出钞票。

嘿,这老小子(原本打算称"这小子",可人家现在怎么地也是六十好几的人了,加个"老"字,以示咱还没忘了辈分),整个一顽主,玩世不恭、顽皮贼骨、玩物丧志、顽劣不堪、顽冥不化……对,指的就是他,还有他小说、剧本里里外外的人和造出来的那种对待生活的态度,搁老辈儿人眼里,那就是"痞子",就是"流氓"。

请看他的自画像:"身体发育时适逢三年困难时期,受教育时赶上'文化大革命',所谓全面营养不良。身无一技之长,只粗粗认得三五千字,正是那种志大才疏之辈,理当庸碌一生,做他人脚下之石;也是命不该绝,社会变革,偏安也难,为谋今后立世于一锥之地,故沉潭泛起,舞文弄墨,不是什么好东西。"

美了美了美了:

方——枪——枪,嚄,这名儿,一看就是个调皮捣蛋没心没肺的主儿。想想,你正蜷腿撅腚低头弓腰瞅什么东西,猛地一抬头,一根冷飕飕、黑洞洞的管子在你目视距离约莫五厘米的正上方来回晃荡,你肯定得吓出一身冷汗。胆儿大的,沿着管子往后瞟一眼,劫财还是劫色?就是要命,也得看清对方是谁呀,要不死了在九泉之下都不能瞑目,岂不是太冤啦!胆儿小的,还没等回过神儿来,两条腿就得筛成糠,下意识地瘫软在地,做任人宰割状。结果,不超三秒,就听见一串朗朗坏笑声和啪嗒啪嗒的脚步声疾驰而去,你不由得愣怔纳闷,再定睛一看,一个男孩子正拿着把仿真玩具枪往胡同口窜呢,边跑边回头,再扭过半拉身来朝你"嘭嘭嘭"开几枪。你呢,干气没辙,啼笑皆非,谁让他是个小屁孩儿呢——

"你谁呀?""方枪枪。"

"多大了?""三四五六七八岁。"

"在哪儿住呢?""我们院儿保育院。"

"上学了没?""上了,翠微小学。"

……

打住,你就别问了,孩子小,不一定能说全乎,东一榔头,西一棒槌,真真假假,假假真真,有时候他都是懵懵懂懂、浑浑噩噩、稀里糊涂,你听了,还不满脑子跟糨糊似的?听王朔的,看他怎么说。

> 这是关于我自己的,彻底的,毫不保留的,凡看过、经过、想过、听说过,尽可能穷尽我之感受的一本书。
>
> 我这本书别当回忆录看,没几件事是真的,至多只是看上去像,谁当真谁傻。这就是一常规小说,第一人称和第三人称混用,爹不是爹,娘不是娘,朋友不是朋友,我不是我,谁要跟我三头六案对证,我是不认账的。

王朔算是一推六二五,甭管你从小说里读到啥,都别赖我身上,赖我也不认账。看看,痞子相又出来了。不过,这本小说倒的确让我们有"过把瘾就死"的感觉,童年的经历,别人的也好,自己的也好,统统都像过电影儿一样浮现出来,什么梦里尿床啦,把保育院(类似现在的幼儿园)的阿姨当妖怪啦,用脏话骂阿姨和老师啦,打群架啦,欺负女孩儿啦,齐刷刷朝楼下吐唾沫啦,争着抢着要进少先队啦,虽不是"事必躬亲",但总"看过、经过、想过、听说过"。所以这是关于王朔自己的,也是关于我们的。时代不同没什么大不了,正好看看我们和祖国前几代花骨朵的成长环境到底有多大差异,许多搞笑的事儿,也是那个年代才有的。况且王朔是那么幽默,从北京人那儿学来的一张贫嘴,添油加醋,绕着弯儿逗你乐了之后,还能生出许多意想不到的感慨来。得,你就偷着乐呗!

　　我是不是也有点贫了?好吧,严肃点儿,说几句正经的。一、千万不要把它当成一本给小孩儿看的书来读,因为方枪枪的成长故事里糅了太多只有成年人,只有了解那个年代的人才能理解的酸甜苦辣。二、千万不要把方枪枪当成个小屁孩儿,因为在他身上还附着着隐身人王朔的所思所想和性格特征。三、最重要的是,千万别去书里找什么具体意义,用王朔的话说:"根本没意义。"

　　那还读他干吗?美了美了美了,醉了醉了醉了,就好。

节选批读：

（方枪枪做梦都想当董存瑞、李向阳或王成式的英雄，这不，他竟怀疑起平时比较严厉的保育院李阿姨是打入我军内部的特务，其他小朋友一听，也觉得是这么回事，就相约去捉特务……）

敢死队出发了。男孩子猫跃般一个接一个从门里扑出来，一接地便立即匍匐前进，呈扇面向李阿姨床铺摸去。（好嘛，战斗队形，还挺专业！）张宁生爬在第一个，紧跟着他的是高晋，接下来是方超，再后面是高洋、张燕生、汪若海，然后才是方枪枪。（方枪枪属于那种嘴上胆儿大，心里胆儿小的，跟在最后，好随机应变，临阵脱逃哈。）

保育院大班的精锐都出动了。方枪枪很激动，第一次战役终于打响了。可恶的、一贯伪装进步的李阿姨就要束手就擒，被他们这些小孩就地正法了。他们将是全国小朋友学习的榜样，还没到上学年龄就破纪录捉了个特务，今后的小人书将记载他们这一壮举。小人书封皮会写上故事的名字："智擒女特务。"第一页画着一个圆圆脸的小朋友摸头思索，下面写道："可爱的保育院大二班小朋友方枪枪有一天忽然产生了怀疑……"（读来虽忍俊不禁，但在方枪枪眼里，这就是一场你死我活的战役，他就是战役的指挥员，来不得半点含糊，呵呵。）

"噗——"

爬在他前面的汪若海放了一个极为细长带着高低拐弯的屁，打断了方枪枪的遐思，准确地说，打断了他的血管、神经、呼吸和爬行能力。全体小朋友也都短暂地被吓昏了,行为、意识统统中断,一秒钟之后才恢复过来。每个人无比痛恨汪若海,边爬边发狠,等弄死完李阿姨第二个就弄死你。(这个屁放得不是时候,但也是个噱头,孩子们滑稽可爱的一面展露出来。)

"可耻——"李阿姨突然大声说了句梦话。

可怜的孩子们一下绷断了最后一根神经,眨眼之间人都不见了。

惊魂甫定,敢死队员们才发现他们此刻水泄不通地挤在门后——寝室门后,用尽力气顶着门,谁也想不起从敌前匍匐到这一姿势的中间过程。

……

爬在第一的张宁生被关在门外,既推不开又不敢喊,只好挠门,一下下刺耳的刮指甲声,更加重了寝室内的恐怖气氛。(这吓得不轻,连队友都不管不顾了。刺耳的刮指甲声,更让人毛骨悚然,还以为是鬼来了呢。)

"是我,我,张宁生。"他对着门缝吹气般地呢喃。

高晋用力拉开一道门缝,放他溜进来。

张宁生大骂:"胆小鬼!逃兵!"

高晋一把捂住他嘴:"小声点!"

张宁生余怒未消,从高晋指缝间断断续续地说:"我都扑……去了,你们没了。"

"李阿姨醒了吗?"

"正在喝水。"

一听这话,刚还了魂的孩子们又都趴下了。孩子们从地上门缝看见李阿姨扞了盏台灯站在床头端着大茶缸子仰头喝水,庞大的身影映在墙上,如同老魔鬼现了原形。(比喻贴切,此时在孩子们眼里,李阿姨不仅是魔鬼,还是老魔鬼。)

方枪枪又昏了过去。(瞧瞧,就这点儿出息,还想当英雄呢!)

清白的、无辜的、睡得晕头转向的李阿姨闭着眼睛走进厕所撒尿。

这一泡尿撒得很长——孩子们趴在地上默数:"一、二……十七。"

李阿姨闭着眼睛从厕所出来,撞了一把小椅子也没睁眼。离床还有一步之遥,她纵身把自己扔了上去,一头栽在床上,吧唧着嘴发出一些近乎吞咽的含混音,很快打起呼噜。("扔""栽""吧唧",这些动词用得非常到位,"尤其是自己扔自己",即写李阿姨当时困倦慵懒之貌。)

没有一个孩子再充好汉了,他们的力气都在对付这些恐惧的声音中用光了。

"现在,只有去——去——去报告了。"张宁生摇摇晃晃爬起来,带头走向窗户。(很快败下阵来,这怨不得孩子们,实在是实力悬殊啊!)

二班长背着五六式半自动步枪在东马路上慢吞吞地走。

（孩子们的保育院在军区大院儿里，所以有士兵站岗放哨。）夜里的空气清凉，路旁的果树花丛散发出一阵阵浓郁的香气，二班长口干舌燥，很想趁黑摸进果园摘个桃吃。"还是在家里看青好，全村的庄稼随便摘，运气好还能套条狗吃。"这时他听到"扑通扑通"连续重物砸地声，头皮一紧，枪已下肩，循声望去，只见月下一所大房子的窗上一片片黑影往下跳，地上无数黑影向杨树林狂奔。（谍战片的节奏？）

"哪一个？"二班长声音很低，但在寂静的夜里传出很远，听上去十分威严。

那些黑影突然不见了，眼前又是空旷建筑，婆娑树影。二班长"咔"地打开刺刀"哗啦"推弹上膛，这两响在静夜里惊天动地。他荷枪实弹深一脚浅一脚向杨树林挺进，心里想着各种可能出现的突发事件，紧张复习近身肉搏的一些招数。（好紧张，自己就一个人，对方可是"无数黑影"啊。）

二班长光顾搜索树前树后，一脚踩高，只听一声惨叫，他心中一激灵，低手回枪，但见刺刀尖前出现一张圆圆的孩子脸，这小脸在黑暗中五官透明，盯着枪尖快速眨眼像是不停翻白眼。（不用问，是方枪枪，前文已经提到他是"圆圆脸"，这也算前后照应吧。）再一看周围，满地孩子仰着雪白的脸朝他眨眼，二班长浑身一阵麻木。（哪儿跟哪儿啊，二班长惊出的冷汗，恐怕立即凝固了吧。）

"都起来！"二班长一声怒喝。孩子一弓腰，二班长腿抬过膝——他这才发现自己右脚还蹬在这该死的孩子的后背上。（看来,方枪枪是这场战斗唯一的伤员,临了还让二班长踩了一脚。）

写作提示：

怎么样？读了选段有什么感觉,够精彩,够刺激,够好玩儿吧？总地来讲,得益于三点。

首先是气氛的渲染。这是让故事保持一定强度的关键因素,比如李阿姨在孩子们正欲下手时,突然说的那句梦话；张宁生被关到寝室门外,挠门时的刺耳的刮指甲声；李阿姨在台灯下喝水,映在墙上的巨大的如老魔鬼般的影子；从大房子上扑通跳下来的一片片黑影,无论是声,还是形,都立刻让故事陡然紧张起来。再加上人物随之而产生的反应,读来如身临其境,心跳加速。

其次是节奏的把握。该缓则缓,该急则急。缓如方枪枪幻想自己成为智擒女特务的英雄那一段；急如孩子们捉"特务"的过程,几乎是单句成段,急如雨点。

再次就是亦庄亦谐了。选段中,汪若海放屁的那个情节最为突出,屁一放,本来看起来很庄重的一次任务,谐趣顿生。毕竟是写小孩子的一场恶作剧嘛,若始终以严肃的态度对待,就太缺乏童趣了,也就不好玩儿了。

第十一课 阎连科与《受活》
荒诞照进现实

作者素描：

阎连科，男，1958年生于河南嵩县，1979年开始写作。现任中国人民大学文学院教授。他被认为是当代"最低调的备受争议的""集苦难叙事之大成"的作家。主要作品有长篇小说《日光流年》《坚硬如水》《受活》《为人民服务》《丁庄梦》《风雅颂》等，中短篇小说集《年月日》《黄金洞》《耙耧天歌》《朝着东南走》，长篇散文《我与父辈》等。先后获国内外文学奖项二十余次。长篇小说《受活》发表于2003年，荣获第三届老舍文学奖，被评为《南方周末》三十年10部最优秀作品之一。其作品被译为日、韩、越、法、英、德、意等多种文字出版。

导读与分享：

让我们先来看看这部小说的梗概。

耙耧山深处的受活庄，居住的大都是残疾人，他们世代过着散淡悠闲、殷实无争的生活。但自从入社后，这种自然而丰足的秩序被打破了。茅枝婆怀着革命的憧憬带领他们走入"圆全人"的世界,却未承想到,这革命给他们带来的竟是无尽的苦难。县长柳鹰雀为实现自己的政治野心,不惜利用"受活人"因身体残缺而与生俱来的异禀,组织绝术团四处演出,以筹集购买列宁遗体的巨额款项,更是将"受活人"推向了几乎是万劫不复的境地。待他们从绝望中清醒过来,重新回到"受活庄",希望找回原来的"受活"日子时,才不无悲凉地发现,一切都已经和原初不一样了。

就算它是一则寓言吧,可这寓言为什么让你在笑中带着满眼的泪花?就算它是一个真实的故事吧,可这故事为什么处处充满着荒诞不经的言说?真实与荒诞交错了,遇合了,在小说里,就是作者心灵的述说,就是读者灵魂的疼痛。我很难受,读者说;我也难受,作者说。至于怎么个难受法儿,像锤击,像针刺,像噩梦,像鬼影,这些大概都可以形容,但若仅止于此,我们着实是把阎连科看低了。

受活庄是个小地方,一百九十口人,凡是身体残缺的种种,都能在这里找到绝好的对应。但现实是,在我们的经验里,这种地方根本就不存在。那么,作者是在想象了,有这么一个地方,这么一群人,他们本来自得其乐,如果没有"圆全人"的进入,他们完全可以永远将这种生活持续下去。我说的是如果,换句话说,这种可能性是不存在的。不是"圆全人"硬要掺和进来,而是人性的自然需要。受活人不想成为异类,他们在努力接纳"圆全人",也期盼被"圆全人"接纳,可他们犯了个错误,而且是致命的,就是,身份的改变需要一个良好的外部环境,不幸的是,他们偏偏选择了一个错误的时机,和"圆全人"订了一个看起来很是"受活"的不平等条约——入社。自此,他们便成了"圆全人"可以随意拿捏的玩偶。不过,事情也可以反过来想,他们不入社可能吗?在那个狂热的年代,置身世外,或许会更惨。所以说,当人类意识到此身份与彼身份的差异,并本能地将这种差异夯实加固之后,人类也将在劫难逃。

好在茅枝婆早早就认清了这一点,她起初是对"革命"顶礼膜拜的,她梦想着在受活庄复制或延续她心目中的"革命",可她不知道,革命的味道变了。铁灾、大劫年、黑灾、红祸、黑罪、红罪,哪一次没有"革命"的参与?可每一次都差点儿革了"受活人"的命。退社的决心难下,后来总算是下了,一旦下了,就坚如磐石,任尔东西南北风,我自岿然不动。这是茅枝婆在向"受活人"赎罪,也是茅枝婆历经磨难之后的幡然醒悟,大彻大悟。但读来还是感觉忒别扭,幸福的生活究竟在哪儿?退社,退回原来的生活,退到自给自足的封闭世界当中,就受活了吗?难道这就是人类苦苦追求的幸福?……显然,把它看成是作者对幸福归宿的精神注解,更好一些。

请原谅我在结尾才提到柳县长,这是有原因的。这个人其实不足为道,在他的一系列狂热举动背后,明眼人都可以看到一张大网,历史的、文化的、宗教的等等,都在起作用。当然,他不简单,但也不复杂,读读二十四史,一切都有迹可循。闹剧的开幕与结束,恰恰证明了一条真理,闹剧终归是闹剧,总有收场的时候,只是,这样的闹剧怎样才能不再上演?值得深思。

听人说,荒诞能照进现实,我更想说,最好让梦想照进现实。

节选批读:

("受活庆"是受活庄每年秋收之后,为庆祝丰收举办的三日大庆。这三天里,各家都不开灶,集体到庄头最大的麦场上大吃大喝,受活庄的残疾人还会表演他们的绝活儿助兴。因此,也吸引了不少村外的耙耧人赶来观看,人山人海,好不热闹,俨然成为当地的一个大型节日。往年的受活庆都是由茅枝婆出面组织的,这一年则换了人,由柳县长亲自操办。——笔者注)

可是呢,今儿茅枝婆她是没来的,断腿猴走在最前面,为县长开着已经让开了一老宽的道(道已经"一老宽"了,还要开道,多此一举的行为背后,是断腿猴巴结逢迎之丑态),到场子前沿一米高的戏台旁,他把拐杖往地上一顿,人就跳到台上了,跳到台上他就叫唤了,说:"下边请县长讲话呀!"人就又从台上跳下了。(拐杖一顿,即可跳上跳下,动作描写干净利索,既表明其瘸腿特征,又突出他肢体的灵活、敏捷,正应了"断腿猴"之绰号。)

跳下来他朝台下的一个聋子的肩上拍一下,就从聋子的屁股下面抽出一把高条凳,就把那凳子摆在台下当作了台踏子。(将聋子的坐具给县长当脚踩的台踏,而且未经聋子同意,就直接从"屁股下面抽出",蛮横、霸道至极。同是受活庄人,原没有高低贵贱之分,只因了县长的缘由,就狐假虎威起来,人性之恶尽显。)

县长就踏踩着那凳子的台踏上去了,就站到了台子中央的前唇上,瞟着鸦黑黑一片来参加受活庆的耙耧人。日头黄亮,火样烧在头顶上,所有的人头都在发着亮光儿。坝上坡脸地里立站的人,都伸长着脖子往台子这儿看。(先是说县长"瞟着"人群,后简略交代人群之大体状貌,不涉细部,这符合县长"瞟"的特征,即斜着眼睛,一扫而过,也符合县长唯我独尊的性格特征和强势心态。他其实根本就没把老百姓放在眼里。)县长要开口说话了,可他张了张嘴却又闭上了。他一冷猛地想起了一件子事——想起了这几百人的会场子还没有向他鼓掌哩,于是,也就那么静等着。(大家静等着他讲话,他却静等着大家鼓掌,在两种反差强烈的"静等"对照中,幽默效果顿生,讽刺意味浓郁。)

不知是因了受活人不像外村落庄子的人那么常开会,又是第一次经见县长组办受活庆,不知县长无论在哪讲话儿,都是在开口前要爆出一阵掌声呢,像吃饭前要先把菜摆到桌上样,还是不知为啥茅枝婆没来说几句,没来陪着县长和他的瘦秘书,这些事本是该由她办的,可今儿竟是在庄里啥也不是的断腿猴来办了。(排比修辞。连用三个"不知",正话反说,变相道明了人们安静的复杂原因。且其中没有一条是因为对县长的不尊重,更显出县长等待鼓掌之可笑、可怜。)事情就有些僵持着。县长在台上等着庄人们的鼓掌声,耙耧人在台下等着县长讲话声。秘书呢,一时也陷了糊涂里,就在台下立站在那儿望望县长,又望望台下的人。(作为县长的亲信,秘书本应该想到,却没有想到,两次"望望",如哈巴狗一样,抓耳挠腮,无计可施。不禁让人哑然失笑。)

有麻雀从场子上空飞将过去了,扇翅膀的声音哗哗地落在场子上的人群里。(适时以麻雀扇翅膀的声音,来反衬现场死一般的静寂。)

县长急焦了,他咳了一声提醒着台下庄人们。台下的人们听见县长的咳,以为那是县长讲话的前奏呢,是越发地安静下来着。(县长越想啥,偏偏越不来啥,反而和县长的期待相悖,双方的心理发生了错位,但在逻辑上又没有问题,这是一种现代主义表现手法,叫黑色幽默。)在场子的这一边,能听到场子那边水煮茶蛋的咕嘟声。时间硬僵在台上的县长和台下的百姓间,像流着的水一冷猛地冻住了。(比喻修辞,本体是"时间硬僵",喻体是"流水冻住",恰切、生动。)秘书有些急,不知出了啥儿事,他朝台前挪了挪,把杯子举起来,悄着声问:"柳县长,你是不是要喝水?"("挪""举""悄",奴态、媚态、惧态,无一不有。)柳县长不说话,却有了铁青厚在脸上了。这当儿,断腿猴又突然一个单腿跃跳到台子一角上,二话不说就噼噼啪啪鼓起了掌,跟下来,秘书灵醒了,慌忙上到了台子上,疯鼓着双手大声唤:"大家鼓掌欢迎县长讲话呀!"

就像了闪雷导引来了大雨样,台下的人全都灵醒过来着,掌声也跟着哇哇啦啦叫起来,由小到大,由稀到密,最后就都叫成一片了。(都是鼓掌,但反映出的身份及心理变化各异。断腿猴完全是凭脑瓜机灵,没心没肺、"噼噼啪啪"地鼓掌,有邀功请赏之嫌;秘书为自己没有揣摩到"圣意",又悔又怕,所以"慌忙"上台,继之为将功赎罪、表明忠心,"疯鼓"起来,并"大声唤";台下人多,灵醒起来也需要个过程,所以是"由小到大,由稀到密",且难免伴随着喊叫,用"哇哇啦啦"就比较合适。)秘书的手不停,戏台下的掌声也是不肯停下的。秘书的手就拍红了,断腿猴的手也都拍红了,台下人的手也相跟着拍得疼起来。(这里用了三个"拍",是反复修辞。但从拍的效果看,有深意。秘书和断腿猴是"拍红了",说明他们为表忠诚,根本不在乎手疼不疼;而台下人的拍则明显有不情愿的意思,但慑于县长的威严,又无可奈何。"红"与"疼"一字之差,心态的微妙差别就自然显现出来。)场子边树上的麻雀都被惊飞走掉了。庄头上的鸡猪都被惊得往自家跑去了。(这里插入动物的反应,一是呼应前文,麻雀落在人群间;二是衬托掌声之震耳欲聋、经久不息,连动物都烦了。)这时节,县长脸面上的青色也才渐褪一些儿,变得红黄了。他把双手扬起来,做着下压让人歇手的姿势,秘书也就歇手了,掌声也便全都息下来。

县长又往台唇前脸站了站,脸上虽还有一些不甚悦的浅青色,可原先脸上那片红却也算泛将出来了。他又咳了一下子,把嗓子清净后,才慢慢大声地说……(与前文呼应,县长脸色由

"铁青"而"红黄",而泛出"红",这细小的表情变化,都遵循着心理变化的轨迹。)

写作提示:

黑色幽默的成功运用,是选段,也是整部小说在艺术上的最重要特点。以一种冷眼旁观又无可奈何的嘲讽态度,将笔下的人物和环境的矛盾及乖谬之处加以夸张、放大,甚至扭曲,以此来表现人物行为的荒诞不经、滑稽可笑,同时又给人以沉郁苦闷、悲凉绝望之感,是这一写作手法的基本美学旨趣。选文中,柳县长讲话之前,期待掌声而未得,与台下人相互僵持而各怀心思;掌声响起后,听者又与其貌合神离,即使掌声如雷,也不是发自肺腑,且演变为令鸟雀禽畜均避之唯恐不及的刺耳噪音。在不动声色中,活脱脱将这个梦想着呼风唤雨、百姓臣服的政治狂人的丑恶、畸形的嘴脸暴露无遗。

全文中心理描写少之又少,但处处皆可见人物的心理状态及变化,这得益于作者对人物动作、神态等的精细刻画。动作如断腿猴和秘书为讨好县长,察言观色、小心翼翼之细节描写,神态如柳县长脸色由阴转晴的变化,均是明证。所以,表现一个人的心理,不一定要直接描写,通过其他描写方式,照样可以达到相同的效果,甚至更好。

插叙在选文中看起来更像是插科打诨,却带来了意想不到的幽默讽刺效果。讲话现场处于极其尴尬僵持状态时,麻雀扇翅膀的声音、水煮茶蛋的咕噜声的适时插入,众人鼓掌没完没了时把麻雀惊飞、鸡猪惊走的情景,都让人忍俊不禁,哭笑不得。

絮言链接:

①受活:北方方言,豫西人、耙耧人最常使用,意即享乐、享受、快活、痛快淋漓;在耙耧山脉,也暗含有苦中之乐、苦中作乐之意。

②圆全人:是受活庄人对健康人的敬称,指我们这些不缺胳膊不少腿,非盲、非哑、非聋的正常者。

③绝术:即绝技。受活人、耙耧人多将技称为术,如杂技,即杂术,技艺即术艺。绝术即某一种身怀绝技之人的绝活儿。

④台踏子:即台阶。

⑤入社:这是一个只有受活人才明白的历史用语的简称。新中国成立初期发起了农业合作化运动,通过成立互助组与合作社的形式,实现农业集体化。入社即加入互助合作社。在受活人的理解中,就是田地归公。

⑥退社:这是相对于当时受活人入社而言,进入了互助组、合作社叫入社,所以以后要退出合作社就称为退社了。

⑦铁灾:指我国"大跃进"时的炼铁炼钢的大灾难。

⑧大劫年:受活庄的历史用语。指三年困难时期,圆全人将受活人家中的粮食劫掠一空。

⑨黑灾、红难、黑罪、红罪:黑灾、红难同黑罪、红罪是同样的

词意。这是只有受活庄40岁以上的人才能真正明白的历史用语,指"文革"时期,受活庄人先是拿黑本个个被当成地主、反革命遭批斗,后是拿红本,被强迫学大寨、修梯田所造成的灾难。

第十二课 迟子建与《额尔古纳河右岸》
鄂温克的最初记忆

作者素描：

迟子建，女，著名作家。1964年生于素有"中国最北村镇"之称的黑龙江省漠河县北极村，1983年开始写作，著作甚丰。短篇小说《雾月牛栏》《清水洗尘》，中篇小说《世界上所有的夜晚》分别获第一、二、四届鲁迅文学奖，她是首次三获此奖项的作家。散文《光明在低头的一瞬》获得第三届冰心文学奖。2008年，她又凭借长篇小说《额尔古纳河右岸》荣获第七届茅盾文学奖。

导读与分享：

今位于内蒙古自治区东北部的额尔古纳河是黑龙江的一条支流，自《中俄尼布楚条约》签订至今，一直是中俄两国的界河。数百年前，鄂温克族人自贝加尔湖畔迁徙至额尔古纳河右岸，从此在这片广袤的原始森林中繁衍生息，并形成了自己独特的民族文化——鄂温克文化。《额尔古纳河右岸》便是通过90高龄的最后一个酋长女人的讲述，描绘了东北少数民族鄂温克族的百年沧桑史。

他们居住在"希楞柱"(一种用松木搭建的简易帐篷)里,以放养驯鹿和狩猎为生,有储藏食物的专门仓库——"靠老宝";他们跳"斡日切"舞;请萨满(巫师)"跳神"以祛除病魔,人死了要举行风葬仪式;信奉"玛鲁"神……这些具有神秘原始气息的部落文化特征,曾经是他们维系生存的不可或缺的精神元素,也造就了他们达观超然、不屈坚忍的生命意志。无论是严寒饥饿,还是战火硝烟,抑或异族文明的入侵,都无法摧垮他们内心那份坚定的信仰。即便面对强大的现代工业文明,他们仍在做"明知不可为而为之"的抗争。然而,对于一个弱小的民族而言,这种抗争毕竟是软弱无力的,当鄂温克族人向新的猎民定居点大规模搬迁时,也是这个民族灭亡的前奏。正因为如此,当迟子建让一个九旬鄂温克老人叙述鄂温克民族的历史时才多了一分抗争的悲壮,一分悠远的悲悯,一分彻骨的悲凉。

茅盾文学奖评委会在给《额尔古纳河右岸》的颁奖词中如是说:

> 迟子建怀着素有的真挚澄澈的心,进入鄂温克族人的生活世界,以温情的抒情方式诗意地讲述了一个少数民族的顽强坚守和文化变迁。这部"家族式"的作品可以看作是作者与鄂温克族人的坦诚对话,在对话中她表达了对尊重生命、敬畏自然、坚持信仰、爱憎分明等等被现代性所遮

蔽的人类理想精神的张扬。迟子建的文风沉静婉约,语言精妙。小说具有史诗般的品格和文化人类学的思想厚度,是一部风格鲜明、意境深远、思想性和艺术性俱佳的上乘之作。

我们节选的部分便是这位九旬老人心中流淌的对额尔古纳河的最初记忆……

节选批读:

我这一生见过的河流太多太多了。它们有的狭长,有的宽阔;有的弯曲,有的平直;有的水流急促,有的则风平浪静。(三个排比,由第一句"见过的河流太多太多了",具体列举河流的形态。注意,先是由"狭长""宽阔"等二字词语逐渐过渡到"水流急促""风平浪静"等四字词语,语感上符合由简到繁的规律。且每个分句中的形容词都是两两相对,句式工整。最后一个分句用"则",提示这层意思已经结束。)它们的名字,基本是我们命名的,比如得尔布尔河、敖鲁古雅河、比斯吹雅河、贝尔茨河以及伊敏河、塔里亚河等。而这些河流,大都是额尔古纳河的支流,或者是支流中的支流。(之所以交代如此多河流的名字,目的是引出干流"额尔古纳河"。且暗示其他河流作为"支流",均为额尔古纳河孕育而生,更突出额尔古纳河作为鄂温克族人"母亲河"的位置。)

我对额尔古纳河的最早记忆,与冬天有关。那一年,北部的营地被铺天盖地的大雪覆盖,驯鹿找不到吃的,我们不得不向南迁移。途中,由于连续两天没有打到猎物,骑在驯鹿身上的瘸腿达西咒骂那些长着腿的男人都是没用的东西,声称他已经掉进一个黑暗的世界,要被活活地饿死了。我们不得不靠近额尔古纳河,用冰钎凿开冰面捕鱼来吃。

额尔古纳河是那么宽阔,冰封的它看上去像是谁开辟出来的雪场。善于捕鱼的哈谢凿了三口冰眼,手持一杆鱼叉守候在旁边。那些久避冰层下的大鱼以为春天又回来了,就摇头摆尾地冲着透出天光的冰眼游来。哈谢一看见冰眼旋起了水涡,就眼疾手快地抛出鱼叉,很快就戳上来一条又一条的鱼。有附着黑斑点的狗鱼,还有带着细花纹的蛰罗。(此处为细节描写,"冲""旋""抛""戳"等动词准确生动地刻画了捕鱼的情景。)哈谢每捕上来一条鱼,我都要跳起来欢呼。列娜不敢看冰眼,吉兰特和金得也不敢看,冒着水汽的冰眼在他们眼里一定跟陷阱一样,他们远远地避开了。我喜欢娜拉,她虽然比我还小几岁,但跟我一样胆大,她弯着腰,将头探向冰眼,哈谢让她离远点,说是万一她失足跌进去,就会喂了鱼了。(由哈谢捕鱼提及旁观者的反应,这是由点到面的写法。)娜拉将头上的狍皮帽子摘下来,甩了甩头,赌咒发誓地跺着脚说:"快把我扔进去吧,我天天游在里面,你们想要鱼了,就敲一敲冰面,叫一声娜拉,我就顶破冰层,把鱼给你们送上!我要是做不到的话,你们就让鱼把我吃了算了!"她的话没吓着哈谢,倒把她的母亲娜杰什卡吓着了,她奔向娜拉,在胸口不住地画着十字。娜杰什卡是个俄国人,她跟伊万在一起,不仅生出了黄头发白皮肤的孩子,还把天主教的教义也带来了。所以在乌力楞中,娜杰什卡既跟着我们信奉玛鲁神,又朝拜圣母。依芙琳姑姑为此很看不起娜杰什卡。我并不反感娜杰什卡多信几样神,那时神在我眼里是看不见的东西。不过我不喜欢娜杰什卡在胸前画十字,那姿态很像是手执一把尖刀,要剖出自己的心脏。(既有对娜杰什卡为何在胸口画十字的解释——她是俄国人——又有"我"对娜杰什卡在胸前画十字的看法,这样,有利于丰富文章的内容及情感取向。)

  黄昏时,我们在额尔古纳河上燃起篝火,吃烤鱼。我们把狗鱼喂给猎犬,将大个的蛰罗鱼切成段,撒上盐,用桦树枝穿上,放到篝火中旋转着。很快,烤鱼的香味就飘散出来了。大人们边吃鱼边喝酒,我和娜拉在河岸上赛跑。我们像两只兔子,给雪地留下一串串密集的脚印。我还记得当我和娜拉跑到河对岸的时候,被依芙琳给喊了回来。她对我说,对岸是不能随便去的,那已不是我们的领地了。她指着娜拉说,她去可以,那是她的老家,早晚有一天,娜杰什卡会把吉兰特和娜拉带回左岸的。(主要写"我"和娜拉跑到河对岸,所以大人们吃鱼喝酒的情景一带而过。)

  在我眼里,河流就是河流,不分什么左岸右岸的。你就看河面上的篝火吧,它虽然燃烧在右岸,但它把左岸的雪野也映红了。(插入"我"的想法,且紧扣人物的视角,即一个孩子的视角,没有直接解释为什么在"我"眼里不分左岸右岸,而是用直观的视觉感受来做形象的暗示。)我和娜拉不在意依芙琳的话,仍然在左岸与右岸之间跑来跑去。娜拉还特意在左岸解了个手,然后她跑回右岸,大声对依芙琳说,我把我的尿留在老家了!(此处为选文亮点,娜拉仅仅用一个天真幼稚的行动,便让读者在忍俊不禁之余产生疑问:为何左岸是娜拉的"老家",而不是"我"的"老家"?)

依芙琳白了娜拉一眼,就像她看着驯鹿产下畸形崽时的表情一样。(以鄂温克族人赖以为生的驯鹿为喻体,十分贴切。"畸形崽"又一次表明,娜拉在伊芙琳眼里并不是纯种的鄂温克族人,而是流淌着俄国人血液的异类,她对娜拉怀有"非我族群"的蔑视和对俄国人侵夺其故乡的仇恨。)

在那个夜晚,依芙琳姑姑告诉我,河流的左岸曾经是我们的领地,那里是我们的故乡,我们曾是那里的主人。二百多年前,俄军侵入了我们祖先生活的领地,他们挑起战火,抢走了先人们的貂皮和驯鹿,把反抗他们暴行的男人用战刀拦腰砍成两段,把不从他们奸淫的女人给活生生地掐死,宁静的山林就此变得乌烟瘴气,猎物连年减少,祖先们被迫从雅库特州的勒拿河迁徙而来,渡过额尔古纳河,在右岸的森林中开始了新生活。所以也有人把我们称为"雅库特人"。在勒拿河时代,我们有十二个氏族,而到了额尔古纳河右岸时代,只剩下六个氏族了。众多的氏族都在岁月的水流和风中离散了。所以我现在不喜欢说出我们的姓氏,而我故事中的人,也就只有简单的名字了。(交代俄军入侵事件简明扼要,没有过多的铺陈。)

……

写作提示:

结构方面,环环相扣,脉络分明,将一个又一个小故事有机连缀起来,便形成了"我"对额尔古纳河最初的较为完整的记忆。写作本就是一个滚雪球的过程,由一点而及多面,最终再回到最终要表达的那个点即可,记叙类文章尤其如此。

选文修辞不多却精,这就告诉我们过多的修辞并无益于文章的表达,反而会有造作之嫌,我们应更专注于对生活的观察与体悟,而不是刻意专注于技巧的运用。

语言并非辞藻的堆砌,古人云:"词,意所达也。"所以上乘的语言根本就不需要过多的修饰词,一旦将语言融入自己的情感中,则会化腐朽为神奇。从迟子建处,我们或可学习到语言的精及妙,这一点需慢慢体会。

第十三课 贾平凹与《秦腔》

为故乡树碑

作者素描：

贾平凹(wā)，男，原名贾平娃，当代最具影响力的作家之一，被誉为"鬼才"。1952年生于陕西省商洛市丹凤县棣花村，现为陕西省作家协会主席、《美文》杂志主编。1974年开始发表作品。代表作有：长篇小说《商州》《浮躁》《废都》《白夜》《土门》《高老庄》《高兴》《古炉》等，获多项国内外文学大奖。2006年，贾平凹凭借《秦腔》获得世界华文长篇小说红楼梦奖，2008年，又荣获第七届茅盾文学奖。2019年9月23日，《秦腔》入选"新中国70年70部长篇小说典藏"。

导读与分享：

《秦腔》绝不是一开始就能吸引你的小说，即便你读到一半，甚至更多，你都可能无法进入小说，遑论真正读懂它。读《秦腔》检验的是你的耐性、你对鸡零狗碎的生活的感受力和对当下中国农村现状的重新认知。所以，当你为作者笔下这些看似粗糙、平淡，没有一点意思的乡野生活感到倦乏时，千万不要停下读下去的脚步。因为,它在消磨掉你仅存的一点热情之后,才开始以某种不经意的结局来补偿。这"结局"愈放愈大,愈来愈攥着你的心,让你感到"清风街"上的那些人和事原来并不多余,作者是在用最真实、最原始的方式为他们"树碑"。

> 当我雄心勃勃在2003年的春天动笔之前,我祭奠了棣花街上近十年二十年的亡人,也为棣花街上未亡的人把一杯酒洒在地上,从此我书房当庭摆放的那一个巨大的汉罐里,日日燃香,香烟袅袅,如一根线端端冲上屋顶。我的写作充满了矛盾和痛苦,我不知道该赞歌现实还是诅咒现实,是为棣花街的父老乡亲庆幸还是为他们悲哀。

这段话可以看作是贾平凹写作《秦腔》的缘起,"棣花街"是贾平凹的故乡,而以"棣花街"为原型的"清风街"便成为故乡的一面镜子,时刻让作者处于不安和恐惧之中。而释放这种不安与恐惧又何尝容易?"棣花街"上的人是那么平庸、琐碎,"棣花街"上的事是那样零落不堪,若将这些记忆中的"碎片"移植到"清风街"上,便只能是"密实的流年式的叙写":夏天义家请客、庆玉盖房拉砖、村委会商量办贸易市场,夏天智听收音机里播秦腔……日复一日、年复一年,似乎生活永远在这种毫无味道的白开水中煮菜。但即使是白开水也禁不起长年累月的磨蚀,它总有一天会变质,会耗尽。当夏天义这个一辈子坚信土地才是农民根本的老人溘然长逝时,我们竟不知道自己的眼泪应该流向何方。是应该给夏天义,还是"清风街"?是应该给贾平凹的故乡,还是正在凋敝或已然凋敝的中国农村?这有点像古典小说中的"抖包袱",只不过,贾平凹的包袱抖得更晚、更自然,也更凄凉。

疯子引生(即小说中的"我")是带领我们步入"清风街"的引路人,他虽疯疯傻傻、行为怪异,以致不惜阉割自己来证明清白,但正因为他异于常人,才比常人的目光更冷峻、更客观,才能够更清醒地看到"清风街"上的人和事下所掩盖的那份无奈与辛酸。

节选部分的叙述便是由引生道来……

节选批读:

夏天义要了那个鸟巢并不去烧饭用,他想到了我的那棵树,要把鸟巢系在树上招鸟儿米哩。他捧着鸟巢走到小河边的桥头,那里是我和哑巴约定的地方,但那天我去得晚,哑巴也恰巧去得晚,夏天义以为哑巴累了贪懒觉,又以为我忙自家地里事,他就独自先往七里沟了。

进了七里沟,沟里的雾还罩着,夏天义鼻子呛呛的,打了个喷嚏,雾就在身边水一样地四处流开("鼻子呛呛的",说明雾气已完全罩住了人,以致一个喷嚏竟能让雾"水一样地四处流开"。这里以水做比,将雾散开之状貌直观地显现了出来。),看到了那些黑的白的石头(在夏天义眼里,石头只有黑白两色,除此之外,别无其他,这样写符合夏天义耿介执拗的性格。)和石头间长着的狼牙刺。夏天义把鸟巢系在了我的那棵树上,然后蹴下身去嘤嘤地学着鸟叫,企图招引鸟来,但没有鸟来,也没有响应的鸟声,他就拿手抓起像浪一样在树边滚动的雾,抓住了却留不得,伸开五指什么都没有,指头上只冒热气。(此处的描写富有象征意味,招鸟而无响应,抓雾却留不住,暗示夏天义到七里沟淤地的行动得不到人们的支持,到头来终是一场空。)夏天义就是在这个时候看见了七里沟平平坦坦,好像是淤出了平坦的土地,地里长满了苞谷,也长满了水稻,而一畦一畦的地埂上还开了花,大的高的是向日葵,小的矮的是芝麻和黄花菜,有萤火虫就从花间飞了出来。(一片生机勃勃的景象,这是夏天义眼中的幻象,其淤地成功的急切心情可见一斑,同时,也将其对土地的深厚朴素的情感表现得淋漓尽致。)哎呀,萤火虫也是这么大呀!哎,黑了,哎,亮了,亮的是绿光。夏天义猛地怔了一下,看清了那不是萤火虫,是狼的一对眼睛,一只狼就四腿直立着站在那里。夏天义一下子脑子亮清了,对着哩,是狼!(将狼的眼睛误认为是萤火虫,与开头相呼应,即因雾气才没有看清;"黑了""亮了""亮的是绿光""亮清了",这些词语简单、直接,三言两语便十分形象地交代了夏天义由眼前的"萤火虫"逐渐看清是狼的心理转变过程,读来颇有身临其境之感。)足足有二十年没见过狼了,土改那年,他是在河堤植树时,中午碰见了狼,狼是张了大口扑过来,他提了拳头揣揣就戳到狼嘴里。他的拳头大,顶着了狼的喉咙,狼合不上嘴,气也出不来,他的另一只手就伸过去抠狼的眼珠子,狼就挣脱着跑了。他将打狼的事告诉了人,没人肯相信,他也不相信自己竟能把拳头塞在狼嘴里,但他确实把拳头塞进狼嘴里了,狼才没了力气,而石堤下有狼的蹄印和狼逃跑时拉下的一道稀屎。这件事曾经轰动一时。(中间插入夏天义年轻时一人赤手空拳打跑狼的故事,与下文形成对比,意图说明夏天义已经老迈,不仅不是狼的对手,而且他希望凭借一己之力淤地七里沟的雄心壮志恐怕也将付之东流。)现在,夏天义又和狼遇到了一起,夏天义过后给我说,这或许是命里的定数哩,要不咋又面对面了狼呢?这狼是不是当年的那只狼,或者是那只狼的后代来复仇呢?但夏天义不是当年的夏天义,他老了,全身的骨节常常在他劳动或走动中嘎嘎作响,他再也不是狼的对手了。夏天义当时是看了一下周围,身前身后没有制高点,即便一个大石头,他也再无法跳下去。他没敢再动,硬撑着,警告自己:既然逃不脱,就不要动,让狼吃不准你已经老了。夏天义就这么一动不动地站着,站了许久,隐隐约约听到沟里有了哑巴的哇哇声,他瞧着狼是低下了头,然后扭转了身子,钻进了一片白棉花似的雾里,那条拖地的尾巴一扫就不见了。(动作描写与心理描写并用,刻画生动。)

　　这件事,夏天义没有像几十年前那样,在河堤上和狼斗打后立即告诉了人,他是在二十天后才说给了我和哑巴。(几十年前是"立即告诉了人",如今"在二十天后"才告诉两个人——"我"和哑巴,前后对比,更显夏天义力不从心之颓态。)我是半信半疑,信的是夏天义从来不说诳话,他把这件事当成他一生很羞愧的事,所以在二十天后才说给了我们;疑的是如今哪儿还有狼呢,我和哑巴曾三次半夜里到七里沟,走遍了每一个崖脚、每一丛梢林,都没见到过狼。("我"的叙述是对夏天义遇到狼这件事真实性的质疑,但既然夏天义"从来不说诳话",那就只能有一种解释,即夏天义所叙述的一切仅仅是他的幻觉而已。可是,他为什么会将幻觉信以为真呢?是对过去的一种怀恋,还是对现实的某种失望?)但我现在回想,那一天我和哑巴迟去了七里沟,来运首先叫着跑到了夏天义身边,夏天义是直戳戳地站着,脸色苍白,五官僵硬得像是木刻的。我说:"天义伯,你来得早?"他没有回答,也没有看我。我说:"你咋了,伯?"将他一拉,他一下子倒在地上,像是倒了一捆柴。他说:"我的腿呢?腿呢?"我捏着他的腿,他没感觉。等缓过了一会神,夏天义说他头晕,我们扶他进木棚歇下,我看见了他的裤裆是湿的,而且一股臊味。

我和哑巴都以为夏天义是真病了,也不往别处想,到了中午,夏天义从木棚里出来,却变成了另一个模样。他突然地吼了三声,对面崖畔上的岩鸡子起飞了三只,吓得我打了个哆嗦。我疑惑地看着他,他给我招手,要我和哑巴过去同他掰手腕。我一搭手,他便把我的手按倒了,而且使劲握我,我感觉骨头都要被握碎了,他还不丢手。哑巴的力气大,两人相持了两分钟,但最后还是他将哑巴的手按倒了。(夏天义企图用掰手腕的方式来证明自己依然健壮。这属于间接描写的方式,比直接描写更含蓄,意味更浓。)

写作提示:

引生("我")作为叙述人,既讲述了他看到的部分,比如夏天义被"吓呆",以及夏天义要我和哑巴跟他掰手腕的情节,也转述了他没有看到的部分,比如夏天义独自到七里沟"碰到狼"的情景。所以我们在选取第一人称"我"来写作时,不仅要学会成为"戏中人",而且要学会从"戏"里跳出来,描述那些"我"所见不到的情景。这样才能游刃有余,充实文章的内容。

幻觉描写是一种特殊的心理描写,也是心理描写的一个更高层次,它往往是对人物某种情绪情感的放大,若能在适当的时候引入幻觉,则会对人物心理发展过程起到渲染、强化的作用。但不宜使用过频,而且在人物的情绪情感达到很强烈的程度时才可以用。选段中,正因为夏天义对土地的深挚感情与自己年迈体弱、不为人所理解的现实之间存在不可调和的矛盾,而他却要明知不可为而为之,这种内心的纠结无处释放,才产生了幻觉。

文章不管怎么写,时时刻刻都要为主题思想服务,这是放之于四海而皆准的道理。选文中可以看到,夏天义的一举手一投足,乃至对"我"和哑巴的描写,都是紧紧围绕夏天义的内心矛盾展开的。所以说在一个目的的统领下,方法尽可以多样化,当然,方法的运用不必刻意求之,多读、多写、多练、多改,自然会"下笔如有神"。

  贾平凹的语言也颇有特色,如同我们平时的说话,很自然,甚至很俗,但在俗中却有灵动的气韵,一般没有定语修饰,直接道来。这其实是语言的本来状态,深得中国古典语言的精妙(其中也融合了方言、俗语、俚语等)。同学们若想在语言方面有一个更高的提升,建议多读读《红楼梦》。

第十四课 笛安与《告别天堂》
什么是爱情？

作者素描：

笛安，女，1983年生于山西太原，本名李笛安，作家李锐、蒋韵之女，中国知名青春文学作家，曾留学法国，获第八届"华语文学传媒大奖"最具潜力新人奖。2003年发表第一篇小说《姐姐的丛林》。代表作有《告别天堂》《西决》《东霓》等。《告别天堂》是其长篇小说处女作，被誉为"最具艺术水准""为80后正名的青春小说"。

导读与分享：

> 我承认，因为当时的尖锐和不羁，我设置了一些或者激烈的情节。但我也相信，纯净的眼睛阅读的时候，不会看见污秽的东西。若你还不到15岁，并且你的父母因为这本书中的某些情节不喜欢你读它，请你听话，耐心些，岁月过得比你想象的快，这本书永远会在那里等着你的；若你是在15岁到20岁之间，别去苛求那个故事在现实生活中的可

信度,我说过的,一切都是隐喻;若你的年龄在20岁以上,请记得,写故事的人,都是用从新鲜的伤口里流淌出来的文字,换你们一点点的感同身受。你感受到那种微妙的疼痛了,对我就是至高的赞美。

——笛安

80后是一个群体,也是过去时、现在时或将来时,这要看在谁的眼里成像,但80后的青春岁月实在属于过去。旧照片陈列在相册中,比起父辈或爷爷辈的黑白,要更色彩、更斑斓,但也仅止于此,像素透露了"模糊"的全部含义。模糊的是表情,是神色,也是记忆中他或她的微笑、声音,还有叫作"理想"的东西。或许只有重回记忆,这一切才能清晰起来,活泛起来,唤起回忆者久已迟钝的触感。而且,当回忆者汲汲于过往之时,我们应该自知,那个时代,专属于他,和他记忆中的他们,我们只是看客。

鲁迅说,"看客"是"毫无意义的示众的材料",这是站在社会学的角度。从心理学的角度似乎有另一种解释,就是被看者给看客提供了一面反观自身的镜子,看客即使没有做出任何实际举动,但至少在情感上,他与被看者达成了某种默契,人们往往把这种默契称为"人的共通性",或别的类似的概念。比如蠢蠢欲动和肆无忌惮,温柔青涩和冲动孤傲,等等等等,既是《告别天堂》的,同时也是每一代人的青春标签,承认不承认无关紧要,重要的是它曾经存在过或正在发生着,只不过,时、境、人不同,姿势各异。

拿小说里的人物天杨、江东、周雷、肖强来说，好像生活在爱情的包围中，但什么是爱情？这是一个问题。发生在他们之间的交往与分别、痴狂与决绝、报复与妒忌其实都是为了寻找最终的答案。十年之后，他们重又不期然在这个城市相遇，爱情的指针依旧摇摆不定，所以，笛安设置了一个没有结局的结局——女主人公"转过脸，含着泪，嫣然一笑"。记得徐志摩诗中的那个日本女郎，也是嫣然一笑，但那是分别的忧愁，带着"蜜甜"，可天杨呢？谁又能猜到结局？无须猜，因为爱情从来就没有结局，它永远在路上。当一个人用相对成熟的心智重新来凝视曾经青涩的爱情，以及伴随爱情而来的各色生活时，他会发现，不是因为发生早晚的问题，而是它就在那个时间、那个地方、那些人中间产生了，存在了，消失了。这就足够了，不是吗？

我们当然不能怀着世俗的"美目"来看这个故事，那样，即使是美目，也会变丑。爱情也好，激情也罢，表现的只是一种状态，一种人的内心状态的想象可能。简单的对与错的评判会堵塞小说本有的力量源。就像方可寒，那个被众人呼为"婊子"的、自我驱逐于规则之外的女孩儿，她同样在以自己的方式希望拥有生活，拥有爱。种种的不理解，恰恰是因为我们还没有学会理解；种种的不宽容，恰恰是我们没有学会宽容。

所以加缪在小说《局外人》的序中说："他远非麻木不仁，他怀有一种执着而深沉的激情，对于绝对和真实的激情。"

节选批读：

（方可寒患病，即将不久于人世，天杨抱着一种极其复杂的心态来看望这位昔日的"情敌"，每天下课后，还坚持朗读小说给她听。选文描述的是天杨给方可寒朗读最后一篇小说《局外人》时的情景，不由得让人想起德国作家本哈德·施林克那部直指人性深处的小说《朗读者》。——笔者注）

阿尔伯特·加缪和他的《局外人》就这样姗姗来迟。像所有的名角儿一样，是用来压轴的。（前有"姗姗来迟"，是拟人化手法的运用，意在表现加缪和《局外人》成为被朗读对象，在时间上的缓慢和在意态上的从容，加之《局外人》主人公与方可寒具有某种生命向度上的一致性，读来便更显出惺惺相惜之感；后有"名角儿"压轴，系比喻用法，人——加缪和《局外人》——以名角儿做比，贴切、熨帖。）

"你知道吗？"我告诉方可寒，"加缪是我除了江东之外最喜欢的男人。我看过的所有其他小说，不管写得多好，我都觉得那是在描述生活，只有加缪，他不是在描述，因为他的小说，就'是'生活本身。好，"我凝视着她有点困惑的眼神，"准备好了吗？我要开始了。"（对话中适时穿插人物的动作、神态描写，既避免了大段语言铺陈的单一和平泛，又能让读者感受到当时对人物心理的微妙变化。）

"今天，妈妈死了。也许是在昨天，我搞不清……"我该选择一种什么样的声音呢？加缪的调子里充满了短促的、喘着粗

第十四课 笛安与《告别天堂》 / 117

气的、荒凉的力量。("力量"前置放三重定语,起强调作用,且定语都很短,以此突出加缪叙述语调的感性特征。)我的加缪是在阿尔及利亚长大的。那里的人说一种就像太阳和荒原赤裸裸相对的、倔强的语言,我总觉得这是决定这力量的直接原因。

默尔索的妈妈死了,默尔索没有哭。默尔索守灵的时候吸了一支烟,喝了一杯牛奶。默尔索送葬之后的第二天就跟玛丽睡了觉。邻居老头辱骂着和他相依为命的老狗。默尔索杀了人。(《局外人》中前半部分的每一个情节都以一句话概括,以求迅速抓住读者注意力,且前半部分是为后半部分的重点叙述做铺垫,故简省为好,没有废话。这也与整个选段的叙述节奏相适应。)

方可寒的眼睛一亮。她说:"越来越有意思了。"故事刚开始的时候她还偶尔露出不耐烦的表情,现在她却是聚精会神的。

默尔索上了法庭,默尔索被指控为恶棍,因为他妈妈死了他没哭,因为他守灵时抽烟,所以他一定是故意杀人死有余辜。既然已经死有余辜了那就让他死吧,默尔索被判处死刑。法官说,以法兰西人民的名义。默尔索说大家都是幸运者,因为所有的人都会被判死刑。(与上同,以简练为主,但此段只叙述了一个情节,比起前面的一句一个情节,稍有加长的趋势,这说明最重要的内容即将来到,果不其然,结局才是大书特书之处。)

来了,我是说结局,我终于等到了它。(兴奋?释然?紧张?五味杂陈!)

我的声音因为这长久的等候变得温柔如水。就像是经历了很长的一番跋涉,我期待着,那个结局能和方可寒不期而遇,就像和小学五年级的我一样。好吧,别紧张,你不用修饰自己的语气,不用那么刻意,你的声音早就在胸腔里酝酿了这么多年——我是说,为了这最后一段而专门准备的,独一无二的声音。

……我筋疲力尽,扑倒在床上。我认为我是睡着了,因为醒来时我发现满天星光洒落在我脸上。田野上万籁作响,直传到我耳际。夜的气味、土地的气味、海水的气味,使我两鬓生凉。这夏夜奇妙的安静像潮水一样浸透了我的全身。这时,黑夜将近,汽笛鸣叫起来了,它宣告着世人将开始新的行程,他们要去的天地从此与我永远无关痛痒。很久以来,我第一次想起了妈妈。我似乎理解了她为什么要在晚年找一个"未婚夫",为什么又玩起了"重新开始"的游戏。那边,那边也一样,在一个个生命凄然去世的养老院的周围,夜晚就像是一个令人伤感的间隙。如此接近死亡,妈妈一定感受到了解脱,因而准备重新过一遍。任何人,任何人都没有权利哭她。而我,我现在也感到自己准备好把一切再过一遍。好像刚才这场怒火清除了我心里的痛苦,掏空了我的七情六欲一样,现在我面对着这个充满了星光与默示的夜,第一次向这个冷漠的世界敞开了我的心扉。我体验到这个世界如此像我,如此友爱融洽,觉得自己过去曾

第十四课 笛安与《告别天堂》 / 119

经是幸福的,现在仍然是幸福的。为了善始善终,功德圆满,为了不感到自己属于另类,我期望处决我的那天,有很多人前来看热闹,他们都向我发出仇恨的叫喊声。(虽是大段的引述,但这是朗读者——天杨认为《局外人》中最精彩、最撼人心魄,与方可寒的当时心境最能产生共鸣与回响的地方,所以,这样的引述非但不是累赘,而且有画龙点睛之效,对方可寒与天杨两人情感的持续发酵起到巨大的推波助澜的作用。)

我合上书,知道自己的手在微微颤抖。鼓足勇气抬起头,方可寒的脸上有两行泪。"天杨,"她慢慢地说,"我想活着,我舍不得我自己。"

"你当然会活着。"我说。

她微笑:"有件事我必须告诉你。"

她伸出她精致得像是冰雕的手指,("冰雕",既显示出方可寒手指的精致、美丽,又暗示出她身患重病,手指毫无血色的状态。)在脸上抹了一把:"对不起,天杨,我喜欢江东,一直。"

"听我说,"我笑了,"你要努力,你要好好地活着。等你好了以后,我们三个人在一起。不用管别人怎么想、怎么说,我们去一个另外的大城市,全是陌生人的地方,我们三个人,相亲相爱。"

她怔怔地看着我,她脆弱而美丽。"我会保护你,"我温柔地想,"你,你们。"

后来的日子我常常问自己。当时我那么说,是不是因为我知道她活着的希望不大？我的话里有没有哪怕是百分之一的欺骗？但是我放弃了这种追问。(反问形式,更加有力地说明天杨很长一段时间都为这一系列的怀疑和追问而苦恼。)因为我记得,当我读完《局外人》的最后一句时,当我看见她脸上的泪的那一刹那,我原谅了一切。我原谅所有伤害过我的人,我也希望所有被我伤害过的人能原谅我。我原谅自己和江东的爱情里那些自私的占有欲,我原谅我们在缠绵悱恻时或恶言相向时以"爱"的名义对彼此的侵袭和掠夺,我原谅我们的每一句情话里那些或真诚或虚伪的夸张,我原谅我迫切地想要留住江东不过是因为我舍不得自己的付出,我原谅他在真诚地爱我的同时像吸毒者抗拒不了海洛因那样抗拒不了方可寒。我原谅他在这无法抗拒的邪念里一点点沦陷。我原谅正在沦陷的他经历过的煎熬。我原谅他在这煎熬中对他自己和对我的折磨。我原谅他因为这撕心裂肺的折磨变得自私残酷。我原谅他在这自私残酷中抱紧我时那分软弱的逃避。我原谅我们俩在这软弱的逃避中一起企盼方可寒会死的那份共同的罪恶感。我原谅我们分享这共同的罪恶时领略到的卑微的暖意。我原谅我自己面对这份暖意时以虚伪的道德为由虚伪地自责。我原谅我为方可寒所做的一切竟然治愈了我的自责。我原谅在这治疗中我和江东共同秘而不宣的自欺和苟且。我原谅正在原谅一切的自己心中升上的哪怕是一丝丝的自我牺牲的虚荣和满足。我原谅正在原谅一切的自己的心中名为释然实为软弱的投降。(一连用十八个"我原谅",构成超长的排比句式,且每次所原谅的内容都是上一原谅的延续和深化,可见天杨经历了一番长久而痛苦的反省思索历程。)我原谅,我什么都原谅了。(反复修辞,情感终于爆发,内心终于释然,一切的纠结与怨恨化为尘埃。)我的"充满星光与默示的夜"在 4 月的一个美丽的黄昏降临,那是一种被点燃的感觉。我终于理解了你,我的默尔索,我的朋友,我的兄弟。(表面上理解了默尔索,其实意在现实中对"朋友"和"兄弟"的理解和宽容,当然,还有病床上的方可寒。)

一个星期后,我们第一次模拟考的前夜,下着雨,方可寒死了。(短句相连,看似简短、淡定、波澜不惊,其实是举重若轻,一股淡淡却无尽的忧伤在心底流淌;与上面段落隔开一行,除喻示时间在"一个星期后"之外,也与前面悠长的情景描写与心理独白形成鲜明对比,一长一短,一重一轻,孤寂悲凉之意,达到顶点。)

写作提示:

详略、轻重、短长的搭配得当,是选段之所以扣人心弦、引人深思的妙笔之处。如天杨在给方可寒朗读《局外人》时,结局之前的情节相当简短,但也有变化,前半部分一句话讲一个情节,中间默尔索被判死刑一节,则安排了一个小自然段的篇幅。到结局部分篇幅骤然加大,而且是完全引述,一步步走向高潮。

动作、对话、引述、独白等手法的穿插运用。全方位照顾到人物在情节发展过程中的情感及心理走向,尤其是对人物心理微妙情绪的把捉,仅一两句,即已跃然纸上。而内心独白则又很好地为此情此景诠释了它的隐喻外表下的深意。

第十五课 李锐、蒋韵与《人间》

"人"的名分

作者素描：

李锐，男，1950年生于北京，1969年到山西吕梁山区插队落户，先后做过六年农民，两年半工人。1974年发表第一篇小说，出版有小说集《丢失的长命锁》《红房子》《传说之死》，长篇小说《旧址》《无风之树》《万里无云》《银城故事》等。《厚土》系列小说曾获第八届全国优秀短篇小说奖，第十二届台湾《中国时报》文学奖。2004年3月，李锐获得法国政府颁发的艺术与文学骑士勋章。是被瑞典著名汉学家看中的少数几个可能问鼎诺贝尔文学奖的中国作家之一。其作品曾先后被翻译成瑞典、英、法、日、德、荷兰等多种文字出版。

蒋韵，女，1954年生于山西太原，李锐之妻。1979年发表小说处女作《我的两个女儿》。2007年，小说《心爱的树》获第四届鲁迅文学奖中篇小说奖。

导读与分享：

1999年，雷峰塔倒塌七十五年后，杭州市政府做了一项顺应民心的决定——重建雷峰塔。与此同时,对雷峰塔地宫的开掘,便成为人们争相关注的焦点。在他们的内心深处,那片杂草与瓦砾掩埋的废墟下面,是一个流传千年的古老传说,是牵系着无数人情感记忆的白色精灵。人们凝神屏气,双目圆睁,默默等待着地宫开启的那一瞬间……

令所有人颇感意外的是,地宫被掀开后,人们并没有发现白蛇的踪影,却发现了另一个惊天的秘密:《法海手札》。

这是真的吗?当然不是!地宫的确被发掘过,但若说地宫中存放着白娘子的死对头法海的手札,无疑是作者的杜撰。然而,正是作者精心编织的这一谎言,重新勾起了我们寻觅"白蛇"真相的渴望:《法海手札》中究竟讲述了一个怎样的"白蛇"?它还是我们记忆中那个美丽而痴情的"白娘子"吗?法海又为什么要置人间真情于不顾,将她与许宣活活拆散呢?在法海的内心,到底有什么样的心魔在缠绕、驱使着他?……

这些未解的谜团,在李锐与蒋韵合作完成(因与出版社签订合同时,未署蒋韵名,故小说在正式出版时,作者仍署李锐名)的这部重述《白蛇传》的小说中,一一为我们揭开了谜底。可是,揭橥"真相"却并非作者的最终目的,小说中远有比真相更清晰,也更可怖的东西,那就是人心。

为了能做一个真正的人,白蛇本欲在"白云洞"中苦修三千年,可到了第两千九百九十九年,她却因救一老妇而功亏一篑,终未修得"人心"。但一心要做人的她岂能罢休?凭借已修得的"人的情色之身",她义无反顾地来到了人间。她虽不是人,却希望用自己的真诚打动人、融入人,并成为人的一分子。为此,她断然放弃自己作为"妖"的无穷法力,谨守人间的秩序和规范,"接受命属于'人'的一切命定":为救许宣,她舍命求得"九叶草";客居"碧桃村",她种瓜种菜,与夫君同甘共苦;得知自己生下的孩子是"人身",她喜极而泣;胡爹被五步蛇咬伤,她奋不顾身,悉心救治,乃至在决定人蛇生死存亡的惨烈厮杀中,她都不惜出卖自己的同类,毅然决然地站在人类这一边……为能得到这可怜的"人"的名分,她甘愿付出自己的所有,即使是生命又何足惜哉?但令她万万没有想到的是,就是她一心为之帮助和善待的人类却成为将她送上刑场的刽子手。当她举起短剑,朝自己的心窝猛刺的那一刹那,才真正地明白:"她,她的孩子,她孩子的孩子,永远都不会是一个完美无缺的——人。"而这"人间",不来也罢!

"当迫害依靠了神圣的正义之名,当屠杀演变成大众的狂热,当自私和怯懦成为逃生的木筏,当仇恨和残忍变成照明的火炬的时候,在这人世间,生而为人到底为了什么?"作者在《人间》中这句痛彻心扉的话,是对我们每个人内心的拷问。

"粉孩儿"在小说第一章中即已出现,他既是白素贞和许宣爱情的结晶,又是白素贞曾经在人世的生命延续,从这个流淌着母亲血液的孩子身上,我们或许能寻绎到"白蛇"生生不息的传说。

节选批读:

他盘在树上,双腿倒钩树干,让自己隐藏在浓密的树叶中。一只呆头呆脑的不设防的小麻雀飞过来,发出心无城府的欢叫。(拟人修辞。"呆头呆脑""不设防""心无城府"这些形容词的连用,一方面强调小麻雀并未注意到迫在眉睫的危险;另一方面,与下文他以迅雷不及掩耳之势捕捉到小麻雀形成鲜明对比,一张一弛之间,将"粉孩儿"出于本能的怪诞举动尽显无遗。)正午的阳光,明亮到令人目眩——那是一个静谧安详的正午。突然他身子如箭镞般"嗖——"一声飞出,只一闪,再弹回,那只无辜的小麻雀就落在了他的齿间。它挣扎,用翅膀拼命拍他的脸,一股腥甜的鲜血慢慢溢满他的口腔。(由"落在""齿间"到"溢满""口腔",是蛇捕捉猎物的习惯性动作,刻画细致精确,暗示"粉孩儿"的身上具有蛇的禀赋。)

脚下,树林、草滩,又明亮又静谧。一条仁慈的大河在前方从容不迫地流淌。四周没有人看到他这种怪诞而残忍的游戏。(与前文相呼应,一再提到周围环境的"明亮""静谧",实是想强调:"粉孩儿"作为"蛇",与大自然之和谐亲密,他的举动却是不容于"人类"世界的,是"怪诞"而"残忍"的,看来,唯有在大自然中,他才能找到自己的归宿。)

他热爱这欢乐的捕捉,热爱静谧的厮杀:麻雀、山雀、知更鸟、白头翁,还有那些形形色色的昆虫,金铃子和天牛、蚂蚱或是蜻蜓,他热爱身体如箭镞般飞出的欢乐,热爱舌头的探索,他也热爱最新鲜的血液溢满口腔的快感。(五个"热爱"组成排比句式,且均以"粉孩儿"直观的感觉体验出之,与他尚处于幼龄的认知程度相吻合。同时,进一步表明其先天所具有的无以更改的"蛇性"。)那快乐的感觉竟让他如醉酒般晕眩。

他叼着猎物,用手背去抹嘴角的血迹,他不能留一点罪证。("猎物"一变而为"罪证",说明在他的潜意识中,已开始了从"蛇"到"人"的身份转换,承前启后,过渡自然。)

难过就是在这时候袭来,在极乐之后。他忽然恐惧地松开了嘴,小麻雀"噗"地掉在地上,最后扇动着它永不能再飞翔的翅膀。他一阵翻江倒海地恶心,猛然张大嘴巴,似乎想给那不幸落入黑暗深渊的小灵魂一条出路。他知道这是没有用的,可他只能久久地大张着嘴巴——是对自己的惩罚。("极乐"之后是"恐惧",行为亦随之与一开始的无所顾忌形成反差,后文的叙述自然要转移到对人世的述说上。)

起初,看上去,他和每一个刚刚出生的普通孩子没任何两样,粉团一般的小身体,胳膊像鲜藕,大眼睛,透明的水玉般的小指甲,黑黑的头发,是个未来的美丈夫。

五个月上,咿咿呀呀,见人就笑,露出两个浅浅的小酒窝,哭起来却是惊天动地浑不讲理。喜欢女人,喜欢让女人抱。干净漂亮的小村姑们一走过,他就噢噢地冲人家撒欢。而男人们,无论老少,他都骄傲地不理不睬。(先外貌,后神态,接着是动作,描写方式多样,且愈来愈生动具体。)

他娘(指生母白娘子)快乐地说,原来也是个小情种啊!("未来的美丈夫""小情种"均暗指他作为"人",继承了父亲许宣从形貌到性情的某些遗传基因。)

这小情种,小美丈夫,一天一天长大,悄悄长大,身体中神秘的秘密,无人知晓。突然有一天,他乘人不备爬到了户外,有什么东西在引诱着他、召唤着他。是一种声音,竹笛,牧童的竹笛,这声音让他莫名其妙地兴奋、激动,唤起他身体深处的东西,混沌深处的东西,充满了记忆和向往。他陶醉地舞蹈,在地上扭动,在这欢乐的刹那间,他还原为另一种生命和生灵。("蛇性"的另一种表现,也正是因为"粉孩儿"这一怪诞异常的举动被人类发现,才给他的生母及青儿带来了杀身之祸,此处提及,起铺垫作用,与小说后半部分相呼应。)

那是一个大灾殃的开始,不过他毫无记忆。("大灾殃"即人类对白娘子和青儿及其蛇类的迫害与杀戮。)

再大起来,四五岁的时候,他突然迷上了捕食。那时他不知道自己是有异秉的。他很快活,舌头一卷,一只小虫就下了肚,再一卷,又一只。弟弟檀童蹒跚地跟在他身后,学他的样,粉红的短小舌头,一伸一伸,却一无所获。檀童撇着嘴,哭了。他友爱地俯下头,将刚刚捕获的猎物,一只金铃子,喂到了檀童的小嘴里。

就在这时,他听到了娘(指养母顺娘)的惊叫。

父亲闻声从屋里跑出来,娘用手指着他们小哥俩,说不出话。父亲脸白了,他冲过来,掰开檀童(顺娘所生)的嘴,抠出了那只金铃子。然后就扑向他,掐他的脖子,摇他,掰开他的嘴,用一根指头狠命地去捅他的喉咙。粉孩儿呕吐了,那些猎物,一只只,呕出来,带着他的唾液,有一只,甚至还垂死挣扎地扑了两下可怜的翅膀。

白灼灼的烈日下,他头晕目眩,眼里迸出无数颗闪亮的金星,像诱惑他的美妙的飞虫。("飞虫"本就应是"粉孩儿"的猎物,以此作比,十分贴切。)

夜晚,父亲坐在他床边,摸他的头发、脸颊,轻轻地、郑重地说:

"粉孩儿,你要记住,人是不吃虫的啊。"

父亲的脸,还有声音,都很悲伤,那悲伤是他不能了解的,却让他害怕。

"吃虫,会引来祸事,儿,你要记下!"父亲又说。

灯焰在父亲脸上,一跳一跳,墙壁上父亲的身影也一跳一跳,像鬼魅的舞蹈。他不知道"祸事"是桩什么东西,可那一定是可怕的、黑暗的。而他自己则是一个能引来"祸事"的可怕的人。

写作提示:

选文整体上采用倒叙手法,呈逆时序结构。先叙述粉孩儿记事以来,某一次捕食麻雀的场景;然后再回到他刚出生时,依循时间顺序讲述其在儿时不同阶段的成长历程。这样的叙述方式,容易给读者造成一种悬念,激发阅读兴趣。我们有时不妨一试。但一定要注意前后叙述的整体性和一致性,尽量做到过渡自然,没有斧凿的痕迹。

在顺时序叙述的过程中,切忌千篇一律,没有主次变化,否则便会写成流水账式的简单记录。选文对"粉孩儿"的成长历程的讲述,就很成功。"起初"——"五个月上"——"一天一天长大"——"再大起来,四五岁的时候",交代时间的方式各不相同;年龄越大,所叙述的内容也相应增多,到四五岁时,喂食弟弟虫子及后续情节写得相当详细。这样既避免了重复,又符合人物成长的规律。而且重点放在"粉孩儿"吃虫子后父母的反应以及父亲和他的郑重交谈上,也与整篇小说的写作主旨相适应。

选文的铺垫、过渡、转换、照应都恰如其分,这是我们在平时的写作中应该注意的。这方面做好了,文章则会更加协调、紧凑,有质感。

第十六课 方方与《水在时间之下》
戏里戏外

作者素描：

方方，女，本名汪芳，1955年生于南京。曾为中国作家协会全委会委员，湖北作家协会主席。1982年，发表处女作《大篷车上》。1987年发表的中篇小说《风景》，被认为拉开了"'新写实主义'序幕"。主要作品有：中篇小说《祖父在父亲心中》《白雾》《桃花灿烂》，长篇小说《乌泥湖年谱》《武昌城》，文化随笔《汉口的沧桑往事》《到庐山看老别墅》等。《水在时间之下》创作于2007年，次年6月完成，是方方的代表作，后被改编为大型现代京剧《水上灯》。

导读与分享：

乍看这个书名，"水在时间之下"，你的脑子里是不是立马蹦出来一个问号：水为什么会在时间之下呢？接着，是第二个问号：究竟这部小说讲了一个什么样的故事？那么，请翻开第一页楔子——"我写的这个女人在汉口……她叫水滴……你就是当年的水上灯……当戏子，就两个字：心苦……这一滴水业已穿越八十年时光……时间可以埋没一切……我这滴水就埋在时间下面……"把这些断续的声音连缀,你是否已经猜出个大概?不错,这是一个艺名叫"水上灯"("水滴"是生母抛弃她时给她起的名字,意指"只当是世上的一滴水,滴下来,没人搭理,就干了")的汉口戏子八十年苦痛人生的回忆。当然,在方方笔下,这回忆便不再是回忆,而是演绎。

时间在1920年早春,一个女婴呱呱坠地,一段传奇即将开始。

水成旺喜得千金的那一天,突遭飞来横祸,惨死街头;水家人将水成旺之死归咎于刚出生的女婴,生母为图富贵安逸,无情地抛弃了她;女佣菊妈心生怜悯,又把她偷偷送给堂弟杨二堂夫妇收养。自此,水滴历经磨难,遍尝酸辛。杀父之仇、遭弃之恨、受辱之屈、痴恋之情,塞满了她心智的每一处角落,也引领着她波澜起伏、大悲大痛的人生轨迹。待到她终于实现心中所愿,成为汉剧舞台上最璀璨的明星时,却陷入了前所未有的凄凉与迷茫之中。如今功已成,名已就,所恨之人与所爱之人却因她一个个死的死、疯的疯、走的走。她仿佛真成了水家人从一开始便认定的"煞星",难道这就是命定的结局?小说中有一个细节颇值得玩味,就是当水上灯去黄梅五祖寺看望自己的心上人、业已出家的陈仁厚,希望重续前缘时,上山经过花桥的廊门,"桥的这边,写的是'放下着',而过了桥,那边呢?是'莫错过'"。不料昔日的情人心意已决,她只得无功而返,下山时再过花桥,"先落眼中的是'莫错过',走过桥去才是'放下着'"。这一前一后的次序之别,蕴含了无尽的人生况味。因此,不单是水上灯,你我是不是也应该自问:曾经错过了什么？又放下了什么？

小说中对汉剧这一地方剧种(盛行于湖北省境内长江、汉水流域)演出场景的描写多有涉及,这无疑为主人公惨痛而又不乏传奇的人生搭建了一座俯仰笑骂的戏台。你看那戏台上,水袖飘飞,碎步轻摇,唱腔或圆转,或凄厉；戏台下,凝神屏气,目不暇顾,因圆转而伤情,因凄厉而唏嘘。有谁能分清,究竟是在戏里,还是戏外？

所幸,水上灯是放下了,她从戏里走向了戏外,最终放下了所有,包括自己的魂。看来,不是时间埋没了水,而是水甘愿生活在时间之下。

选段中,水上灯跟随庆胜班名角万江亭去乐园演出,其中两场戏的主演玫瑰红因被暴雨阻滞,未能及时赶到,再不来,很可能引起剧场骚乱。正在大家焦急万分、六神无主之时,水上灯认为自己出人头地的机会来了,于是她自告奋勇……

节选批读：

水上灯突然心一动,她想起余天啸误场,周上尚临时顶戏的事。几乎想也没想,水上灯说,哪两个折子？("突然心一动"和"几乎想也没想",说明水上灯急于出人头地的迫切心情,亦体现出其性格的机智、果断。)剧场的管事说,《宇宙锋》和《凤仪亭》。水上灯立即兴奋了,说我都会唱。剧场管事不耐烦地说:"会唱就会演吗?"水上灯说:"我以前是上字科班的。我在洪顺班也演过戏。"班主问:"演过这两出戏吗?"水上灯说:"没演过主角。不过,我都学过。"班主说:"真是一堆废话。"(管事与班主的问话明显是对水上灯担当主角存有疑虑,但二者相比,前者揶揄和不信任的成分较多,故以反问句出之;后者尚存一丝希望,故用疑问句。由此可以看出,管事与班主所处位置不同,遂想法各异。管事更多的是基于狭隘的主观经验,而班主则要通盘考虑所有的可能性,包括让眼前这个黄毛丫头顶缺。)万江亭说,再等等看吧。不行我的戏先上。剧场管事说,把玫瑰红的戏压后倒是没问题,可是她还是没来呢?班主急道,这个死丫头,死到哪里去了呢!

两人又急吼吼而去。("急吼吼",不仅突出神色之急,亦突出声音之急,可谓声情并茂。)

万江亭静静地坐在椅子上,低头垂眉,沉吟不语。时间一到,他便上了场。他这一出戏是《四郎探母》。唱完回来,正欲叫水上灯倒茶,却没见她人。心道她是到外面玩去了,便自己倒了茶喝。(为下文水上灯在所有人不知情的情况下,悄悄化装登场埋下伏笔。)班主又走了进来,长吁一口气,说吓死我了。万江亭说:"赶来了?"班主说:"我正在门口望,剧场管事说她已经来了,化好了装,正准备出场。"万江亭说:"那就好。我说嘛,她是不会误戏的。"班主说:"还是你了解她。江亭,你们两个到底怎么啦?"万江亭说:"没怎么呀。"班主说:"你真沉得住气,我在班里都说了,做男人就得做江亭这样的。拿得起,放得下。我都服你。"万江亭苦笑了笑,说:"谢班主了!"

两个说话间,忽听到场下喧哗。剧场管事火急火燎地跑过来,大声说:"班主,怎么回事?上台的不是玫瑰红?"班主莫名其妙道:"不是她是哪个?"剧场管事说:"我看也是她呀,可是你听台下。你听!"(本以为是玫瑰红及时赶到,没想到却不是她本人,两相对比,给人造成极大的心理落差,刚刚放下的心顿起波澜,紧张感陡增。同时也有设置悬念,激发读者阅读兴趣的作用。)

班主和万江亭齐齐跑到戏台一侧。果然见台下有人伸手指舞台,又有人嚷嚷着。突然戏台上的赵艳容(汉剧《宇宙锋》中的主要人物,系秦二世时奸臣赵高之女,在剧中她假装疯癫,以抗强暴。)唱了起来。

老爹爹说此话人伦大变,
怪不得不忠名四海流传,
你的儿曾读过诗书经传,
岂学那失节妇遗臭万年。

这声音清澈婉转,有如林间百灵自如地啼鸣,又如清风从心头飘然拂过。(两个比喻句贴切生动,且各司其职,以林间百灵之啼鸣形容声音之婉转,以清风飘然拂过形容声音之清澈。)它由人们的耳朵,进入心头,仿佛瞬间能止住烦乱,让愉悦洋溢得满心。不但声音悦耳,而且眼波流转间,手指点翘间,水袖轻甩间,脚步碎走间(分句句式相同,整齐划一,有很强的节奏感,即写水上灯步态神情之曼妙多姿,给人以视觉冲击力。),招招摄人魂魄。

台下的骚动突然静止。一段唱完,便有人高声喝彩。议论声亦悄然而起。这是哪个?是玫瑰红吗?好像,又不太像。台上演至赵艳容装疯时,唱到"秦二世坐江山国法大乱,穿一双登云鞋随我上天"时,举手投足,轻灵妩媚,水袖旁甩,曼妙婀娜。即使头发散乱着,衣服亦凌乱,却仍美得出奇。观众立即便忘却玫瑰红,甚至没去议论到底是不是玫瑰红,只倾心地关注着赵艳容。(由议论台上的是否玫瑰红,到"只倾心地关注着赵艳容",说明观众被水上灯的表演彻底征服。)

看着台上的表演,班主大惊,说这、这是玫瑰红?万江亭失声道,是水滴这孩子。她像足了玫瑰红的身法和眼法,却又完全是她自己的一套。班主更惊,说,她?她能唱成这样?万江亭说,能!她在汉口迟早要红。班主说,今晚唱下地,她不就已经红了?没见台下观众的开心样子?万江亭说,这小丫头胆子大,居然敢冒充玫瑰红登台。如果唱砸了呢?她就是死路一条了呀。班主叹道,有这胆子的人,多半都能石破天惊。(此段有两处写法极妙。一是,班主和万江亭的对话共用了五个问句,其中

第十六课　方方与《水在时间之下》／137

班主均是反问,在感到难以置信之余,发现新的"摇钱树"的喜悦之情尽显;而万江亭则是出于对晚辈的爱护,故用设问,凸显了他的担忧。二是,班主的前两句问话,都不够连贯,这也同样暗示班主对水上灯演出成功感到不可思议。)

水上灯唱完下台,一眼就看到站在台侧的万江亭和班主,吓得她立即站定脚跟,不敢朝前走。水上灯说:"班主,万叔,对不起,我看到我姨没有来,就、就……"

话未说完,台下有人喊"上来!赵艳容上来。是哪个唱的?上来报个名头"。这声喊叫一出,台下都喊了起来,是哪个唱的?上来报个名!水上灯吓住了,说这这这,这怎么办?班主说,你说怎么办?上去呀。水上灯伸头望了望台下,有些怕了,说不不不,我不敢。班主说,刚才上去唱,你胆子大,现在倒怕了?(这里,水上灯的内心世界定是十分复杂,既有被观众认可的兴奋,又有擅自登台顶缺、担心被训斥的惧怕,还有两位重量级人物对她的表演水平作何评价的期待,总之是五味杂陈,所以"就、就……""这这这,这怎么办?""不不不,我不敢",这几句话说得极其短促,虽表面上极尽谦虚谨慎之能事,实则有故意掩饰内心情感之嫌。)

万江亭说,不用怕,我带你上去。我说你应就是了。水上灯说,好的,万叔。

在一派喧嚣声中,万江亭和水上灯上了台。

写作提示：

跌宕起伏、悬念丛生的情节设置和戏剧化手法的运用，是这篇小说的一大特点。选段也不例外。本已确定玫瑰红来演，却偏偏下了场大雨，致使其误场，急得大家团团转；水上灯想顶戏，不失为一种解燃眉之急的办法，可她没演过主角，结果被班主断然拒绝，事情重回到紧张状态中；万江亭唱完一出戏回来，不见水上灯踪影，以为她出去玩儿了，并未在意，这时，班主告知玫瑰红已化好装，准备登台，看来应该是虚惊一场了，哪想到，出场的不是玫瑰红，那会是谁？大家的心又提到了嗓子眼；待二人跑到戏台一侧看时，原来是水上灯，一开始人们还嚷嚷台上的演员不是玫瑰红，没想到水上灯没唱几句就把观众的心俘获了；水上灯唱完下台后担心害怕得要命，观众还要她重新上台报个名号，这可如何是好……真可谓环环相扣、高潮迭起，一浪接一浪，一浪紧似一浪，而每一个环节又安排得合情合理，丝毫没有斧凿的痕迹。

人物因身份、阅历及个性的差异，在对待同一件事情时的所思所想所言，自然会有所不同。比如管事和班主在对待水上灯欲顶戏的事情上，班主就更客观更全面一些。比如在水上灯顶戏的前前后后，班主和万江亭的不同反应，就体现了他二人角度和立场的差异。所以我们在平时写作时，要特别注意观察和体会人物心理的微妙变化与行为举止上的差别。

人物语言的表达不仅要注意在特殊语境中的具体方式，或短,或长,或急,或徐,而且其变化还要根据语境及人物自身性格心理的发展变化而变化。另外,并不是心中所想都说出来就好,有时恰恰是欲言又止,或意在言外,让读者从人物的话语中感受到其真实的内心,这往往是很难的,也是对写作者更高的要求。

第十七课 苏童与《河岸》
河与岸的隐情

作者素描：

苏童,男,本名童忠贵,1963年生于苏州。1983年开始发表小说。代表作有《米》《红粉》《妻妾成群》《已婚男人》《我的帝王生涯》等。中篇小说《妻妾成群》被张艺谋改编为电影《大红灯笼高高挂》,蜚声海内外。2009年,苏童凭借长篇小说《河岸》摘取第三届曼布克亚洲文学奖。

导读与分享：

这个世界有两级,一边是岸,一边是河。其实《河岸》就是这个意思。你也可以用其他词,譬如此与彼、首与尾。大抵仍在"二"的包围中。若岸是现实的话,河就是理想了;若河有幸被尊为现实,岸自然沦落为理想。角度不同,岸与河在你心目中的位置也不同。

库东亮一开始是在岸上的,邓少香烈士的遗孤——综合大楼里库文轩书记的儿子,干部家庭,出身高贵,所以能吃上奶油面包,坐上海绵沙发。20世纪六七十年代,一个物资匮乏的时代,面包和沙发自然不是寻常人家的物什。血统让东亮生活优渥……待到这一切被剥夺时,东亮13岁,岸放逐了他的父亲,也放逐了他。同样是因为血统,向阳船队便多了两个流浪者。此时,对于河,具体说,七号船才是他脚下的现实。当然,东亮的放逐不是"被",而是"要",是他主动的,是自我放逐。为什么不选择岸上的母亲?据他讲,是"命运"。"命运"这个词很神秘,命运可以让库文轩做邓少香背篓里的婴孩,也可以让别人做,命运可以让库文轩在综合大楼里作威作福,也可以让他剪断自己下身的"肮脏物"……命运能做很多事,在命运面前,"主宰命运"显得多么苍白无力。

　　回到小说,东亮到河上是13岁,到父亲跳河时,正好是十三年,也就是说,东亮的整个青春都给了河。船离不了岸,东亮也试图去接近岸,他在心中给岸保留了一个位置。但岸给他带来的是刺痛,除了慧仙。这里,我不得不提到慧仙,因为她可以证明东亮有过青春期所有的躁动和欲望。我有个很奇怪的想法,就是如果没有慧仙,东亮的青春该怎样度过?会不会连单相思都不可能?会不会走他父亲的老路,或者变成一个流氓?亏了慧仙,把东亮从河上引到了岸上,才让东亮的情感不至于出位。故事也变得生动起来,理发店的风波可谓跌宕起伏,单是从恋与被恋的角度,也让我们更真实地体验了一把"成长的烦恼"。东亮的烦恼与"少年维特的烦恼"颇有几分相似,只不过东亮没有自杀,他的父亲却走上了不归路。

库文轩的自杀另有隐情。自他被岸放逐之后,便发誓"永不上岸",这话挺虚伪,他其实特想上岸,换句话说,就是东山再起,从东亮每次上岸都要给他投递申诉信就能看得出来。在小说里,库文轩是个被迫害者的角色,这符合东亮的情感思维,天然的父子之情。但跳出来看,库文轩的猥琐和卑劣不亚于赵春堂。这样归类似乎很残忍,但残忍常常更能道出真相,历史的真相。历史的真相是"历史是个谜",这句话好像是文具店的老尹说的。谁都可以说他讲述的历史是真相,只要他掌握了话语权。

所以看到库文轩驮着邓少香烈士的纪念碑一块儿沉入河里时,我的内心平静如水。岸上?河上?都无关紧要,它们只是世界的两级,被裹挟在其中的人们永远在其中奔跑往复着。写到这儿,我浑身战栗,我甚至开始怀疑库东亮声情并茂的述说,难不成这也是个谜?一个巨大的谜?

选段内容为东亮去理发店找慧仙,被李庄老七殴打后,无意中跑到他曾经在岸上的家,往事如潮水般涌上心头……

节选批读:

暮色掩映着油坊镇最幽静的心脏地区,工农街名不副实,街上的普通居民都已搬迁,只剩下了干部之家,街口停放的一辆吉普车、一辆上海牌小轿车显示了这地段的高贵,石子路刚刚铺上了沥青,所有人家门扉紧闭,掩映在梧桐树的浓荫里,显得门第森严。(名为"工农街",实际上已成为油坊镇上层政治人物独享的"贵族街"。"最幽静""上海牌小轿车""沥青""门扉紧闭",寥寥数语即勾勒出此地段与普通居民区的差异之处,与开头所称"心脏地区"相呼应。同时也让人联想起,在父亲得势时,东亮一家的生存环境何等优越。)工农街九号的房顶院墙几经翻修,清除了鸟窝,斩掉了瓦檐草,崭新的红瓦和雪白的院墙在暮色中闪着洁净而温暖的光芒。(注意"温暖"二字,这个"家"虽已改换门庭,但在东亮的潜意识里,仿佛依然是自己的家,他依然怀念着当年一家三口其乐融融的情景。)

是我小时候的家。房子几经易主,新主人是综合大楼的纪主任,据说是副团级干部,去年刚刚转业,他有一个欣欣向荣令人羡慕的大家庭,两个儿子在部队,一个是海军,一个是空军。我站在两扇绿漆大门前,看见一大片茂盛的丝瓜藤叶从院子里爬到了门楣上,门上钉了好几块小牌子,"五好"家庭、光荣军属、优秀党员之家。("牌子"虽小,却是主人政治身份的象征,且能获得相应的政治利益。过去,库文轩正是凭借院门上"光荣军属"的牌子,在油坊镇呼风唤雨,而库文轩的落难,亦是因为其"光荣军属"身份的丧失。此处之所以提及"牌子",亦是在今昔对比中暗示,那个年代政治身份对一个人命运的决定性影响。)我注意到纪主任家的信箱,还是我们家用过的旧铁皮信箱,刷了一遍奶黄色的油漆。我瞪着那信箱上隐隐泛出的"库"字,心里一阵酸楚,说不出是温情还是哀伤。抬头一看,院子里的枣树还在,一片枣树叶子落在我头上,我甩了甩头,树叶掉到了我的肩上,我摘下那片树叶,心里想房屋比人还健忘,看起来只剩下这片枣树叶记得我了。好多年没来工农街,悠闲的时候不来,心情好的时候不来,偏偏这个时候来了,我觉得自己像一条丧家犬,在狗窝的废墟上流连。(**此处为多重比喻,"丧家犬"喻指失去家的"我";"狗窝"喻指"我"的家;"废墟"喻指房子易主后,仅残存几处原来主人的痕迹;"流连"喻指"我"对自己曾经的家难以割舍的复杂心绪。喻体前后相接,紧密相连,是选段内容的整体概括。**)有个男孩滚着铁箍从我身边经过,瞪着一双圆溜溜的眼睛盯着我,你是来送礼的?纪主任家人都上班去了,晚上才有人。我说,我不送礼,我是房管所的,来看看房子。

十三年后,这个家对于我只剩下凭吊的意义了。我沿着院墙走,看见墙根处我当年垒的兔子窝还在,纪家的人现在把它改作了垃圾箱。我走到东面的窗子前,窗子紧闭着,新加了一排铁栅栏,窗后挂了一条花窗帘,里面黑漆漆的看不清楚。那窗子后面曾经是我的小房间。我的铁床就放在窗下。我在窗边徘徊,注意到窗玻璃上贴着一对蝴蝶窗花,我换了几个角度,试图看清楚房间现在的布局,突然我被自己的举动吓了一跳,那一定是纪主任女儿的闺房呀,看不得,看不得!姑娘家的窗下,过去是我的禁地,现在仍然是,我一猫腰,从纪主任家的窗下走开了。(**对异性既向往,又人为地情感压抑,这是青春期的典型特征。这种压抑不仅来自自身,也来自对父亲当年玩弄女性的负罪感。**)

小街的另一侧有一棵大梧桐树,我打量着大树的树干和浓荫,灵机一动,对我来说那是我藏身的好地方,不仅安全,也便于登高观望我从前的家。我爬上了树,视线豁然开朗。院子里老枣树还在成长,整个院子被枣树的树冠覆盖了一半。另一半到处架着晾杆和绳子,纪主任家不知从哪儿弄来这么多的鸡鸭鱼肉,一时吃不掉,鸡和鸭、猪头和鱼,都分门别类地腌过,晾在院子里。那不是我家的院子了。凭我的记忆,枣树下应该有个花坛,花坛里有一丛月季花,我母亲栽了很多年月季,别人的月季都开花,母亲栽的不开花,花事为我们一家的命运埋下了伏笔。我们搬出工农街的那年春天,月季花正好开了几朵,是第一次开花,粉红色的花骨朵小小的、瘦瘦的,我现在还记得半夜里起来撒尿,看见月光下母亲坐在花坛边,对着那丛月季花总结自己的人生。她对我说,这是我的命呀,都是你爹作的孽,月季花总算开了,我却要滚蛋了,看不见花了!(**此处有总结的意味,因前文已基本叙述了"我"回到"家"的情景,再以花事作结,象征"我们家"由盛及衰的命运沉浮,是对上文的升华。**)

我在梧桐树上看见了母亲最后的幻影。我进不了工农街九号,母亲的幻影却顺利地进去了。我看见母亲穿着酱红色的毛衣站在枣树下,她的目光越过院墙,恨铁不成钢地怒视着我,仿佛在说:"不准爬树,快下来,回家,回家!"(**看见母亲的幻觉,反映了我内心深处对流浪生活的厌弃、对"家"的极度渴望,即便母亲抛弃了"我"和父亲,这符合人性的基本需求。**)我的头脑很清醒,幻影的指令是听不得的,这个家近在咫尺,可惜不是我的家了。我坐在树上,感到腰部渐渐地疼痛起来,我知道李庄老七那一脚很厉害,也许会给我留下后遗症,我坐在树上揉着我的腰,忽然百感交集,这是第一次,我在反思自己的人生。父亲和母亲,我为什么选择父亲呢?如果当初我不从母亲身边逃走,我的前途会不会好一点?父亲和母亲,谁的教育对我好一点,谁更有资格把我培养成人?如果跟着母亲,我会失去驳船,失去河流,但至少在岸上有一个家。河上岸上,哪一种生活对我好一点?我思考不出什么结果,然后我听见了自己心里绝望的回答:"都是空屁,是空屁,哪一种生活都不好!河上岸上都一样,我还不如在这棵树上住一辈子呢。"(内心独白。先是连用四个问号,且一次比一次的发问更深入、更强烈,极度渲染东亮内心的矛盾纠结,而他最终却以短短的"空屁"回答了所有的疑问。前后对比鲜明,突出了东亮绝望之彻底。)

我爬在树上,对着梧桐树的枝杈和树叶发呆,街上的一条黄狗首先注意到了我,黄狗悄悄跑到树下,猛地对我吠叫起来。("我"竟被黄狗追逐,与前文"丧家犬"相呼应,看来,"我"在狗面前都不受欢迎,是被驱逐的对象。)我吓了一跳,以为是李庄老七他们追来了,我向更高的树杈上攀登,凭高一望,工农街上静悄悄的,有一户人家的门打开,探出来一个花白的脑袋,四下张望一番,又缩回去了。狗吠引来了那个滚铁箍的男孩,男孩来到树下,大惊小怪地朝我叫道,你那么大的人还爬树?你爬在树上干什么?我说,不干什么,我累了,在树上睡觉呢。"男孩说,骗人,鸟才在树上睡觉呢,你是人,怎么在树上睡觉? 我说,我是人鸟,我的家在树上,人鸟累了都睡树上啊。(再一次将自己视为"人鸟",这表明东亮已感受不到做人的尊严,自卑到极点。)男孩狐疑地观察着我,突然又叫道:"骗人,哪来什么人鸟? 你不是说你是房管所的吗? 房管所修房子,不修树,你爬在树上干什么? 是不是要偷东西? 你一定是小偷吧!"这下我有点急了,我说:"爬在树上就是小偷? 你也狗眼看人低? 我告诉你,我在这儿住的时候,你还没从你妈肚子里钻出来呢。"

男孩收起他的铁箍,风风火火往东边一个门洞跑,我怕他要去叫大人,赶紧从高处往下转移……(对外界的恐惧已使他草木皆兵,故而敏感异常。)

写作提示:

选文在描写场景时的观察顺序均依循"我"(库东亮)身体的移动及视角的转换而变化。由远而近,由外而内,层层深入:(在工农街口)工农街上—(向工农街九号走去)工农街九号的房顶院墙—("站在两扇绿漆大门前")院门上的牌子—院门前的信箱—院子里伸出墙的枣树枝叶—("沿着院墙走")院墙根—("走到东面的窗子前")纪主任女儿的闺房—(爬上"小街另一侧的大梧桐树")院子里。视角不同,视线所及的景物及范围也相应产生变化。既全方位、多视角地呈现了工农街九号的全貌,又不显得凌乱。

人物的心理活动伴随观察的深入显现出愈来愈强烈的特征,且心理表现方式多样化。从简单的形容,如"温暖""欣欣向荣令人羡慕"等,到直接表达,如"心里一阵酸楚,说不出是温情还是哀伤",从抒情独白,如"心里想房屋比人还健忘……在狗窝的废墟上流连",到幻觉描写,如"我在梧桐树上看见了母亲最后的幻影……回家,回家!",再到大段的内心独白,如"父亲和母亲,我为什么选择父亲呢?……河上岸上都一样,我还不如在这棵树上住一辈子呢",东亮对"家"的向往与期许便在这情感的推进中达到了顶峰。

对话内容一般要用引号,但选文中东亮和男孩的对话没有这样做,这样也可以,同学们在平时的写作中可以尝试一下,但注意不能给阅读带来障碍。

第十八课 张翎与《金山》

百年华工魂

《金山》与它的作者：

> 喜鹊喜，贺新年，阿爸金山去赚钱；赚得金银千万两，返来买房又买田。
>
> ——广东童谣

"金山"是19世纪末20世纪初去加拿大做苦力的华工对落基山脉的称呼，这些淘金客则被称为"金山客"或"金山伯"。不要以为金山遍地是金子，这只是当时儿无生路的人们的美好希冀而已，在金山，华工们不仅做着最肮脏最危险的工作，还饱受歧视。他们赚得一点血汗钱后，便寄往家中，维持一家老小的生活。其中有的攒够来回船票后，能回乡待上一年两年，娶妻生子后再回金山，但大多数人或因穷困、或因死亡而永无还乡之日。

《金山》的作者是张翎。1986年赴加拿大留学后，他便过着颠沛流离的生活，现在是多伦多一家听力诊所的听力康复师。如果你对这个名字比较陌生，那么冯小刚拍的电影《唐山大地震》,你一定熟悉的,它就是根据张翎的小说《余震》改编的。当然,张翎还写过很多小说,比如,《邮购新娘》(台湾版名《温州女人》)、《交错的彼岸》、《望月》(海外版名《上海小姐》)等等。是当今海外最具创作力及影响力的华文女作家之一。

别看张翎是女性,你在读《金山》时,却很难分清作者的性别,因此,有人说它是"一本没有性别的书",也许,正是《金山》与张翎以往创作风格的差异,使得这部小说成为她"目前的巅峰"。

导读与分享:

2003年夏天,一个不速之客闯进了著名侨乡——广东开平的一座几乎被人们遗忘的旧碉楼。她拾级而上,在三楼一个陈旧的梨木大衣柜前停下来。好奇心驱使她打开了吱呀作响的柜门,她惊异地发现里面竟然有一件年代久远的绣花夹袄,而更让她目瞪口呆的是,夹袄的袖筒里藏着一双挂了丝的长筒玻璃丝袜。在民国年间的广东乡下,能够拥有丝袜这种时髦服饰的无疑是金山伯的女人。她强烈地意识到,这夹袄和丝袜的主人在召唤着她,拨动着早已萦绕在她心头的那根弦,由此,她开启了又一次的写作之旅。她,就是张翎。

"百年华工的血泪史……"这只是提高销量的噱头,你大可一笑置之。当然,提"血泪"一点也不为过,但在血泪的幕布上上演着远比血泪本身更生动和丰富的内容,如果用更准确的词语,我想用"丰满"。这不能不归功于张翎的选择角度。她仅仅是选择了广东开平一个小村庄中方得法一家的聚散离合,便为我们展开了许许多多不为人知的传奇故事。故事可以杜撰,但故事底下的魂是真实的。

是什么牵扯着方得法,让他离开故土,又惦念着故土呢?在读《金山》时,我一直在寻找着答案。家人的吃穿用度,自然是原因之一,但隔三岔五有寄回去的银票;还可能是中国人落叶归根的观念使然,但方得法有的是机会返乡,可他屡屡以生活困窘、无颜见家乡父老为由作罢。这说明,他的思念,他的记挂,远远不是我们所想象的那么简单。从他和妻子关淑贤(六指)的关系中,我们或可见出某些端倪。他娶了六指后,便誓言要接六指去金山一同生活,但几十年过去了,他的承诺最终也没有兑现。而这诺言始终刺得他心底生疼,他不是非要还乡不可,或者说他的"乡"由原来可见可感的家乡,已经逐渐固定在一个人身上,那就是他深爱着也深爱着他的六指。所以,我们就不难理解,当次子锦河代替妻子来到金山后,他为什么会"被惊讶重重地击中,几乎坐倒在地上"。他并不是不愿儿子来,但他更想看到的是爱妻六指的身影,这个宁愿砍掉一根多余的手指,也非他不嫁的女人,几乎是他活在这个世界上的全部念想。所以,当浩浩荡荡的淘金大军,忍受着轮船底舱的污浊,奔向异国土地时,当他们甘愿在城市的边缘,忍辱负重,靠做苦力挣得微薄的银洋时,他们其实都怀着方得法般简单而朴素的愿望。生存下来,家庭团圆和幸福,才是他们的初衷。

张翎看到了这一点,她用一个个细节的真实诠释了历史的厚重。而这份厚重,却是隔洋守候的两个人用他们全部的生命体验来完成的。当然,在这条爱情加亲情的主线之外,还有方家几代人的生活,他们更像是以生命延续的方式,诉说着华人融入当地社会的不易和困惑,由被轻视到排华法案的施行和废除,由禁止被入境到因为华人在战争中的贡献而解禁,由被虐待和歧视到被给予平等的权利,华人走过的心酸路,都包裹在方家子孙具体而实在的日常生活中,但华人的融入步伐远没有结束,就像方家的第三代延龄竭力要将女儿艾米改造成一个纯正的加拿大人一样,她甚至不愿意承认艾米的中国血统,她用这种极端的方式,再次浇醒了我们久已麻木的神经。身份的认同,无论你承认不承认,都是横亘在人类面前的难以跨越的坎儿。

节选批读:

(方得法衣锦还乡,见到六指后,一见倾心,第二天一大早就来看望六指的养母昌泰婶,实则是想见六指。——笔者注)

昌泰婶把那两个纸包放在鼻子上闻了闻,噗的一声打了个喷嚏,问:"是什么东西,香得这么稀奇古怪? 我咬不咬得动呢?"阿法哈哈大笑,说:"那不是吃的,是洗脸的香皂。洗过了一天都香。"昌泰婶也呵呵地笑,说:"我一个老太婆还香给谁闻哪? 那是年轻人的物什。"阿法顿了一顿,说:"阿婶你实在闻不惯那个香味,给六指用也行。她用了你闻着香,跟你自己用是一样的。"(醉翁之意不在酒,连送的物什都是有专门对象的。一句"给六指用也行",自然就引出了那个倾心的人儿。这就是承上启下啊,你说妙不妙?)

昌泰婶喊了一声六指,给客人烧碗茶来。阿法只听见有人隐约应了一句,却半响没有动静。(这也是不见其人,先闻其声啊,还记得《红楼梦》里的凤姐吗?不过她那是大大咧咧,泼皮破落户一个,六指这隐约一声,可大有深意,羞涩、胆怯,还隐隐有点期盼呢。)朝后屋瞄了一眼,只见六指在后门的雨檐下喂猪。猪有三头,两白一花,都还是嫩崽,嗷嗷地拱着六指的裤脚讨食吃。六指将一勺泔水哗地浇进猪槽,水太稀,猪拱了两口就不吃了。六指抓了一把碎草,拿一根木棍呼呼地搅了几搅,又把棍子抽出来,敲了敲猪屁股,猪的叫声立刻低软了下来,化成一片喊喊喳喳的嚼食声。(阿法倒看得仔细,六指喂猪的细节,他一个也没落下。嗯,这女人好,一把劳动的好手,一看就是居家过日子的人,是呀,阿法说到底是乡下人,乡下人娶媳妇,主要不是对方有多漂亮,而是他的勤劳和健康。这种审美观虽不小资,但朴素而实在。)六指今天换了一身衣服,依旧是宽袖宽摆带绲边的斜襟布褂,却是月白色的——或许是其他颜色洗成了月白色的。宽身的褂子遮掩了身子的一切凹凸,只有弯腰的时候,才隐隐看见后摆之下两片结实的浑圆。

六指喂完饭,就进了灶房。一会儿工夫灶房里便响起了噗噗的风箱声。柴草的烟味还来不及钻进鼻孔,茶已经得了。六指用托盘端了两碗茶来,一碗给昌泰婶,一碗给阿法。阿法端过茶来,才发现六指煮的其实不是茶。六指的茶是米花泡的,米花白蛆似的浮了一层,上面漂了几片桂花。昌泰婶喝了一口,咂咂嘴,说衰女仔放了几多糖。(茶是米花泡的,说明她们生活的艰难,但米花茶上面漂的几片桂花,泄露了六指心中的秘密,那一定是特意给中意的人放的;糖就更不用说了,但作者没直接交代,而是借昌泰婶的口讲出来,这就是侧面描写咯。)

昌泰婶的牙缝里沾了一粒米花,一边拿小拇指去挑,一边哎哟地叫了起来:"六指你怎么成花脸了?"六指抹了一把脸,手指也黑了,才知道是墨汁,就低了头笑,说刚才给阿源家写对联来着。阿法说什么联子呢?六指说是寿联,阿源他爹六十大寿。阿法说我看你写的是什么,六指就领阿法进了后屋。(这又给阿法一个大大的惊喜,她识字哩,还会写对联呢。)

昌泰婶家有两件旧房,前屋是织布睡觉的地方,后屋是灶房,垒了一大一小两眼灶,摆了一张桌、一口大瓦缸,剩下的地方堆满了柴火、猪草和昌泰婶的线团。六指是在饭桌上写的字,墨还没全干,铺开了晾在桌子上。后屋只有一眼小窗,比前屋还暗。六指舍不得灯油,就把灯芯捻得豆粒般大小。阿法眯着眼,才勉强看清了上面的字。

上联是"寿比南山动静皆生慈",下联是"福如东海行坐总呈祥",横批是"福寿无疆"。

纸是红纸,撒了金箔,字虽不多,却横平竖直,笔笔硬挺坚实。阿法颠来倒去地看了几遍,又转过身来盯着六指看,直看得六指将一张脸火鸡似的缩进脖子里——却连脖子也红了。(倒不像是看字,主要还是来看人的,嗯,心领神会。不过亏得张翎想得出来,火鸡,那是欧美的产物,一下子就暴露了作者的海外华人身份。)阿法暗想这个女子干起活来像个男人,就连写字也像是男人的手笔,倒是长的模样是个十足的娇女子,(面相也不差,好兆头。)就问你的这副联子,是从哪里寻来的?是古今春联大全?六指摇头。他又问是农家字联吗?六指还是摇头。阿法说丁老先生用的都是这两本,你难道还有别的书?六指还是摇头,只将两只手在衣襟上绞过来揉过去,半晌才说我什么书也没有。

阿法吃了一惊,说莫非你自己想出来的?六指的脸越发红得要淌出血来,嚅嚅地说怕是对得不工整。阿法说对得不错,还是那个"行坐"的"坐"字,若改成"止",就更加对应了上联"动静"的"静"字。六指说真是的,好多了,(怎么样?学会一点对仗的技巧了吧?)便要去撕了重写。阿法一时兴起,说我来写吧。六指就重新研了墨,铺开纸,将狼毫在水里理顺了,递给阿法。(一唱一和,有点夫唱妇随的意思了。)

阿法将笔蘸饱了墨,沉吟了半晌才下笔。下笔几乎是一气呵成的,中间只续了一次墨。写完了,阿法将笔往水里一扔,便再也不看了。六指收拾了笔墨,说阿法少爷这几年的字越发遒

156 / 创造性写作

劲,在金山也有机会练字吗?

阿法一怔,说:"你怎么认得我的字?"六指轻轻一笑,说:"少爷的家信,老太太都是叫我给念的。"阿法就问:"那么这几年我妈给我的回信,也都是你写的?"六指点了点头。阿法忍不住笑,说"难怪。"六指问:"难怪什么?"阿法说:"我还奇怪丁老龟头的字怎么长进了。"(**这么有默契?看来他俩的结合是冥冥之中的天意了。**)

六指拧了一条热毛巾给阿法擦手,阿法说雪白的毛巾擦了我的脏手,怪可惜的。就抓起桌子上的一块脏布,随意擦掉了手上的墨汁。(**阿法不是不想拿毛巾擦手,他是疼惜这块毛巾,当然还有毛巾的主人。**)六指送阿法走出门来,太阳白花花地照了一地,门口的树枝似乎有些肥胖,仔细一看,原来已经爆了好些芽骨。阿法的青布鞋踩过泥地,留下浅浅的印记,却没有飞尘扬起——地上已经渐渐地冒起了些温软的湿气。(**"芽骨""温软的湿气",隐喻的意味已经极浓了,他们的感情既然已经开始发芽,下一步应该就是水到渠成?抑或风波骤起?**)

写作提示:

不同的情景有不同的节奏,那要看你写什么了。拿选段来说,写男女见面,或者也可以说是相亲吧,而且是两个粗通文墨的人相亲,就要斯文一点、柔缓一点、轻一点,别搞得像山呼海啸一般,让人读了一下子就没了兴致。

你看,阿法先是送昌泰婶香皂,其实是送给六指的,但他不能直来直去,而是绕着弯儿地把六指给引出来;但引出来六指也没那么简单,还要六指在远处磨磨蹭蹭地喂会儿猪,也给阿法见她之前,留有观察的余地;六指端上茶来,不是就没事了,脸上竟然沾了墨汁,这就又引出了六指领阿法去后屋看她的字的情景。到这儿,才算进入正题了,但正题里又生出许多厚实的枝杈,先交代后屋的摆设,再集中到晾字的桌子,再是桌上的字,然后才是二人的对话和动作、心理,而且具体到这里,也是层层铺开,非把细节写足了不可。节奏舒缓、饱满,张翎在把控节奏上,的确是有一套。

不过,可不是所有的场景都这么写哟,要是那样,你可就大错特错了。这节奏的把握,不仅要看情景的性质是什么,还要看人物的身份地位、性格特征、发生的地点时间等等,如此才能找到最适合的节奏,什么样的脚配什么样的鞋嘛。鲁提辖拳打镇关西是暴风骤雨式的,但鲁提辖要相亲是怎样的呢?有兴趣的话,你可以试着想象一下,并把它写出来,也算练练笔吧。

第十九课 莫言与《蛙》

呦呦"蛙"鸣

作者素描:

莫言,男,1955年生,原名管谟业,祖籍山东高密,中国当代著名作家。现为北京师范大学教授。1981年开始创作生涯,是"寻根文学"的代表作家。2012年荣获诺贝尔文学奖。著有《红高粱家族》《酒国》《丰乳肥臀》《檀香刑》《生死疲劳》等长篇小说十一部,《透明的红萝卜》《司令的女人》等中短篇小说一百余部,并有剧作、散文若干。作品已被翻译成多种语言,享誉世界。长篇小说《蛙》2011年获第八届茅盾文学奖。

蛙,娃,娲:

蛙是动物,娃是人,娲是神,三者联系到一起是什么?是生育,是繁衍。莫言以"蛙"作为小说的题目,其意自然包含了此,但又不止于此。中国人传宗接代的思想自古而然,什么"不孝有三,无后为大",什么"多子多福""养儿防老",什么"子子孙孙,无穷匮也",这些承自农耕文化的观念,至现在仍有巨大的市场。可地还是那么大的地,有限的资源容不下那么多人的吃吃喝喝,于是乎,"计划生育"便应运而生。按理说,这么做是应该的,总不能让中国人的后代都喝西北风去吧?但这个"理"是社会发展的"理",一旦与温热的人性人情相碰触,就立马变得冰冷和坚硬起来。

从现实看,在理和情的较量中,是理胜了,可是在人们的内心深处呢?在莫言的这篇明明是写"娃",却以"蛙"命名的小说中呢?

姑姑是乡里的专职接生员,她用科学卫生的新法给妇女接生,守着土法的"老娘婆"自然要退出历史舞台。由姑姑亲手接生的婴儿很多,经她手引流的小生命也不计其数,这是个悖论,"送子娘娘"怎么会变成"刽子手"?但于姑姑,这一切本来都好解答,一边是允许生,一边是限制生,作为一个忠实的执行者,姑姑只能照做,她集毕生精力诠释的其实是如她一样的身份模糊的一群人。她们在政策与人性的边缘游走,干的是光明正大的事儿,但架不住内心的折磨。

到后来,到姑姑老的时候,到她膝下终无一男半女、和捏泥人的郝大手相依为命之时,这种撕心裂肺的感受才越来越强烈,她让郝大手捏泥娃娃,她想象自己毁掉的每一个泥娃娃的面容,它们的五官,它们的一颦一笑……这些本应该出生在这个世界的孩子的魂魄,都被她一厢情愿地注入了一团团泥塑里。对姑姑来说,这是忏悔,也是赎罪。那些在池塘边爬行的蛙让她口吐白沫,昏厥倒地;那些声声泣血的蛙鸣让她寝食难安,辗转反侧。

是的,她大半生的时光都是在和这些蛙(娃)的较量中度过的,但她并没有获得心灵的安适,反而愈加自责和悔愧,这是出于人性的自责,是人之所以为人都会流露的情感。看来,姑姑并非人们所认为的铁石心肠,她也有人性,或者说,她的人性在慢慢地复苏。

我们知道,人性在被外力抑制时,或一个人对自己与生俱来的这种天性无甚察觉时,是一种状态,如姑姑,那种近于疯狂的执拗与冷酷;而这种人性之光一旦复苏,就是另一种状态,这种状态,可能会有不同的路向。其中之一,就是从一个极端走向另一个极端。之于姑姑,这种极端就变得相当可怕。曾经是不顾一切地毁灭生命,而现在,则是不顾一切地缔造生命。年近花甲的"我"竟然能让已经无法生育的妻子"诞"下一个婴儿,便是明证。姑姑最后一次接生一个生命,在她眼里,这个生命就是她侄子和侄媳的,她终于完成了自己的夙愿,虽然不能说画上了一个完美的句号,但至少不是永无休止的感叹号。可是,那个女子陈眉呢,那个因姑姑曾经逼迫她的母亲,而导致其产后大出血死亡的王胆的女儿,继其母亲之后,又一次充当了牺牲品的角色。如果说母亲的死是一场悲剧,那么陈眉怀胎十月,为"我"和妻子生下孩子,却被姑姑欺骗说"生了个死孩子",而不让陈眉母子见面,生生断绝了陈眉的唯一念想,又是什么呢?闹剧?抑或喜剧?……由此,姑姑的形象越发复杂起来。

当然,事情并非全然如此,也就是说,姑姑铸下更大的"罪恶",并不完全是人性久被压抑后突然爆发的结果。还记得"我"、小狮子、姑姑一帮人,因"我"老来得子,大摆筵席、弹冠相庆的情景,与陈眉绝望的祥林嫂式的凄厉声相对照,是多么沉痛而绝妙的讽刺!原来,姑姑人性的复苏,姑姑心头刚刚冒出的善良,在现实社会的酱缸里竟然如此不堪一击。

所以,姑姑的形象也在这更趋复杂的演绎中,衍生出一个令我们蓦然惊惧的残酷现实,那就是精神价值观缺失后,人性的大逃亡以及无以挽回的崩溃。

节选批读:

(这一年,高密东北乡的大蜜桃丰收,但由于阴雨连绵,道路阻绝,河水暴涨,外省前来购买桃子的车辆无法进入。无奈之下,公社只能让百姓水陆并进,把桃子运到五十里之外的吴家渡口,那里设有收购站。此时,为躲避计划生育一直藏在哥哥家的王胆临盆,所以丈夫陈鼻就想趁大家忙着运桃子,无暇他顾的机会,混在运桃的木筏中间,让王胆在自家木筏上将孩子生下来。不料,这个小计谋还是被姑姑发现,于是,姑姑和助手"小狮子"的计生船与陈鼻的木筏之间展开了一场惊心动魄的追逐战,最终……)

姑姑的船很快就追上了王家的木筏。接近木筏时,秦河放慢了速度,小心翼翼地向前靠拢。(秦河是专门驾驶计生船的,"小心翼翼""靠拢"这一举动,说明他在拖延时间,在他心里,也是希望孕妇能尽快把婴儿生下来的。)

王脚立在筏尾,手持长杆,金刚怒目,摆出了一副拼命的架势。王肝抱着陈耳,坐在筏头。

陈鼻在筏中,揽着王胆,哭着,笑着,喊叫着:"王胆,你快生啊!快啊!生出来就是一条性命啊!生出来她们就不敢给咱们捏死啊!万心,小狮子,你们败了!哈哈,你们败了啊!"

泪水沿着这个大胡子男人的脸,一行行地滚下来。与此同时,王胆发出一阵令人毛骨悚然的、撕肝裂胆般的哭叫声。(成败在此一举,被追逼的一方已经由极度的恐惧转变为极度的仇恨与愤怒,他们豁出去了,但豁出去的姿态又是各异的,这也符合他们的性格和身份特征。后文会专门予以分析。)

船与木筏紧挨着时,姑姑一探身,伸出了一只手。

陈鼻摸出一把刀子,凶神恶煞般地说:"把你的魔爪缩回去。"

姑姑平静地说:这不是魔爪,这是一只妇产科医生的手。(在陈鼻的眼里,姑姑的手是"魔爪",因为姑姑曾亲手引流了许多待出生的孩子;而在姑姑眼里,她的手则是"妇产科医生的手",因为她始终是在忠实履行计划生育政策,问心无愧,且这次,木已成舟,她有责任把孩子安全地接生出来。此番对比,短短数行,却摄人心魄,发人深省。)

我鼻子一酸,心中猛醒,大声喊:陈鼻,快把姑姑接上筏去!让姑姑给王胆接生!我用木杆钩住了筏子的立柱。姑姑移动着

第十九课 莫言与《蛙》 / 163

沉重的身体,登上了木筏。小狮子提起药箱,纵身跳到了筏上。

当她们用剪刀豁开王胆浸透献血的裤子时,我背过身去,但我的手在背后死死地拽住木杆,使木筏与机船难以分离。(如旁观者的"我"都"死死地拽住木杆",为孩子的平安出世贡献着自己的绵薄之力。在人性面前,所谓道理,所谓规章制度,一切都显得那么渺小和无力。)

我的脑海里浮现着一瞬间看到的王胆形象:她躺在木筏上,下体没在血水中。身体短小,肚子高隆,仿佛一条恼怒、惊恐的海豚。("恼怒""惊恐""海豚",此喻极写王胆当时痛苦的情状。)

大河滚滚,不舍昼夜。重云开裂,日光如电。运桃的筏队摇头摆尾而行,我的筏子,在无人掌控的情况下竟然也顺流而下。

我期盼着,我在王胆的哭叫声中期盼着,在浪涛澎湃声中期盼着,在岸上毛驴的高亢叫声中期盼着。(排比句式,一连四个"期盼",由主体到客体,由近及远,这种"期盼"的力度是多么强烈啊!)

筏上传来了婴儿喑哑的哭声。(终于松了一口气,这个历经千难万险的小生命终于诞生了!此时,不知道是该哭,还是该笑,也许是噙泪的笑吧!)

我猛然回过头去,看到姑姑双手托着这个早产的赤儿,小狮子用一根纱布缠着婴儿的腹部。

"又是一个女孩。"姑姑说。

164 / 创造性写作

后来,据小狮子说,王胆死前回光返照,神志清醒了一会儿。她的血流光了,脸色像金纸一样。她对着姑姑微笑着,嘴里似乎嘟哝着什么。姑姑将身体凑上去,侧耳听着她的话。小狮子说她没听清王胆对姑姑说了什么,但姑姑肯定听清了。王胆脸上的金色消退,变成灰白的颜色。她的眼睛圆睁着,但已经放不出光芒了。她身体蜷缩着,像一只倒干了粮食的瘪口袋,又像一只钻出了飞蛾的空茧壳。("瘪口袋""空茧壳",此处比喻得十分恰切,形象地表明了孩子出生后王胆那种虚弱的被掏空的感觉和状态,肚腹中没有了"孩子"这一内容,就只剩下一个空架子了。)姑姑在王胆尸体旁坐着,深深地低着头。良久,姑姑站起来,长长地叹了一口气,既像问小狮子,又像自言自语:这算怎么回事呢?(姑姑看似不经心的一声感叹,却悠长深邃,待读者、待我们来寻找答案。)

王胆不足月的女儿陈眉,在姑姑和小狮子的精心护理下,终于度过了危险期,活了下来。

写作提示:

精巧的架构,是选文在叙写过程中最突出的特征,直言之,就是长与短、主与次、多与少、正与侧、静与动等措置安排。总的来说,选段具体可分为三个部分:姑姑决定给王胆接生前、接生过程中和接生后。接生前,是双方激烈的斗争,动大于静,故句式以短为主;其中,姑姑和陈鼻是双方当事人的核心,为主要人物,所以要详写,正面描写,其他则略写。接生过程只是一瞬,且囿于男性身份,不能亲眼所见,故要简写,且侧面描写居多,静开始多于动。接生后,为选文重中之重,所以句式以长为主,详写,正面描写,而且几乎全是静态描写了。综观全文,无论短长、主次、详略、正侧、静动等等,都是依循着所叙述内容的走势以及作者的写作需要而变化取舍的,需深加体会。

另外,还是要说说具体情境中人物性格身份特征与其行为的一致性。选文就提供了很好的例证。在计生船追上木筏之后,木筏上各个人物行为表现的差异,便是人物性格身份特征的延伸。王脚作为王胆的父亲,本就是一个"混不吝",此时护犊心切的他更是无所畏惧,不惜以命相搏。而王胆的哥哥王肝,因陈鼻的大女儿的缘故,只能抱着外甥女,很无助地坐在筏头祈祷。陈鼻就不一样了,他是王胆的丈夫,是王胆最亲近的人,情感表达自然是最激烈、最疯狂,"哭着,笑着,喊叫着"以及接下来那撕心裂肺的话语,可见他当时内心已经濒于崩溃。哭是为妻子承受如此痛苦而忧惧,"笑"是为能逃脱追逼而庆幸,"喊叫"是为妻子能否顺利产下孩子而急躁。当然,这里面还有对姑姑的怨恨和某种无奈感。王胆呢,作为即将出世的孩子的母亲,她的哭叫声既来自身体的痛苦,又来自作为女性天然的恐惧惊怕。

不同的人共同演绎了一出催人泪下、无限怅惘的悲情述说。

第二十课 王安忆与《天香》
点点杨花入砚池

作者素描：

王安忆，女，1954年生。1978年发表处女作《平原上》。主要著作有《雨，沙沙沙》《小鲍庄》《锦绣谷之恋》《69届初中生》《纪实和虚构》《长恨歌》等，长篇小说《长恨歌》曾荣获第五届茅盾文学奖。2011年，其长篇小说《天香》在《收获》杂志第1期和第2期全文刊登，被誉为"明代的清明上河图"。

导读与分享：

  孤峤蟠烟，层涛蜕月，骊宫夜采铅水。汛远槎风，梦深薇露，化作断魂心字。红瓷候火，还乍识、冰环玉指。一缕萦帘翠影，依稀海天云气。

  几回殢娇半醉。翦春灯、夜寒花碎。更好故溪飞雪，小窗深闭。荀令如今顿老，总忘却、樽前旧风味。漫惜余熏，空篝素被。

——[宋]王沂孙：《天香·咏龙涎香》

明嘉靖年间,松江府(即今上海市)有一园,曰"露香园",乃当时上海三大名园之一。主人顾名世为官多年,后赋闲还乡,其孙媳韩希孟擅绘画及刺绣,所制绣品几与画同,时称"画绣"。流传至今,人亦称"顾绣"。

《天香》的故事即源于此,然是小说,名号当有所改动,"露香园"改为"天香园","顾名世"改为"申明世","韩希孟"改为"沈希昭",其余诸人未及考证,想必定是相差极大的。搁下名号不论,天香园中一应发生的故事,虽承自"顾绣",但与本事已无多少相干之处。或可以说,作者是在"顾绣"(小说中自然应称"申绣")的屋宇下,重新添砖加瓦,雕梁画栋,方撑起这段"明朝旧事"。

既为"绣",女儿家的情意自在其中,不是一个,是多个,不是一代,是三代。闵女儿将绣艺带入申府,本止于针线女红;经小绸"诗心"之注入,于是渐成气候,然仍脱不了日常物用之途;待希昭"绣画"出,方至天人合一之"完德";至于蕙兰,更因她将"天香园绣"从绣阁传入民间,而建莫大功勋。在这代际的传承中,首先"心"为最贵,其次才是诗书画,再次才是绣艺。所以,天香园的故事便是由这"心"牵系着,闵女儿的无爱婚姻、小绸的"负心"之怨、镇海媳妇的良苦善意、希昭的毓秀涵养、蕙兰的凄苦际遇均是这"心"的一角,每一角又因这样或那样的缘由,互通款曲,如小绸与镇海媳妇,如希昭与蕙兰,正应了小说中屡次提及的一副对句:"点点杨花入砚池,近朱者赤,近墨者黑;双双燕子飞帘幕,同声相应,同气相求。"哪里是在说爱情?分明道出了女儿家的姐妹情谊。

　　文人趣味,亦是《天香》一景,且是极重要的映衬。园林、宴饮、婚丧、刺绣、书画、管乐、制墨等等,不一而足。此中无论雅俗,在作者的笔下,都沾了雅的兴味和俗的精致,乃至于贩夫走卒、引车卖浆之流的话语中,竟可见出洞明世达的学问和理趣。无怪乎柯海要自行制墨,镇海一意遁入空门,阿潜则随优伶辗转了些时日,阿昉更是要亲自去街市上开豆腐店。雅趣与俗趣之所以能在此交汇融通,实依托于万物之本。天工开物,物理本源于一。正所谓"道生一,一生二,二生三,三生万物"。所以俗即是雅,雅即是俗。"天香园绣"便在这雅与俗的世相中陶冶轮回,终入仙籍。揆诸小说,便有两重含义:一可见明时上海的风物流俗,二可见藏于这风物流俗之内的情致秉性。

　　此外须提及的,便是王安忆在《天香》中使用的"红楼笔法",清雅细腻,纤柔素净,不疾不徐,舒缓有致,恬静中见情趣,淡泊中见真醇,与所述世态人情相得益彰,契合不悖。虽是仿笔,但丝毫不逊于"红楼",或有更胜一筹之情态。

　　小说中,希昭言:"一件物,倘若物表、物性、物本皆全而美,且又互为照应生发,便是上乘,缺一则不成大器。"据我看,《天香》足可称也。

　　选文中阿潜新近结交一友,名俊再,两人因同好丝竹弦管,渐成知己。一日,俊再邀阿潜至日涉园听曲,因唱家所持弋阳腔,起自草根,鲁直简约,不为江南雅士推重,几成绝唱,又听闻此种唱腔另有一番古意,阿潜心中遂生出无限向往,急急赶往日涉园……

节选批读:

7月15日晚上,阿潜同上回一样,乘一领小轿往日涉园去了。天长了,日头落下好一时,暮色却大亮着。与上回不同,方入金坛街,就见有几顶大轿进日涉园。(注意量词的用法,小轿用"领",大轿用"顶"。)大门开了半扇,有仆役迎候,纷纷往里领人。天光里看园子又是另一番景致,白昼的暑气此时从石缝草间蒸上来,形成极薄的雾气,受燥了一日的园子湿润了些,于是,每一草每一木看上去都像线描过,连水上的涟漪也是纹理清晰。(极写一草一木及水上涟漪轮廓的明晰,以此渲染园子的湿润、空气的清新,视线毫无遮挡,所以连这样细微的部分都能看得如此仔细。)明月堂倒反而变得远了,挑出在池面上的轩口,除了几把椅,没有人。阿潜与宾客依然是在轩堂东侧的水榭里,一总有十二三,都是陈进士儿孙辈的朋党。多半领略过些声色,不像阿潜老实,又认生,互相间搭话的搭话、打趣的打趣,将个园子闹得嘈杂起来。天暗一成,景物则深一成,四下里忽有无数草虫鸣起来,嗡嗡一片,渐渐听不见了,因灌满天地间。人声不由得敛住,默下来。天再暗一成,景物再深一成,淡墨变浓墨,星星从极高的顶上出来,悄没动静,刹那间布满天庭。(与前文"天暗一成,景物则深一成"句式相同,中间仅加了一个"再"字,便将天色渐晚之变化道尽,简洁而明快。"淡墨变浓墨"是将天色以墨作比,自古便有"文人墨客"之说,墨作喻体,不仅增了许多文雅气,且由淡至浓,区区两字之变化,画意却尽显。)

轩内有了人,坐在椅上,阿潜望去,见弦子、笛子、板子之外,又多一面单皮小鼓,立在一具架上。俊再依然打板子,击鼓人是新来的,只见他举一双细竹签,一抖腕,那三件即跟上,一并作响。阿潜便知,今天击鼓人才是众音之首。而这一次的乐音也与前次迥异,是从高亢骤急中起来,似乎遍地的树木山石都在鼓噪。那鼓与板忽作变徵,陡立于万声之上。(古有宫、商、角、徵、羽五音,变徵为古音阶中的"二变"之一,居于角音与徵音之间。用"陡"字来形容音变的速度极快。)随即,弦管戛止住,只余鼓板夹奏,切切切。("切切切"是象声词,形容鼓板夹奏所发出的声音干净利落。)虫鸣也息了,天地间好似揭去一层膜,倏然清亮起来,突显出那两种物件,一为皮,一为木,一为韧,一为坚,刚柔兼济,水乳交融。二者又渐渐分离,变同气为应答,变同声为对峙,互为繁简,相为主次,却无一刻松缓,迟迟不得决断。正无分无解,却起一声高腔,疑似从天而降,循声去,见轩口还有一张椅,坐一条汉,着青布衫袍,扎青布头巾,装扮如杂役。垂袖扶膝,纹丝不动,无喜亦无悲。那一声直抒胸臆,持恒良久,渐随鼓板切切切地下来,且有众声合起。原来轩口内暗处坐有一排人,看不清面目。那一条汉兀自起调,辗转上下,众人帮腔,翻云覆雨,鼓与板一路盘旋,宛如流水绕礁,山风过林。水榭里一片静,人人瞠目结舌,魂魄全飞。(此处是通感手法的运用,声腔之起落"辗转"为听觉,"翻云覆雨""流水绕礁,山风过林"为视觉。鼓板敲击之音随唱家腔调盘旋而盘旋,故以"流水绕礁,山风过林"形容之,意其旋律之急骤。且以水榭之静及听曲人之反应来映衬旋律之骤,形象生动。)常言道:大音希声,此地却是大音大声,无限喧哗,是汇天地人的噪声一并,如同江河汇大海。众声越响,非但不能掩蔽那一具高腔,反而将其托得越高,周游回荡,无拘无束,如同野唱。许多字音吐豆子一般吐出,并不能辨清字义,只听那音律节奏,铿铿锵锵,像煞大喜,又像煞大悲,再像悲喜交加,遍地涌起,不是你我他的,是你我他全并作一起。正怅惘失所,高腔陡然刹住,众声收起,再然后,三击鼓,一曲罢了。

  如此几番,腔与调有所不同,但全是激越亢进,一体式的心惊。月亮移动,那汉子的脸清晰起来,亦是一张杂役的脸,瘦、长、疏眉淡目,一旦出声,略有颦蹙,偶尔转眸,却有一瞥清光,是个亮眼人。(一曲奏罢,令人如此心惊,故听曲人必急切欲寻唱曲之人,唱家此时现身,正合时宜,此处属过渡,但相当自然,使读者不自觉地跟随听曲人的视线而转移。)

  月亮移到更西,唱曲人的脸又退至暗处,余下轮廓,那身形像是削石而成,几可见刀痕,岿然不动,却可迸发金石之声。声腔又一回止住,鼓和板空自叩击,仿佛打铁人的小锤领大锤,切切一阵,渐弱,渐疏,渐消。(三个"渐",乃排比修辞,由弱而疏而消,层层变淡,直至消失,用词准确形象。)轩口仿佛垂下一道帘幕,将唱曲人盖住,月明堂全身在了影地里。水榭里的听曲人躁动起来,起身的起身,说话的说话,有说过瘾的,也有说是村俚,只有一人不动弹,任众人从身前身后走过。水那边月明堂传来几点动静,也在走人,不一时便消声,走净了。有清园子的举灯笼朝那人脸跟前一照,说:"申家少爷,家去吧!"阿潜周身一颤,醒了,木木地起来,眼睛里只一盏灯笼,便随了走去。(因被唱曲吸引,所以即便曲息人散,也仍旧长久沉迷于其中,不能自拔。虽醒了,但尚处似醒非醒之间,用"眼睛里只一盏灯笼"形容,更突显阿潜此时的痴状,心已随音而去,眼睛里自是蒙蒙一片,容不得其他杂物。)那灯笼摇曳着,一个园子都在动荡,好像在水底。清园子的人说:"今晚的唱曲与往日里不同,忒闹了!"阿潜"哦"了一声,清园人说:唱家多是粗人,凭力气叫嚷罢了。阿潜还是一声"哦"。(无论清园子的人怎样说,阿潜只是"哦",可见其还未醒过来,此处为反复的修辞手法。)那人凑了灯笼看阿潜一眼,心想这人竟是痴了,听人说北地里有一种拉魂腔,或就是今晚所唱的? 自此不再说话,快快将人引出园子,扶上早雇好了的小轿,打发走了。

写作提示:

语言方面,《天香》最重要的特点是"红楼笔法"。所谓"红楼笔法"就是大体上模仿《红楼梦》的语言表达方式,属于明清"白话"一类。虽说是白话,却较为文雅。即使是日常说话,其语言也多表现为古典雅致,富于文采。而古人用语最尚简明凝练,讲究质感,单音词居多,尽量少用修饰词,这一点在选段中也表现地极为突出。

一般说来,人有五种感觉,即视觉、听觉、味觉、触觉和嗅觉。选文在刻描唱曲的整个过程时,常用通感手法,使各种感觉相互通融,再间以心理感觉,造成一种生动逼真的审美效果,令读者不觉被携入其中,大呼过瘾。

在细部描写中,注重动静、虚实、点面、正侧、明暗、远近之相辅相成。动静,如曲音未作之前写夜的静、暗和人声的"默",曲音开始后,又极写腔调的高亢急骤,以静衬动。虚实,如鼓板夹奏发出"切切切"声为实写,"虫鸣也息了,天地间好似揭去一层膜"则为虚写,用以表现"弦管戛止",只留下鼓板夹奏时的空旷与阒静。点面,如写唱家的脸"是一张杂役的脸,瘦、长、疏眉淡目",此为面,写其唱曲时的神情"颦蹙",及转眸间的"一瞥清光",此为点。正侧,如正面写乐音高奏的完整过程,侧面写听曲人在曲前、曲中及曲后的反应。明暗,如写唱家,先是在暗处,因而只能见其衣着形态等大体状貌,后月亮移动,光线变得明朗,他的脸部也清晰起来,甚而至于一颦一蹙,偶尔转眸的"一瞥清光"都历历在目,接着,月亮又移,他的脸部复回到暗处,只"余下轮廓"了。如此反复,唱家的外貌、神态更为完整、生动。远近,如轩堂为远,水榭为近,等等。大家在阅读与写作中,可多加体会并酌情使用,定可让文章增色不少。

第二十一课 严歌苓与《陆犯焉识》

真正的自由

作者素描：

严歌苓，女，1957年生于上海。美籍华人作家，好莱坞专业编剧，以中、英双语创作小说，被翻译成法、荷、西、日等多国文字，是少数多产、高质、涉猎度广泛的作家。被誉为"华文世界最值得期待的作家"，她创作的每一部作品几乎都荣获了国内外各种重要文学奖项，其中有多部被改编成影视剧。代表作品有《小姨多鹤》《第九个寡妇》《一个女人的史诗》《赴宴者》《扶桑》《天浴》《寄居者》《金陵十三钗》《铁梨花》等。长篇小说《陆犯焉识》被文坛视为严歌苓的颠覆性转型之作，张艺谋执导的电影《归来》，即由这部小说改编，于2014年上映。

陆焉识的"牢"：

书名很奇怪吧？其实并不难理解。陆焉识后半生几乎都在狱牢中度过，自然要被称为"犯"。当然，若想刨根究底，非读完全书不可。我的理解，这里面应关涉到主人公的一生，从被继母恩娘"锁"住，再到被恩娘利用婉喻锁住，其后是被镣铐锁住，被时代和自己锁住，多重的锁，让一个灵魂从没有感到自由的呼吸，与囚犯何异？犯是牢，是禁锢，也是陆焉识一生命运的总结和归宿，不过，原来是想挣脱这牢，后来却甘愿到婉喻的"牢"中去了，因为那"牢"里有真正的自由。

前世相约：

　　1955年春天，当48岁的陆焉识和一帮子劳改犯被卡车押送到青海的大草漠时，他随身带了这么几样东西：一只白金欧米茄手表、一对纯金袖扣、一个蓝宝石领带夹、一张全家福小照。在世俗的眼里，照片不值钱，倒是其他三样还蛮贵重的，可时间、地点和环境却不上套，硬是让这连城的价，没了值钱的去处。于是，到了1959年，应该是"三年困难时期"的第一年吧，陆焉识几乎没经过多少思想斗争，就把欧米茄换成了五个鸡蛋，填到了肚里。欧米茄表是妻子冯婉喻送的，这个远在千里之外，给陆焉识生了三个孩子的女人可能无论如何都不会想到，他深爱的男人在穷途末路山穷水尽之时，连掷色子抓阄的工夫都省了，把心底里的那份爱毫无保留地许给了别人，许给了两段露水情缘。如果说袖扣和领带夹是他陆焉识也曾经历过真爱的证明，那欧米茄又是什么，又能证明什么呢？

　　从1955年，或者从1954年陆焉识被带上囚车的那天起，欧米茄便开始在记忆和现实的分分合合中磋磨着他，改变着他，直到1976年他被特赦出狱，整整二十二年。二十二年间，陆焉识几乎可以作为新中国成立后政治运动受害者中的知识分子典型,被写进史册,他的被迫离婚,他的失败逃亡,他的隐忍乖顺,他的低微尊严,还有他卑微的可以被任意褫夺的生命,都在从容散淡的文字中洇满血泪。不过,幸运的是,他还有欧米茄,那块被他轻易抛弃,又失而复得的爱情凭证,最终唤回了他那颗流浪的心。冯婉喻也是幸运的,如果没有丈夫的身陷囹圄以及往后的变故,她恐怕一辈子都生活在一厢情愿中。那时候,她是一厢情愿地嫁过来,一厢情愿地卖掉祖母绿给他买手表,一厢情愿地思念着他,一厢情愿地等他归来,甚至一厢情愿地为了救他而委身于戴同志,而现在呢,爱对等了,十二分的气力终于有了着落,只不过,从起点到落点,竟是一辈子。一辈子值吗?至少在冯婉喻,是值得的,因为她从没有怀疑过丈夫对他的爱,就像她从不怀疑自己对丈夫的爱一样。

是的,这样的结局让我们深为婉喻不平,凭什么陆焉识可以花天酒地、风流浪荡,甚至要辗转国内外,寻求他的自由爱情,而冯婉喻却要独守空房、照顾一家老小,难道就因为他那迟来的回心转意?慢着,在这看似正义的声讨中,我们是不是无意中忽略了什么?比如这前后的因由。想锁住焉识的是他的继母——恩娘,而不是婉喻,可婉喻作为恩娘的侄女,又恰恰成了一枚绝好的棋子,既然是棋子,哪怕是珍珠做的,又怎会令焉识不心生厌弃?焉识表面上在拒绝婉喻,实际上是在拒绝恩娘和恩娘强加给他的无爱的婚姻,只不过心拒绝了,身体还得回来,这里面是社会角色和家庭角色的无奈,是那一代知识分子在传统意识与现代思维中挣扎的无奈。正如焉识后来无奈地接受自己角色的一次次变化一样,由教授陆焉识而"反革命",由死刑犯而278(囚犯番号),由老陆而老卷而老几,伴随着他的枯老,名号也越来越走向衰微的边缘。"老几"?究竟他陆焉识是个什么东西,连他自己都讲不清,这样看来,他的举人父亲当年给他取"焉识"二字,岂不是一语成谶?焉识,焉识,怎么才能认识呢?

从这个意义上讲,是婉喻帮焉识认识了他自己,也帮焉识认识了她。那精心准备两年的逃亡,不正是为了能对她说一句"爱你"吗?而复婚后的那天下午,婉喻站在阳光里脱得赤条条一丝不挂,也正是要跟老眼昏花的焉识重新走一遍他们几十年来从未开启的旅程。现在,是时候了,那将是浪漫的、美丽的、真实的、纯洁的,包容一切,又撇下一切的生死相约。

节选批读:

(多年之后,陆焉识已年逾古稀,他被政府特赦后回到上海与婉喻相聚,而此时的婉喻已患有严重的失忆症,但他相信,迟早有一天,婉喻的记忆会被唤醒。——笔者注)

那天我祖父在我们告辞后留了下来。他什么也不说,只是以读书或沉思跟婉喻做伴儿。婉喻最熟悉的陆焉识,就是读书沉思的陆焉识。(**焉识这样做,不仅是为唤醒婉喻的记忆,也是为重温那份相依偎的温暖。**)他这样陪伴婉喻陪了两个礼拜左右,某天傍晚他起身离开时,婉喻跟他走出了丹珏(他们的小女儿)的卧室。到了第三个礼拜,婉喻跟着焉识走到了楼梯口。焉识还是什么也不说,只向她挥手告别。他确信在那个刹那间看到婉喻脸上一阵微妙的痉挛,似乎处在破梦而出的节骨眼上……但什么都没发生,婉喻退入了梦境。(这里的描写细致入微,"刹那间""一阵微妙的痉挛",均是在极细微处的捕捉,却迸发出极强的信息流。整个句子的收束也恰到好处,省略号既表示语意未尽,又表示戛然而止的沉默,还接续着后面的转折,此中意味颇多。再加上"退入梦境"这一借喻修辞手法的点染,犹如雾里花、水中月,把婉喻将醒未醒的那份神态和意境尽数绘出。)第四个礼拜,丹珏架着二郎腿,衔着烟笑父亲:"要是有人这么追求我,我就甜蜜死了!"(没经历过爱的人怎能知道什么是真爱?此处为反衬。)那天丹珏上班后,焉识从包里拿出一本书,就着窗外来光,很快沉入阅读。偶然间一抬头,他发现婉喻在看他。(记忆之门又推开了一点,好机会,不能错过。)他趁机站起身,慢慢向门外走去。当他走到楼下,婉喻远远地跟上来,一只脚穿鞋一只脚穿玻璃丝袜。他想回去替婉喻把另一只鞋拿来,又怕错失良机,就在弄堂口叫了一辆出租车,自己坐在副驾驶位置上,婉喻跟着上了车,坐在后座上。(一前一后,简单的动作里,有无须召唤的默契。)

车子开到离陆家老宅还有一里路的路段,街道因为路面维修而堵住了车辆通行,焉识和婉喻只好在这里下车。他脱下自己四十四码的松紧布鞋,替婉喻套在脚上,两人四只脚三只鞋,你扶我挽患难与共地往前走。走了十来步,婉喻突然站住,前后看看,远近看看,再看看地面,最后抬起头,目光穿过梧桐枝叶去看天空,天空似乎被梧桐切割成各种不规则几何形状的路标和记忆依据。(每一次看,都意味着婉喻记忆中的物事更清晰了一些,所以这看得也越来越细致,描写也就相应复杂了。)突然(与前文"突然站住"相呼应,两个"突然"极写婉喻记忆恢复的迅疾),她一把甩开焉识,朝陆家老宅跑去,一只三十五码的皮鞋和一只四十四码的布鞋丝毫不耽误她的步速。焉识跟在后面,一只鞋一只袜,受够了上海路面的失修,还是没有追上婉喻。等他追到陆家老宅的楼下,婉喻已经进了门。门口坐着一楼的好婆,膝盖上放个竹笸箩在剥豌豆,对着婉喻的脊梁吼叫:"你寻啥人?!……"婉喻哪里会理会她,一径跑到了楼梯口。(此处亦为烘托,婉喻之急切,任何人都拦不住)焉识是在这里追上她的。追上婉喻时,焉识已经是一脚鞋一脚血。

焉识从婉喻身旁擦过,意味深长地回头看看她,便自顾自往楼上走。楼梯上的油漆剥落光了,于是他一路上去,裸露的木台阶上一台阶一个血脚印。婉喻跟着那些四十四码的血脚印轻盈地登楼。("轻盈"说明婉喻已认出了旧地,她本就应该是这房子的女主人。)

好了,他们现在在三楼那间屋的门口了。焉识掏出钥匙,打开了锁。门咿呀一声开了。("掏""打""开",动作连贯、简明、迅速。)让我来形容一下这间屋的陈设:对着门是那张红木八仙桌,四周四把红木椅。红木被核桃仁打了两遍油,通体发出低沉而雍容的光泽。这是恩娘伺候红木家具的办法,自己舍不得吃核桃也要给家具吃。核桃油的香气也是沉着的,蔫蔫地殷实,殷实得肥腻。地板漆得一新,也是紫檀色,红木高几上放着兰草。陆焉识有赖于他那照相机般的记忆,所有物件都一丝不苟地回归原位。这就是恩娘曾经那个客厅了。空间缩小了,有一些物件缺失了,但气韵比什么都重要。气韵如同阴魂,萦绕在这个从来都缺少一点阳光的房间里。(**详细描写屋中陈设,并强调与几十年前的一致性,是为婉喻记忆的彻底回归做铺垫。**)

婉喻走到八仙桌旁边,在红木椅子上慢慢坐下,她的脸又出现了那种微妙的痉挛。(**与前文呼应,上次的痉挛是瞬间的似曾相识,属浅层次;这次的痉挛则加深一步,至少是贯通思路前的本能反应。**)记忆的电流击中了她,一截一截、一片一片的情节和细节连不成故事,差差错错的一堆,就在她的眼睛后面。眼前这个男人是不是她一直等的人,她等的人叫不叫陆焉识,陆焉识和她自己以及和眼前的男人是什么关系,统统对接不上,都是似是而非。但这不要紧,她婴儿般的知觉中,这就是她的归属。这个宛若前世相约的男人就是她的归属。(**一截一截、一片一片,差差错错也好,似似乎乎也罢,总归是隐约对接上了人和物、景和情。**)她坐了一会儿,又站起来,朝那间被板壁隔出的里屋走去。那是一间八平米的卧室。她怯生生地推开门,向里张望一下,进去了。(怯生生,说明他想进又有些担心。)床头挂着一个相框,框着一张全家福。那是战后焉识从重庆回来,第二年春节恩娘号召全家去照的。婉喻坐在床上,坐了一会儿,勾下腰,伸手往床下够了两把。她一向不用眼睛看,就能准确地把那个漆器小箱子够出来。现在,她的手碰着了旧箱子温润的表皮。还需要更多的证据证明她和这地方共有的宿命吗?(从她下意识的动作中,可以看到她是多么熟悉这里的每一样东西呵,那是她自己的家,是她用美丽的青春和温热的生命滋养过的家,她的爱和恨、泪与笑,都在这里了。)

写作提示:

真可谓精美绝伦的艺术范本!之所以用这样的词来形容,是因为选文在艺术方面的表现非常突出,也是我们在平时写作中可资借鉴的绝佳范本。当然,本书中的精彩段落非此一处,或者说比比皆是。

其一,节奏张弛有度、舒缓自如。整体节奏由缓而急,再由急而缓。先是焉识陪婉喻四个礼拜的默默等待,从缓;到焉识抓住瞬间闪现的机会,带婉喻到老宅相认,便一步比一步急,一步比一步紧;进了屋子后,婉喻的行动又开始慢下来,思绪也随之徐徐升腾;最后婉喻终于摸到旧箱子的一刹那,一切都尘埃落定。另,局部节奏服从于整体,却有各自的微妙变化,如第四自然段,焉识开锁从急,插入对屋中陈设的详细交代,则从缓,这样便可为下一步的急营造气氛。

其二,铺垫到位,前后呼应。四个礼拜的相伴,就是铺垫,为记忆电流的击做准备。鞋、袜、脚印的交相出现,便是呼应,成功地将二人历尽沧桑之后的爱情绝响渲染到极致。

其三,布局恰切合理。如二人在整个场景中的先后次序,均循着故事及人物心理的发展变化不断调整,开始是焉识在前带路,婉喻在后紧跟;二人下车后,是相互搀扶;待婉喻记起老宅,则是她在前跑,焉识在后追;到楼梯前,又是焉识先上楼,婉喻在后跟;屋门开启,焉识便彻底消失,全成了婉喻的独角戏。

其四,语言运用得精致、准确。"一截一截""一片一片""差差错错""似似乎乎"等,照应之外,有种徐徐推进的力量。"甩""擦""勾""够"等动词,力求一字千钧,准确生动地勾勒出人物当时的心理、神态等。

其他种种,不可胜数,这里不再赘述。

第二十二课 格非与《春尽江南》

我们也在其中

作者素描：

格非，男，本名刘勇，1964 年生于江苏丹徒。中国当代实力派作家，清华大学教授。1987 年发表成名作《迷舟》。1988 年发表的中篇小说《褐色鸟群》，曾被视为当代中国最玄奥的小说。代表作有《欲望的旗帜》《塞壬的歌声》《人面桃花》《山河入梦》《春尽江南》等。格非擅长在小说中对文学、社会、历史等问题进行深入思考，属于学者型作家，在中国当代文学中独树一帜。曾获"2004 年度华语文学传媒大奖杰出成就奖""2004 年度长篇小说排行榜第一名""第二届 21 世纪鼎钧双年文学奖"等。其作品已被翻译成英、法、日、意等多种文字。

小说梗概：

《春尽江南》是格非探索中国社会百年来知识阶层情感历程和精神嬗变系列三部曲的第三部。前两部分别是《人面桃花》和《山河入梦》，时间着眼于民国初年（1927）和 20 世纪五六十年代，而《春尽江南》则将视点延伸到了当下的中国。小说中,诗人谭端午和律师庞家玉(原名李秀蓉)夫妻俩及周围诸多人等近二十年的遭际沉浮和处于现实旋涡中的灵魂挣扎,无疑为现代中国脱下了华美璀璨的外衣,在直抵内心隐秘的冷静凝视中,时代之于灵魂的削骨之痛无情地裸露出来。

导读与分享:

这个世界最可怖的事情,就是你看到了"真实"。

这是在读完《春尽江南》后,我的第一感受。生活在现实世界中的我们,总在不停地追问:事实是什么?真相是什么?但是,当真相确凿地出现在我们面前时,我们却踌躇了、畏葸了,我们本能地不愿承认它,因为我们知道,一旦承认了,就宣判了我们的死亡。原因很简单,我们自己正是这"真相"的始作俑者与合谋者。机关算尽,自己却陷入了无以自拔的恐惧和噩梦中,即使不必像王熙凤般草席裹尸,又与行尸走肉何异?

《春尽江南》的色调是灰暗的,从没有见一块甚至是星点的湛蓝,用主人公端午的话来说,就是"雾霾",天空、城市、旷野、江河,乃至人们的生存交往,无不笼罩在这种"雾霾"当中,而更为可悲的是,"所有的人对它安之若素",因为所有人都在不知不觉中成了雾霾本身。端午是如此,他对19岁少女——秀蓉的背叛,便是时代"雾霾"的初步显现,那个充满激情和理想的诗人端午已开始蜕变为被动接收浮糜时代的落伍者。秀蓉亦是如此,在遭到端午抛弃后,她那颗纯净的不掺杂任何杂质的心随之死去,她将名字从"李秀蓉"改为"庞家玉"正说明这一点:秀蓉,秀外慧中,如出水芙蓉,主气质,尚诗意;家玉,小家碧玉,已成俗体,主物质,尚功用。无怪乎端午感慨"秀蓉在改掉她名字的同时,也改变了整整一个时代"。因此,他们一年之后愚人节那天的重逢以至结合,与其说是难舍旧情,毋宁说是这时代的产物,是时代跟他们开了一个可大可小的玩笑。

时代的玩笑远不止于此,王元庆、徐吉士、陈守仁、绿珠、唐燕升、徐景阳……他们在不断地追赶时代的步伐或随时代而亦步亦趋,却也因时代而陷入整体的覆亡和沦丧,无一幸免,或成为肉体的"牺牲"者,或成为灵魂的"牺牲"者,但牺牲的本质有高度的一致性,即没有任何价值,这才是牺牲原初的意义——死亡。如果我们还足够清醒的话,应该晓得——我们也在其中。

小说第三章,端午的顶头上司冯延鹤对人的分类虽简单,却道出了我们不忍面对的真相,就是"所有的地方都在被复制成同一个地方,所有人的人也都在变成同一个人。新人"。尽管诸如王元庆、庞家玉、绿珠,还包括似乎在冷眼旁观的端午等人,心里尚残存着一丝"纯洁和宁静"的希望,但他们最终都败下阵来,不得不面对这"白蚁蛀空了莲心"的结局。

这让我想起了鲁迅先生在《再论雷峰塔的倒掉》中说过的一句话:"悲剧将人生的有价值的东西毁灭给人看,喜剧将那无价值的撕破给人看。"如此说来,《春尽江南》讲述的就不应是悲剧,而是一场不折不扣的喜剧了?!小说中徐景阳说得好:"说到底,就是一个 Game(游戏)而已。"

还是让我们重新回到原点,回到时间的太初,听听那"睡莲"的声音吧——

> ……仿佛
> 这天地仍如史前一般清新
> 事物尚未命名,横暴尚未染指
> 化石般地寂静
> 开放在秘密的水塘
> 呼吸的重量
> 与这个世界相等,不多也不少

选段部分,家玉嫌孩子若若贪玩,在班主任老师的极力怂恿下,放走了与若若朝夕相伴的鹦鹉,孩子为此病了好几天,烧才刚退,又得去学校补课。这天,家玉和端午日送若若上学并确认孩子已到学校后,才放下心来,不想……

节选批读:

到了中午十二点半,若若还没回来。

家玉开始挨个儿给同学家长打电话。"戴思齐的老娘"告诉家玉,差不多十二点十分,她亲眼看见若若和戴思齐骑车进了小区的大门。当时,她正在小区的菜场买菜。听她这么说,家玉一直紧皱着的眉头,才算舒展开来。可是他们一直等到一点钟,也没有听到期盼中的门铃声。家玉总是觉得哪儿有点不对劲。既然他已经回到了小区,怎么这么半天还不见他回来?("挨个儿""亲眼""一直""期盼""总是",这些词的运用各有侧重。"挨个儿"表示一个也不放过,以免漏掉任何人;"亲眼"说明"戴思齐的老娘"所言确凿无疑;"一直""期盼"则凸显了夫妻生怕孩子出事和盼望孩子归来的急迫性;"总是"表明家玉心中的忐忑不安始终存在,且因"戴思齐的老娘"的话而有所加重。)担心害得她喋喋不休,自问自答。

夫妻俩决定下楼分头去找。(从担心到决定寻找之间,来不得半点迟疑,所以这里没有废话,语言也变得简单而明快。)端午把小区的各个角落找了个遍,连物业二楼的美发店和足疗馆都去过了,还是没有见到儿子的踪影。最后他来到小区的中控室,家玉也已经在那里了。在家玉的坚持下,小区的保安调出了中午前后大门的监控录像,一帧一帧地慢慢回放。很快,灰暗的画面中,出现了儿子那鼓鼓囊囊的背影。(由于画面灰暗,所以必须从模糊的外部特征上确定儿子的影像,用"鼓鼓囊囊"既贴切,又符合生活常识。)和胡依薇(即"戴斯齐的老娘")说的一样,若若和戴思齐骑着自行车,并排进了小区大门。儿子在拐入一条林荫小路时,还跟戴思齐挥手告别。

保安安慰他们说,既然他进了小区,那就绝对不会丢:"是不是去同学家玩了?你们再找找。"

出了中控室的大门,家玉忽然对端午道,会不会在我们下楼找他的这工夫,他已经到家了?说不定这会儿他正在门口的石凳上坐着呢。端午心里也是这么想的。

他们一路小跑来到了单元门口,又一口气跑上六楼。楼道里仍然空空荡荡。("一路小跑""一口气",急切之情,可见一斑。)

家玉是个急性子,她不安地朝端午瞥了一眼,("瞥",这个动词用得好,短平快,既有征询丈夫意见的意思,又反映了她急不可待,准备自作主张报警的微妙心理变化。)掏出手机就要报警。正在这个节骨眼上,小区的一名保安咚咚地跑上楼来,喘着气对他们说:"在小区后面变电房边上,远远地站着一个小孩,不知道是不是你们家的,赶紧过去看看吧。"

他们跟着保安下了楼,一路往西跑。小区修建时开挖地基的土方和建筑垃圾没有及时外运,在小区后面的空地上堆了一座土山。后来又栽上了杨树和塔松,并在那修建了一个变电房。那儿紧挨着伯先公园的旱冰场。(前文提到"变电房",这里必须对此加以交代,否则会显得行文突兀,给读者造成阅读障碍。)

端午和家玉绕过小区后面的一片竹林,一眼就看见了儿子的那辆自行车。在高高的土山上,若若站在变压器下面,正冲着伯先公园的一大片树林嘘嘘地吹着口哨。他还在向那只鹦鹉发信号。

小区的围栏外面是一条宽阔的河道,河上已经结了一层薄冰,在阳光下闪耀着碎钻般的光芒。对岸就是伯先公园的石砌院墙。几棵大杨树,落光了叶子,枝条探出墙外。端午隐隐地看见树梢上有一个绿色的东西。若若一面吹口哨,一面往树上扔石子。可是,他根本扔不了那么远。(这里的叙述开始舒缓下来,并加入景物描写,节奏明显慢了很多,原因有三:一是看到自己的孩子安然无恙,夫妻俩一直揪着的心总算放了下来,视域自然随之增大。二是通过若若寻找鹦鹉行为的特定环境,突出孩子的孤独、伤心和无助。三是为下文若若错将塑料袋看作鹦鹉的失望做铺垫。)

"佐助,回来!"("佐助"是若若给鹦鹉取的名字。)

儿子跺着脚,哭喊声听上去哑哑的。端午爬到土山上,走到儿子身边,朝那灰灰的树梢上看了看。

哪里是什么鹦鹉?分明是被风刮上去的一只绿色塑料袋。(与前文"端午隐隐地看见树梢上有一个绿色的东西"相呼应。)

家玉蹲在地上,抓住儿子的小手,喃喃地道:"对不起,是妈妈不好。妈妈不该把鹦鹉放走……"

若若看了看她,又转过头去,看了看那棵老杨树。他还在犹豫。过了好长一段时间,他终于把脑袋埋在家玉肩头,抱住她的脖子,大哭起来。(由将绿色塑料袋误认为鹦鹉不愿相信妈妈说的话是真的,再到不得不相信鹦鹉已经永远离开了他,孩子对鹦鹉的不舍和眷念就表现在这慢镜头的一举一动中。)

看着伯先公园里那片空阔的人工湖面,端午悲哀地意识到,

第二十二课　格非与《春尽江南》／　191

若若的童年,他一生中最有价值的珍贵时段,永远地结束了。(此处借助若若父亲端午的所思所想,起到总结全篇、升华主题的作用。)

写作提示:

任何写作都有一个"写什么"和"怎么写"的问题,生活中见到的每一个物件、每一处环境,发生的每一件事,甚至每一个细节,都可能成为我们写作的资源和素材。首先,在日常生活中一定要多加观察,尤其是要思考人物的行为体现了怎样的心理变化。其次,在确定写什么后,一定要详加琢磨"怎么写"的问题,怎样行文,才符合生活的逻辑,才能够很好地抓住读者的心。选段内容无疑给我们提供了一个极佳的范本,全文紧紧围绕寻找丢失的儿子展开,将若若父母的急切心情表现得淋漓尽致,让读者从一开始就绷着一根弦,直到儿子出现在夫妻俩的目光中时,才由急而缓,放慢节奏。而其中对孩子父母的急切心理及若若伤心、无助的心理表现并非直接用心理描写,而是述之于语言行动,这样会显得更形象、更直观、更有画面感。当然,这并不是说不能用心理描写,但必须根据所叙述事件本身来决定取舍,切忌一刀切。

选文的最后一段应该是最出彩的地方。这句富有哲理的话应该由谁来说,怎么说,都是很有讲究的。设若作者自己来说,就破坏了整个叙述的整体感,显得唐突;而让作为律师的家玉说,又不符合她的文化修养和性格特征。所以,让既是诗人又爱读书和思考的端午来说,就再合适不过了。另外还有"怎么说",这就涉及整篇小说的问题,所以通过一个孩子在时代重压下童心过早泯灭的事实佐证本文主题,便是不可缺少的一环。之所以这样表述,也是想着重强调:若若的成长也是从"最有价值"到"无价值"的过程,这种悲哀的结局不可逆转,与成人世界的"无价值"一脉相承。

第二十三课 吕新与《白杨木的春天》

苦难与清香

作者素描：

吕新，男，1963年生于山西大同左云县，1986年发表处女作《那是个幽幽的湖》，其独特的艺术感觉和叙述方式即为文坛瞩目。他是中国当代先锋小说的代表作家之一，与格非、余华、苏童、孙甘露等开一代文学新风。主要作品有《草青》《成为往事》《阮郎归》《哭泣的窗户》《绸缎似的村庄》《米黄色的朱红》《人家的闺女有花戴》等。中篇小说《白杨木的春天》获第六届鲁迅文学奖。

导读与分享：

这不是一个引人入胜的故事，没有发生、发展、高潮，乃至结局，曲折的情节和戏剧化的冲突亦无从谈起。总之，如果你把它当成一个故事来读，八成会失望。读小说不是在读故事吗？你问。但小说也有另外的一种写法，它不是以故事取胜，但它传递出来的同样撼人心魄，有时，我们甚至可以撇开故事本身而专注于字里行间的力量，比如《白杨木的春天》。

栅栏,白杨木栅栏,三道散发着树木清香的疏松的白杨木栅栏,从东、南、西三个方向将城北原野上曾怀林那两间简陋的房子围了起来,因了这栅栏,家便诞生了。曾怀林一家四口终有了可以栖居的家园,房子,连同栅栏围成的院子,都是他们的,至少在心理上,他们忐忑而又欣然地接受了这样一个假象。当然是假象,妻子明训的绝笔让这个假象无处遁隐,不得不露出它狰狞的本色——说到底,他曾怀林还得活在这个世上,为冬冬和多多,他的两个尚未成年的儿女,这是留给他的牵挂,也是他即使忍受再大的屈辱也必须活下去的唯一的也是最重要的理由。屈辱算什么?从省里到县里,再到这个偏远的塞北小城,一路伴随曾怀林的,除了屈辱还是屈辱,如同厚厚的积雪白到了极致会发出蓝色的光一样。曾怀林早已不是屈辱胯下的羔羊,很多时候,他更像是在睥睨它、审视它,好像这屈辱并不是发生在他身上,他只是一个旁观者而已。

由此,我们确定,曾怀林获得了一个视角、一种态度,他在屈辱的环境下极力维持着一种和内心、和周遭世界平等对话的姿态,每个人、每件事、每句话都在触发他那根敏感的弦,弦在拨动,人随弦转。有人说,这叫意识流,主人公意识流动的过程便是小说展开的过程,而这个过程没有终结,只有中间。中间发生了什么呢?漆黑的夜幕下曾怀林在偷偷地炼制那块雪一样白的质量上乘的板油,待油被榨干净后便可以把油渣当肉给孩子们包饺子吃;一次避雨的时候偶然认识了昔日的县委书记车耀吉,此时他住在卷心菜地旁边一间矮小的只有一孔小窗户的简易房子里,后来连日的阴雨压垮了房子,也将车耀吉埋在了松软的湿泥中;小城里名叫海训的政工干部以近乎残忍的方式对曾怀林进行了一次从衣物到肛门的地毯式搜身,而这种搜身,曾怀林在省里就曾经不止一次地领教过……曾怀林知道,在那段荒唐的岁月里,人是没有尊严的,你越想得到尊严,就越可能遭受更多的羞辱,直到你放弃寻求尊严的努力。而对他来说,只能将尊严结结实实地隐藏起来,用表面的顺从换得灵魂深处的尊严感。这让他在避免更多迫害的同时,也有了更多的余裕去追问和思考,社会、时代、历史、人生,这些看起来阔大无边的问题,在他那里似乎有了某种并不完美却发人深省的答案。

倘若对这些答案的述说是生硬的说教式的议论,那么大可不必读《白杨木的春天》。恰恰是,正如白杨木,正如春天,它有树木的泥土的气息,有温热的诗意般的清香,我们才会俯下身来闻嗅。请原谅我用"清香"这个词,但我实在找不出更好的词来形容吕新笔下的文字,无论是历史情境的呈现,还是内心世界的涌动,无论是充满理性的思索,还是对人间温情的展示,都天然地散发出某种沉郁而凝重的清香,久久萦绕在小城的上空。是层出不穷、意味深长的比喻,还是厚实绵密、浑然一体的长句?是腾越时空、亦真亦幻的想象,还是沉静深邃、洞悉人心的独白?都是,又都不是。这就像用慢镜头摄制的一帧田园牧歌式的景象,机械地将其分隔开来,便破坏了整体的协调感。

或因于此,小说分明显出一种澄明的色调,那是过来人再去回望苦难岁月时于反思中积聚的新生力量。越向小说深处走去,这种力量就越明晰起来,直到曾怀林怀着无比强烈的渴望走向"从不看人下菜"的红星农场,并亲身体验到睽违已久的平等和尊严感时,我们才意识到,曾怀林绕了这么大个圈子,其实他苦苦寻索的门触手可及,一出了这个门,就是一条有别于老路的新路。路上,春天的嫩芽正在风中召唤。

节选批读:
十几块小学生的橡皮那么大的肥肉正在冒着轻烟的油锅里慢慢地动荡着,泪花闪闪地游走着,灼热的高温使它们无法停留在一个地方不动,而不时地相互交换着位置,都以为别人那里清凉宜居。("小学生的橡皮"说明肥肉并不大,甚至寒酸可怜;"泪光闪闪"是拟人手法,既呈现出肥肉被油裹覆并浸入后闪闪发光的状态,也以此来映衬主人公处境的艰难;"游走""停留""交换"等,生动形象地刻画出肥肉在油锅里翻动缱绻的情形。)屋里的油烟的气息好似一场盛宴的前夕或筹备的过程,白杨木栅栏外面的那几只狗就是在闻到这种空气后才从四面八方赶过来,聚拢在一起的。没有谁指挥,都自觉地排列在栅栏外面,身体的大部分留在黑暗中,只把各自的头探进来,有礼貌有信心地等待着,深深地无限悠长地呼吸着(因期待施舍而"有礼貌",因相信会得到施舍而"有信心",因极度渴望被施舍而"深深地无限悠长地呼吸着"),那些难以抗拒的、用一道又一道的锁子也锁不住的香气,从那几道亮着一些微弱灯火的黑洞洞的门窗里像暗流、又像薄雾似的漫泻出来,又人步流星地朝着栅栏边的它们奔涌过来,使它们忘记了周围的一切,变得无比温驯和乖顺,身上的野性也不复存在了,似乎从出生到成长以来它们一直就是这样。(视角由狗转到香气,极写肉香对狗所产生的巨大吸引力和诱惑。)

曾怀林很想从热油锅里捞几块正在由纯白色逐渐向浅黄色和棕黄色过渡的油渣让它们惊喜一下,这么半天它们规规矩矩地排列在白杨木栅栏外面的全部心思和目的也就是这个,但是不行,东西太少了。冬冬还指望着等它们的油被熬榨干净以后用来给他们三个人包饺子呢,这样的话她说过不止一次,晚上临出门去医院前又说了一次。(仅仅是几块油渣,曾怀林也不得不算计得如此清楚,即便他动了恻隐之心又怎样?人与畜争食,真正是不得已而为之。)更何况,它们是那么多的一群,无论给多少都不够它们分的,零星的几块扔过去,只会在它们中间引发一场不顾一切的撕咬,上演一段景象惨烈的血泪史。(在贪欲的驱使下,包容和尊重已无立锥之地,一切都要靠斗争来解决。)眼前的平静只是一种暂时的假象,只要有一个油渣到来,它们就会迅速地乱起来,不再礼貌和规矩。他不是没有见过,它们在街上为争夺一块裹满尘土的、早已没有任何油水的枯木般的骨头而进行的残酷的仿佛一场没有尽头的接力赛似的争抢,拉锯战从东打到西,被撕咬下来的同伴的毛和血从南飘到北。在那个过程中,骨头被频繁地易手,在任何一只手里都待不上一分钟。在那个过程中,总会有几只受伤的力不从心的最先退出角逐,以一种软弱的、失意的旁观者的身份远远地观看一会儿,然后哀叫着逃走,或者黯然地离去。那块骨头最终将归属于谁,已无须它们再挂记了,因为已不再与它们有一丝一毫的关联。事情已从最初的那种平等的自然状态一步步地完全演变为强者之间的争夺和游戏。(优胜劣汰、适者生存的确是自然界的最高法则,但是当人类也被卷入这法则的旋涡中,且不以为耻,反以为荣之时,人类又与畜生何异?说到底,强者愈强,弱者愈弱,只会加剧社会的分裂。)

夜色中的白杨木栅栏前,那六七个温驯、乖顺的脑袋还在静静地有耐心地等待着,等待着奇迹的出现。曾怀林回头望了一眼,心里不禁涌上一股热辣辣的东西。它们以为这样就能得到想要得到的东西,收敛野性,释放恭顺,把自己身上最不讨人喜欢的东西一宗一宗地深埋起来,接下来就应该能够换来一些什么了吧?

许多人不也是这样的吗?包括他本人。(孔子在困顿时曾自况为丧家之犬,此处类似,曾怀林是在用狗的"收敛野性,释放恭顺"来影射自己,不过与狗所拥有的自由相比,他则要落魄得多。另外,这句话也有承上启下的作用。)

他选择在晚上炼油,是经过了认真的慎重的考虑的。一来是白天没有时间,但最让他顾忌的还是自己的身份。别说像他这样的身份,即使是一个没有任何问题的人,叮叮当当地光天化日地在家里炼油,也是会引起周围的邻居们的反感的,不仅仅是因为饱含营养的油脂是一个相当敏感的东西,你在兴致勃勃、得意忘形地炼油的时候,对别的那些没有油可炼的人来说,就是一种再真实不过的折磨和欺凌,等于是把人家的已经结痂的伤口再重新撕开。(可见,曾怀林的警惕性很强,对外界也极为敏感,如此炼油小事对他这个"阶级敌人"来讲,就可能上升为"反动"的罪证,所以他必须收敛,必须用异于"人民"的方式偷偷地在晚上来做这件见不得光的"勾当"。)

写作提示:

明眼人都看得出来,选段给我们的艺术体验是独特的、新鲜的,它几乎有别于我们之前读到的所有的小说,如果用惯常的思维来分析,我们恐怕很难说得清楚。这就是吕新给我们呈现的文学世界:缓慢的节奏,沉静而悠长的句子,细致绵密的场景描写,厚重深远的氛围营造,款款而至而又似曾相识的想象画面,混沌相间的心灵告白。每一个词,每一句话,每每一个段落,乃至每一个章节都是构成小说的铆钉,任何一处只要有稍许的松脱,整个小说便可能轰然塌陷。这不是危言耸听,选段就是最好的佐证。

首先看长句,如"那些难以抗拒的、用一道又一道的锁子也锁不住的香气,从那几道亮着一些微弱灯火的黑洞洞的门窗里像暗流,又像薄雾似的漫泻出来",共计56字,为什么要这么长呢?因为这"香气"实在是太——长——了!"香气"之前用了两个定语,一是说它难以抗拒,二是说它难以阻挡;"门窗"之前也用了两个定语,"微弱灯火"暗示主人公在榨油时是小心翼翼、战战兢兢的,"黑洞洞的"表明夜已深;接着用了两个比喻,以"暗流"喻香气的不可告人,以"薄雾"喻香气的飘散状态;还有"漫泻"二字用得也极传神,"漫"有散漫、随意地扩散之意,"泻"指很快地流出,结合在一起就是:丝丝缕缕的香气散漫、随意地扩散开来,并以很快的速度向等在栅栏外的狗奔涌而去。这里,香气呈现的状态是和狗的急迫感完全吻合的。

其次看艺术手法,无论是描写、议论、心理分析、内心独白等,还是修辞的运用,均融为一体、不分彼此(尤其是比喻、拟人等修辞手法层出不穷,俯拾皆是)。百转千回之后,我们再回头来看,原来整个选段便是一个巨大的隐喻,其中含蕴的信息、氛围和情感是多么阔大而深邃。

节奏自不必说,选段用一句话概括就是:群狗眼巴巴地等待曾怀林给块油渣吃。可作者却用千余字来叙述,这节奏够慢了吧?简直是慢得几乎要凝滞了。可是在这相对凝滞的叙述中你感受到的并不是冗长或乏味,而是一种沉重的五味杂陈的让你难以释怀的情绪。小说能写成这样,作者之功力可见一斑。

至于其他,大家可在阅读的过程中慢慢体会,此不赘述。

第二十四课 徐则臣与《北上》

破译一条河流

作者素描：

徐则臣，男，1978年生于江苏东海，当代著名作家。著有《北上》《耶路撒冷》《王城如海》《青云谷童话》《北京西郊故事集》等。曾获庄重文文学奖、华语文学传媒大奖·年度小说家奖、冯牧文学奖。《如果大雪封门》获第六届鲁迅文学奖短篇小说奖，长篇小说《耶路撒冷》获第五届老舍文学奖。2019年8月，凭借长篇小说《北上》获第十届茅盾文学奖。此外，《北上》还荣获CCTV"2018中国好书"奖、中宣部精神文明建设"五个一工程"奖。部分作品被翻译成英、法、德等二十余种语言。被认为是中国"70后作家的光荣"，其作品"标示出了一个人在青年时代可能达到的灵魂眼界"。

身份之谜：

七百多年前，马可·波罗不远万里来到中国，待了整整十七年，写下《马可·波罗游记》。马可·波罗是意大利人，拥趸众多，这不，有一个叫费德尔·迪马克的小子就迷上了他，并主动申请来中国"一游"。但在中国人的眼里,他算不得真正的游客,而是"侵略者"中的一员。没错,你应该猜到了,他参加的是八国联军。倒是他的哥哥,诨名"小波罗"的保罗·迪马克实实在在体验了一把"中国行"。他从杭州出发,逆流而上,目的地是大运河的北方尽头——北京。弟弟起了个很中国的名字——马福德,后来他还真就成了一个地道的中国人。而哥哥却在离目的地只有十里的河畔客死他乡。不过话说回来,传奇的并不是他们的身份,而是身份背后的那段河流。

逆流而上:

无疑,徐则臣在《北上》中暴露了他的野心,就是通过一百多年前那次中西文明的大碰撞来观照时间。这个时间属于河流,它从京杭大运河最初的面貌"邗沟"(即淮扬运河,春秋时吴国为伐齐国而开凿)出发,一直延伸到2014年成功申遗。因此,也就有了历史和现实两条主线。历史在1900年前后徘徊,小波罗用他的眼睛洞穿了古老中国文明的生生不息,也寻找到了弟弟"失踪"在这片东方土地上的精神动因。现实则生活在21世纪的时代长歌中,那些河流的后人正在重新检视中西方文明撞击后的遗存。这遗存有关入侵和反抗,更有关融合、尊重与认同。

破解一条河流的密码是困难的,特别是京杭大运河这条贯通中国南北的人造奇迹,它是智慧的创造,也是生命的体现。徐则臣正是在对生命的凝视中唤醒了这条河流,或者说,正是河流本身的力量激活了作者的经验和想象。你看,小波罗的"艳影"正在大运河的波光里潋滟,潋滟出历史的琐细,也潋滟出困惑与希望。他的走与停,就像是河流的走与停,都遵循着看不见的节律。我们把这个节律叫作"变化"。是的,没有人可以拒绝变化,即使他的拒绝本身,也意味着变化已然来临,否则他为什么要"拒绝"呢?洋人小波罗是如此,与他相对的中国人也是如此,他们在河流的奏鸣中共同感受到了这种变化,也认识了这种变化。河流因此而活了起来,所有的打量、试探、争执和对峙,都是为了那最后一刻的荣耀,那就是——接通。接通人与人,接通人与河,接通文明与文明。

八国联军不懂得接通,所以他们启用了丛林法则;义和团不懂得接通,所以他们笃信"刀枪不入";日本侵略者更是无视接通的人性内核,所以才行使了兽性。在以崇高名义蹂躏历史的天空之下,所幸还有这条沉默却高昂奋进的河流,还有河流孕育出的生灵,他们收服了千千万万的小波罗,包括他的弟弟。

在此,我们必须提出那个隐伏在小波罗光环之下的人,这也是小波罗运河之行的另一重目的,即找到那个失踪在侵略者队列中的"逃兵"弟弟马福德。看起来马福德是为了爱情而叛逃,实际上他拥有比兄长更牢固的志向:做他一个人的马可·波罗。所以,从一开始来中国时,他就是一个大历史的"异类",以后种种叛逆行为也就有了合理的精神注解。他终于娶了心爱的中国姑娘，但他的扎根中国异常惊心动魄。这是另一种"逆流而上"。与他的哥哥一样，他们是在同一条河流的血管里成就"北上"。

你看出来了，"北上"是多义的，异国人的视角只是一个取景框，它取的是中华民族接纳万物、逆流而上的磨难与新生。磨难在过去流淌，新生则在 2014 年大运河所代表的现在庄严降临。

几乎同时降临的还有一封信，它写于 1900 年 7 月，用的是意大利语，在一艘堆满古代中国历史文物的沉船上被发现。写信人自称"马福德"。

节选批读：

很难说他们的故事应该从哪里开始，谢平遥意识到这就是他要找的人时，他们已经见过两次。第三次，小波罗坐在城门前的吊篮里，上不着天下不着地，用意大利语对他喊："哥们儿，行个方便，五文钱的事儿。"城门上两个卫兵用膝盖顶着辘轳把手，挺肚掐腰，一脸坏笑。（"顶""挺""掐"，三个动词刻画出一种姿态，极准确，又极干净，不拖泥带水。"坏笑"，则暗示他们接下来要敲竹杠。）洋人有钱，尤其那些能在大道上通行的洋人，更有钱，不敲一笔可惜了。他们谈好了价，五文钱。小波罗坐进吊篮升到半空，年长的卫兵对他伸出了另外一只手，五根指头摇摇晃晃。对，五文。（"五文"连续出现三次，第一次是交代吊小波罗上城楼的价钱,第二次是确认,第三次是确认之后的变卦。层层递进,又极具戏剧性。)小波罗指指地下,刚刚比画好的价钱怎么又变了?他听不懂卫兵的话,卫兵也听不懂他的叽里咕噜的鸟语,但这不妨碍他们交流。(给交流造成障碍的从来就不是语言,而是人心。)年长的卫兵八字须,左手摸一下左边胡子,五指张开,"这是起步价,"右手摸一下右边胡子,五指张开摇晃,"这是咱们大无锡城好风景的观光价。"(从左到右,从容得很哪,而且五指张开不够劲儿,还得再加个戏码:摇晃。看来是个老油条了。)小波罗把所有衣兜都翻出来给头顶上的两个卫兵看,最后五文了。年轻的卫兵说:"那你就先坐一会儿,看看咱们大清国的天是怎么黑下来的。"

小波罗开始也无所谓,吊在半空里挺好,平常想登高望远还找不到机会。这会儿视野真是开阔,他有种雄踞人间烟火之上的感觉。繁华的无锡生活在他眼前次第展开:房屋、河流、道路、野地和远处的山。炊烟从家家户户细碎的瓦片缝里飘摇而出,孩子的哭叫、大人的呵斥与分不清确切方向的几声狗叫;有人走在路上,有船行在水里;再远处,道路与河流纵横交错,规划出一片苍茫的大地。("规划"二字极传神,仿佛道路与河流拥有了人的智慧。这是一种高级的拟人修辞。)大地在扩展,世界在生长,他就这感觉;他甚至觉得这个世界正在以无锡城为中心向四周蔓延。以无锡城的这个城门为中心,以城门前的这个吊篮为中心,以盘腿坐在吊篮里的他这个意大利人为中心,世界正轰轰烈烈地以他为中心向外扩展和蔓延。(中心的范围一步步缩小,一直缩到自己,是不是感觉如望远镜的倍数在渐次放大？缩小与放大本就是一枚硬币的两面,人和世界也是如此。)很多年前,他和弟弟费德尔在维罗纳的一间高大的石头房子里,每人伸出一根手指,摁住地球仪上意大利版图中的某个点：世界从维罗纳蔓延至整个地球。(由客观景象上升到了主观意识,给人一种震撼的动态画面感,也揭示了之所以会产生这种感觉的原因,那得追溯到地球的另一端。)

他来中国的几个月里,头一回有了一点清晰的方位感。从杭州坐上船,曲曲折折地走,浪大浪小都让人有连绵混沌之感；离开意大利之前,对着一张英国人测绘出的中国地图,研究了半个月才勉强建立起来的空间感,完全错乱了。现在,他觉出了一点意思。(有错感,才有对陌生的好奇。)

护城河对岸聚着几个孩子对他指指点点,他们犹豫着是否要穿过吊桥来到城门下,看看洋人的辫子是真的还是假的。有几个大人从高高瘦瘦的旧房子里走出来,叫孩子回家吃晚饭。墙皮在他们身后卷曲剥落,青苔暗暗往高处生长。(清末的百姓,即便在富甲天下的江南,依然掩不住其穷困落魄。)小波罗用意大利语向他们借五文钱,他们听不懂；小波罗又用英语借,他们还听不懂；小波罗想起李赞奇教他的几个汉字读音,他对他们大喊："钱！"

为了表示借五文,他对他们说："钱！钱！钱！钱！钱！"

几个大人听到了,但他们拎着自家孩子的耳朵,一路小跑消失在青砖黛瓦的老房子里,好像小波罗是要打劫。(**不仅是因为陌生,还有对"洋鬼子"本能的恐惧心理。**)

有人家的门窗里透出灯光,傍晚从天上缓慢降临。两个卫兵已经不指望另外五个铜板了,但离换班时间尚早,吊着个洋鬼子也挺好玩。年纪大的在指点年轻的抽烟斗,告诉他一天里的哪个时辰烟油最香,多抽一口等于多做一会儿神仙。小波罗开始着急,昏暗从遥远处大兵压境,世界在急剧萎缩、变小,很快就将收缩到他的脚下,(**没有直写黑夜降临,而是将其置于人物的焦虑感中,更具冲击力。**)他突然生出了一种强烈的被遗弃感。别人有来处也有归处,他却孤悬异乡,吊在半空里憋着一膀胱的尿。(**最是一个"憋"字,憋出的是生理和心理的双重屈辱。**)远处走过来一个穿长衫的瘦长男人。管不了了,他的意大利语脱口而出:

"哥们儿,行个方便,五文钱的事儿。"

借傍晚最后的光,他看见那人的耳朵动了动。应该就是这家伙了。锡蓝客栈在城里,没那么多洋人必须这个时候过城门。

小波罗又用英语把这句话重复了一遍。谢平遥对他举起了手,谢平遥说:"OK。"

小波罗开始上升。到最高处,他想停下来再看一眼,心情好了没准世界重新开阔起来,但两个卫兵把他从吊篮里拽了出来。他们还得把谢平遥吊上来。自己人也付十文,年长的卫兵有点过意不去,但价码抬上去了,当着洋鬼子面不好降,只好歉疚地找补,没话找话,最近风声紧,所以城门关得早。年轻的接茬,我爬城头上一年零三个月了,哪天不紧? 老的给他一个白眼。(小的还是没老的老练、油滑。)天彻底黑下来。城头上四个角点起火把。卫兵让他们快走,眼看巡城的头儿就来了。他们动手拆那个简易的绞盘架。这是城门守卫的外快,谁当值归谁。一年到头竖在风雨里,不容易。当官的也明白,睁一眼闭一眼,别在巡城时找不痛快就行。

借用完卫兵们的马桶,两人一起下城楼。(真是憋坏了,哈哈。)小波罗一个台阶一声谢,非要请谢平遥吃饭。谢平遥也不客气,跟着他走。快到客栈,小波罗一拍脑袋,只顾走路,忘了问谢平遥来此地寻人还是公干,别误了大事。谢平遥答:"寻人。"

"谁?"

"你。"(二人急于相认,所以对话描写干脆利落,无须添加任何枝叶。)

"我就知道。"小波罗一把抱住谢平遥,"看第一眼我就知道你肯定姓谢。我跟李等你几天了。"

写作提示:

此段落在小说第一部的开头,作者选取了画面感极强的一个场景,造成了先声夺人的视觉效果。这也是叙事性写作屡试不爽的成功经验。

选文最值得称道的是它的延宕。不是平铺直叙,而是放大扩充细节,让人物和故事在细节的曲折回环里见出意义指向。比如小波罗从一出场就坐在孤悬半空的吊篮里,中间经历了讨价还价、登高望远、自我想象、时空错乱、求助百姓、僵持无助等一系列情节,才被恰巧路过的谢平遥解救。而当谢平遥解救他时,作者已经在看似无意的细节描绘中释放了巨大的信息量,读者也对与小波罗的身世、性情等有了较为形象的了解。这就为接下来的讲述铺平了道路。

对选文内在结构的处理也很见匠心。特别是第三自然段登高望远一节,繁华的无锡生活在他眼前次第展开。注意,是"次第展开",所以接下来小波罗的视野一定是由近及远的。先是在横向上列出梗概,从房屋到远处的山;接着在纵向上铺开并一一对应,炊烟、哭叫、呵斥、狗咬对应"房屋",路上和水里对应"道路""河流",苍茫的大地对应"野地和远处的山";同时让听觉和视觉共同发挥作用,形成立体空间,有看得见的炊烟,也有听得见的声音,还有纵横交错的道路与河流。

还有一个成功之处是:将想象输出为戏剧性的画面。比如小波罗对世界中心的感知定位,再比如夜幕降临让小波罗几乎崩溃那一段。合理的想象往往能够延伸事物的精神边界。

第二十五课 弗兰克·迈考特与《安琪拉的灰烬》
连上帝都在哭泣

天使的孩子：

"Angela's Ashes"是这本书的英文原名，直译为"安琪拉的灰烬"，当然，也有人将其翻译为"天使的灰烬""安琪拉一家"或"天使的孩子"。在这些译名中，我最喜欢"天使的孩子"，因为"安琪拉"这个名字的本义就是天使，且本书的叙述重点似乎不在安琪拉，而在她的孩子，尤其是她的长子——"我"。

"我"是谁？我便是弗兰克·迈考特，小说中那个度过苦难童年的第一人称主人公，同时也是这部小说的作者，爱尔兰裔美国著名作家、教师。某种程度上，我们可以把书里书外的他看作同一个人，因为《安琪拉的灰烬》是他忠实还原童年生涯的自传体小说，所以，称作回忆录也未尝不可。关于他19岁之前的生平，就不做介绍了，小说里都有。19岁之后呢，他重返纽约，为实现心中的"美国梦"，从事过多种职业，后来终于成为一名中学教师，并收获了"全美最佳教师"的荣誉桂冠。这便是《安琪拉的灰烬》的续作《就是这儿》和《教书匠》讲述的内容。

导读与分享：

安琪拉从没想过弗兰克会去美国，虽然弗兰克在纽约出生。当大萧条将他们一家人赶回爱尔兰，赶回利默里克的贫民窟时，她就已经断了重返纽约的念头。一个一无所长、身无分文却酒气熏天的丈夫，四个嗷嗷待哺、衣不蔽体的男孩儿，这就是她的全部家当。她还能希望什么呢？活下来，让孩子不挨饿、不受冻，恐怕是她唯一的梦想。然而，利默里克潮湿的空气和连绵不绝的雨水并没有满足她那卑微的愿望，一切变得更糟……

弗兰克·迈考特在回忆这段往事时如此动情，他说："当我回首童年，我总奇怪自己竟然活了下来。当然，那是一个悲惨的童年……比一般的悲惨童年更不幸的，是爱尔兰人的悲惨童年；比爱尔兰人的悲惨童年更不幸的，是爱尔兰天主教徒的童年。"童年并没有给作者留下多少美好的记忆，那里满布着穷困、肮脏、饥饿、寒冷、冷漠，当然，还有死亡。他的妹妹小玛格丽特、双胞胎弟弟奥里弗和尤金的相继离世便是明证，接踵而至的灾难给他幼小的心灵以重大的打击，他无奈地接受了这一切，又无畏地从深谷中爬出。我不知道这是怎样一种力量，是他的母亲，那个唤作"天使"的安琪拉给他的吗？或者愈是苦难，愈是教会了人从容和乐观？总之，没有无来由的爱，也没有无来由的恨，更没有无来由的人生道路。你可以沮丧、抱怨、甚至愤怒，但你绝不能丧失生的勇气。生命在，奇迹就在。

事实证明，弗兰克创造了奇迹，从少不更事的儿童到意气风发的青年,他沿着苦难的墙一路走来。蒙太奇的片段连接起的是不堪回首,亦是不可磨灭。爸爸一身酒气地在巷子里吟唱凯文·巴里之歌时的烂醉和忧伤;妈妈带着"我"和几个弟弟在寒风中等待父亲归来却不得的失望和饥肠辘辘;圣文森特保罗协会(天主教慈善机构)和"大药房"的办事人员对妈妈的侮辱嘲弄;圣诞节晚上用讨来的食品券换回来的那个炖猪头;"我"被拉曼暴打后,阁楼上母亲和那个肥脑满肠的男人发出的呻吟与喘息;我舔舐沾有煎鱼和薯条油渍的报纸时的贪婪吸吮声……不过,作者记忆的闸门打开后,并非全是阴霾,也有阴霾中难得一见的亮色,爸爸深情的一吻、孩子们的友谊,还有莎士比亚的文字和两段匆匆而过的恋情。"我"在苦难中学会了承受苦难,也学会了去感受和珍惜快乐。待到"我"踏上前往美国的轮船时,这苦难便成为一笔追求新生的财富,它既折磨得"我"惨不忍睹,又拯救了"我"的灵魂。

谁能说安琪拉——我的母亲不是天使呢?晚祷钟声(Angelus)在新年的午夜时分响起时,母亲来到这个世上,她带着上帝的使命,将7个小宝宝送到人间,她尽着自己全部的力量哺育他们。不幸的是,她没能挽留住所有孩子的生命,连上帝都在为她哭泣。可这并不是她的错,她完成了自己的使命,至少活着的孩子好好地活了下来,去开创属于他们自己的人生,她也不必再一脸忧伤地凝望那壁炉里的灰烬。

看,上帝转啼为笑,月全食出现在弗兰克即将离开爱尔兰的

那个夜晚,他、妈妈、弟弟迈克尔和阿非、帕基廷姨父、阿吉姨妈、帕特舅舅,他们一同唱起来:

> 母爱是一种赐福,
> 无论你浪迹何方,
> 趁她健在好好珍惜,
> 不然将是思念的惆怅。

节选批读:

(复活节前夕,爸爸去英国找活儿干,但他到达英国后,只电汇了一次钱,就再没有音信。——笔者注)

一个星期后,他来信了,说他已平安到达,要我们做个好孩子,履行自己的宗教义务,最重要的是听母亲的话。又过了一个星期,他屯汇来三英镑,把我们乐上天。我们有钱了,要吃煎鱼、薯条、果冻和牛奶蛋糊喽,还要每个星期六去利瑞克电影院、大广场电影院、卡尔顿电影院、雅典娜电影院、中央电影院和最有意思的萨瓦电影院。说不定,我们还会跟利默里克有头有脸的人物一起在萨瓦饭店喝茶、吃蛋糕呢,我们一定在端茶杯时伸出兰花指。(仅仅三英镑,就让孩子们的小脑瓜里充满着对美好生活的无限向往。为了那一堆好吃的,那一个个电影院的名字,他们不知期盼了多少次,但愿这次美梦不要落空。)

下个星期六,没有电报,又一个星期六,还是不见电报,以后的星期六,再也没有电报了。(看来,还是落空了,爸爸可能又把工钱喝光了吧,对此,妈妈和"我们"应该早已习惯。)妈妈又开始向圣文森特保罗协会讨东西,又开始去"大药房",考非先生和凯恩先生开玩笑说爸爸在皮卡迪利大街养了个婊子,妈妈也只好赔着笑脸。迈克尔问婊子是什么,她告诉他是喝茶时吃的东西。(忍受羞辱总比一家人饿着肚子强。)她成天和布瑞迪·汉农坐在炉子边抽"忍冬"(一种爱尔兰香烟品牌),喝没有味道的茶。我们放学回家后,早餐时掉的面包渣还在桌上,她再也不洗果酱瓶和茶缸了,糖都招来了苍蝇,她也不管。(中国有句古话,巧妇难为无米之炊,此之谓也。)

她说我和小马拉奇得轮流照看阿非,用婴儿车推他出去呼吸呼吸新鲜空气。小孩子总不能从十月到来年四月一直关在楼上。要是我们说想跟伙伴玩,她就会扇来一个大耳刮子,打得你耳朵生疼。

我们只好和坐在婴儿车里的阿非玩游戏。我站在巴拉克山坡的高处,小马拉奇站在山坡下面。我把婴儿车推下山坡,小马拉奇本该把它接住,但他光顾着看一个小伙伴溜冰了,婴儿车从他身旁飞快地冲了过去,蹿上街道,直奔莱尼斯顿酒吧。那里,人们正在悠闲地喝酒,没想到突然冲进来一辆婴儿车,里面还坐着个小脸脏兮兮的孩子,嘴里"咕、咕、咕、咕"地叫着。酒吧伙计高喊这可够丢人的,居然让小孩坐在婴儿车里大叫着冲进门,该管管这种行为了,他要叫警卫。这时,阿非朝他挥起小手,面露微笑,他说:"好吧,算了,给这孩子一块糖果和一瓶柠檬水,也给这对破衣烂衫的小哥儿俩一瓶柠檬水吧。"老天在上,这是个艰难的世道,一不留神,一辆婴儿车就破门而入,你还得不分青红皂白地拿出糖果和柠檬水招待他们,恁们(你们)俩带上这孩子,回家找恁们的妈妈去。(**意想不到的收获,但这收获里分明充斥着满脸的蔑视和不屑。可怜的孩子们,在糖果和柠檬水面前,他们没有尊严。**)

小马拉奇又有了一个妙计,我们可以像叫花子那样,推着阿非在利默里克到处走,见了酒吧就进去要糖果和柠檬水。但我不想让妈妈发现,迎面扇我的耳刮子。小马拉奇说我不够哥们儿,一个人跑了。我推着婴儿车上了亨利街,到了至圣救主会教堂。灰蒙蒙的天,教堂也是灰蒙蒙的,一小群挤在神父家门口的人也是灰蒙蒙的。他们在等着要神父吃剩的晚餐。(**三个"灰蒙蒙",是三重不同的意味,且相互映照。天灰蒙蒙说明已是傍晚时分,且没有一丝生气;教堂灰蒙蒙,既交代了教堂墙壁的色调,又暗示了教堂的冷漠和肃杀;人是灰蒙蒙的,表明饥饿和沮丧弥漫了整个人群,而他们可怜巴巴等待的却只是神父吃剩下的残羹冷炙。"朱门酒肉臭,路有冻死骨。"杜子美的诗句颇为形象。**)

我看到人群中有个穿着灰色脏外套的女人,那是我的母亲。

那是我自己的母亲呀,也在乞讨。这比领失业救济金、去圣文森特保罗协会和"大药房"还不如啊。这是最惨的一种耻辱了,和沿街乞讨没什么两样,那些叫花子抱着他们满身疥疮的孩子,吆喝着:"看在可怜的孩子的分上,给我们一便士吧,先生,孩子饿了,太太。"(孩子!是啊,母亲何尝不是为了孩子,才不顾一切地从神父的牙缝里抠出那一点点食物。她已经被现实逼得走投无路了,现在,最重要的是不能让孩子饿死!)

我的母亲现在也成了叫花子,要是让巷子或学校里的人看见,我们家的人就把脸丢尽了。我的伙伴还会在校园里给我起新外号,挖苦我,我知道他们会这样说:

> 弗兰基·迈考特,
> 是个讨饭婆的儿,
> 长着疤癞眼,
> 还去学跳舞,
> 一副哭丧脸,
> 像个日本佬。

神父家的门打开了,人们伸着手蜂拥过去。我听见他们在说:"兄弟,兄弟,这儿,兄弟,啊,看在上帝的分上,兄弟。我家里有5个孩子呢,兄弟。"我看见自己的母亲往前挤,我看见她咬紧牙关,抢到一个袋子。趁她没有看见,我推着婴儿车走上另一条街道。(母亲可以在别人面前丢脸,但无论如何是不能如此面对

第二十五课　弗兰克·迈考特与《安琪拉的灰烬》/ 217

自己的孩子的,那才是她最大的耻辱,这一点上,"我"做得好极了。)

我不想回家,推着婴儿车走向码头路,来到考坎里,利默里克全城的灰土和垃圾都倒在这里焚烧。(码头路,多么熟悉,妈妈曾带着"我"和弟弟一起在圣诞节的晚上捡过煤渣和泥炭!)我在那儿站了一会儿,看着孩子们追赶着老鼠。我不明白,他们为什么要折腾这些并没在他们家中捣乱的老鼠。要不是阿非饿得大叫,踢腾着圆滚滚的腿,挥舞着空空的奶瓶,我就要永远这么走下去。

妈妈生了火,锅里煮着东西。小马拉奇笑了,说妈妈从凯瑟琳·奥康纳小店买来了腌牛肉和一些土豆。假如他知道自己是一个讨饭婆的儿子,他就没这么高兴了。她在巷子里喊我们回家。我们在桌旁坐下,我连看一眼这个要饭婆妈妈的勇气都没有。她把锅端到桌子上,给每个人舀了些土豆,用叉子把腌牛肉挑了出来。(向那些饱受苦难和羞辱的妈妈致敬!)

那根本就不是什么腌牛肉,而是一大块颤巍巍的肥肉,腌牛肉的影子仅仅是上头那么一点乳头大小的红肉。我们都盯着那点肉,想知道谁会吃到它。妈妈说:"这是给阿非的,他小,正长身体,应该吃这块肉。"她把肉放到阿非面前的碟子里。他把碟子推开了,又把它拽了回来。他把那块肉搁到嘴边,环顾了一眼厨房,看见我们家的狗拉奇,便把肉扔给它。

说什么都已经没用了,肉没有了。我们吃着搁了很多盐的土豆,我咬着我那块肥肉,全当它是那块乳头大小的红肉。(记得小时候过年,母亲买了半斤槽头肉,我们一家人整整吃了7天……)

写作提示:

是的,这里没有技巧,如果有的话,只能是弗兰克·迈考特那深情的诉说和不动声色的笔墨,有谁见过冷静的文字下,那灼人的痛和炽烈的爱,读读《安琪拉的灰烬》吧,在这里,泪水与笑声浑然天成,苦难和欢乐交相奏鸣。

第二十六课 卡勒德·胡赛尼与《追风筝的人》

"风筝"飞向哪里?

"风筝"边角料:

2011年9月11日,发生了让全球为之震惊的"911"事件,而就在事件发生地的美国,一个阿富汗人即将完成一部关于他的祖国的小说。这两件事本没有必然的联系,但偏偏,制造这次袭击的恐怖分子来自阿富汗的基地组织,这让小说的作者颇为踌躇:深陷在巨大悲痛和愤怒中的美国人会接受它吗?也许它的出版只能引来更多的仇视和非议吧?不过,他的妻子站在另外一个角度——"你的书能让他们看到阿富汗人的另一面"。最终,小说在美国出版了。

我们得感谢他的妻子,没有她,我们恐怕将要错过一部伟大的作品。当然,我们更要感谢这本书的作者:卡勒德·胡塞尼,随父亲流亡到美国后,他做了一名内科医生,但这并没有妨碍他成为一名出色的作家。他有善解人意的妻子,还有两个可爱的孩子,我想,这些都是他写作的动力,因为,家庭给人的影响是巨大的。比家庭更大的,则是人生的经历,所以,作为胡塞尼的处女作,在《追风筝的人》里,有一部分也是他自己。

另外还有一点需要提及,就是伊斯兰教的两大派系:逊尼派和什叶派,书中所称的哈扎拉人属于什叶派,普什图人则属于逊尼派,在阿富汗历史上,两派时起争端。

导读与分享:

你知道的,一个人的童年会有很多故事,但阿米尔只有一个,那就是"背叛"。起初,他以为哈桑,那个他曾经背叛的人,只是一个仆人的儿子,而且是哈扎拉人,而他,阿米尔少爷,则是尊贵的普什图人。他一直在以这样的借口为自己的可耻行为辩驳,回避自己良心的不安,直到他发现那个惊天的秘密……

故事很曲折,事实上,并不像我所给你描述的这样简单。枝叶在无声无息中长满树身的每一处,比如,阿米尔和哈桑最喜欢的那个波斯英雄的故事,"罗斯坦和索拉博",在一次战斗中,罗斯坦给予他的劲敌索拉博以致命一击,但他悲哀地发现,索拉博竟是他失散多年的儿子。吊诡的是,类似的一幕在阿米尔和哈桑身上重演。当然,哈桑不是阿米尔的儿子,这两个童年的伙伴,原来是同父异母的兄弟,这也是促使阿米尔在时隔多年后踏上赎罪之旅的直接动因。晚了吗?谁也说不清。哈桑已经死了,可哈桑的儿子还在,他也叫索拉博,名字是哈桑起的。在这里,血缘可能模糊了阿米尔自我救赎的纯洁性,似乎如果他们不是兄弟,接下来的事情就不会发生,但我们不能只关注故事本身,偶然的事件背后接通的往往是更加阔大的存在。因此,阿米尔在寻找索拉博,也在追寻那只儿时的风筝,追寻人类久已迷失的美德:正直、善良、忠诚——还有,一诺千金。

"为你,千千万万遍。"当哈桑为阿米尔去追那只蓝风筝时,他说。这句话萦绕在阿米尔心头整整二十六年,他也经历了二十六年的煎熬和悔愧。有时候,我们会感觉这就像一个玩笑,至于吗?是的,至于。没有什么比诺言更加重要,他照见的是一个人的良心,这与勇敢抑或怯懦无关。哈桑做到了,即便他被人殴打,几乎丧命;即便他已经看到,那个引以为傲的"朋友"就在不远处的拐角,任凭所有事情的发生,从开始到结束。而阿米尔呢,他用谎言掩盖着一切,但真相若不被戳穿,就必须编造更多的谎言。就像一个无底洞,阿米尔越陷越深,可是,他终究逃不脱"真主安拉"的惩罚,父辈那个更大的谎言终于让他醒悟,一切必须重来。

当然,故事远没有结束,或者说,这仅仅是开始。就像书中所说的,你不能把电影的结局透露给美国人一样,我也不能把结局和盘托出,因为那是犯罪,是在糟蹋结局。不过,我可以告诉你另外一些,如果你感兴趣的话。那就是,在阿富汗这个我们并不熟悉的国度,战乱此起彼伏,贫穷和饥饿触目惊心,争斗与杀戮屡屡上演,但这些远远不能代表阿富汗的全部。在阿富汗,还有善良的人民,还有深植于他们心中的最重要的东西——人性。我想,卡勒德·胡塞尼创作这部小说的初衷应该归结于此。正如他的妻子所说:"他们妖魔化,你可以人性化"。

原谅我的啰唆,还有一句话要补充:"阿富汗有很多儿童,但没有童年。"(语出《追风筝的人》,上海人民出版社,2006年版第306页。)

节选批读:

我又听见那声音,这次更响了,从某条小巷传出来。我悄悄走进巷口,屏住呼吸,在拐角处窥探。

那小巷是死胡同,哈桑站在末端(死胡同?哈桑还有救吗?),摆出一副防御的姿势:拳头紧握,双腿微微张开。在他身后,有一堆破布瓦砾,摆着那只蓝风筝。那是我打开爸爸心门的钥匙。(到现在,还想着那只蓝风筝,看来,在阿米尔心中,蓝风筝要比哈桑更重要吧。)

挡住哈桑去路的是三个男孩,就是达乌德汗发动政变隔日,我们在山脚遇到,随后又被哈桑用弹弓打发走的那三个(他们是来寻仇的)。瓦里站在一边,卡莫在另外一边,阿塞夫站在中间。我感到自己身体收缩,一阵寒意从脊背升起。阿塞夫神态放松而自信,他正在戴上他的不锈钢拳套。其他两个家伙紧张地挪动着双脚,看看阿塞夫,又看看哈桑,仿佛他们困住某种野兽,只有阿塞夫才能驯服。(他们的表现不一,是因为他们的性格和在事件中扮演的角色不同,"我"是懦弱的旁观者,阿塞夫是凶残的主谋和头领,而瓦里和卡莫则是狐假虎威的跟班。)

"你的弹弓呢,哈扎拉人?"阿塞夫说,玩弄着手上的拳套,

"你说过什么来着?'他们会管你叫独眼龙阿塞夫。'很好,独眼龙阿塞夫。太聪明了,真的很聪明。再说一次,当人们手里握着上了膛的武器,想不变得聪明也难。"

我觉得自己无法呼吸。我慢慢地、安静地呼着气,全身麻木。我看见他们逼近那个跟我共同长大的男孩,那个我懂事起就记得他的兔唇的男孩。(总算"我"还有些许良心,还能想起哈桑是那个甘于为"我"奉献的人。)

"但你今天很幸运,哈扎拉人。"阿塞夫说。他背朝我,但我敢打赌他脸上一定挂着邪恶的笑容,"我心情很好,可以原谅你。你们说呢,小子们?"

"太宽宏大量了,"卡莫喊道,"特别是考虑到他上次对我们那样粗鲁无礼。"他想学着阿塞夫的语调,可是声音里面有些颤抖。于是我明白了:他害怕的不是哈桑,绝对不是。他害怕,是因为不知道阿塞夫在打什么主意。

阿塞夫做了个解散的手势:"原谅你,就这样。"他声音放低一些,"当然,这个世界没有什么是免费的,我的原谅需要一点小小的代价。"

"很公平。"卡莫说。

"没有什么是免费的。"瓦里加上一句。

"你真是个幸运的哈扎拉人。"阿塞夫说,朝哈桑迈上一步,"因为今天,你所有付出的代价只是这个蓝风筝。公平的交易,小子们,是不是啊?"

"不止公平呢。"卡莫说。(公平？见鬼去吧！恶人总能给他们的恶行找到合适的借口,没有良心、没有道德的人又怎会痛苦？不过,我对卡莫和瓦里倒产生了某种怜悯之情。)

即使从我站的地方,我也能看到哈桑眼里流露的恐惧,可是他摇摇头。"阿米尔少爷赢得巡回赛,我替他追这只风筝。我公平地追到它,这是他的风筝。"

"忠心的哈扎拉人,像狗一样忠心。"阿塞夫说。

卡莫发出一阵战栗、紧张的笑声。

"但在你为他献身之前,你想过吗？他会为你献身吗？难道你没有觉得奇怪,为什么他跟客人玩总不喊上你？为什么他总是在没有人的时候才理睬你？我告诉你为什么,哈扎拉人。因为对他来说,你什么都不是,只是一只丑陋的宠物。一种他无聊的时候可以玩的东西,一种他发怒的时候可以踢开的东西。别欺骗自己了,别以为你意味着更多。"(这话就好像是说给阿米尔听的,的确,哈桑在阿米尔和阿塞夫的眼里,其实没有多大不同,他只是他们的玩物。)

"阿米尔少爷跟我是朋友。"哈桑红着脸说。(哈桑不为所动,他是个真正的男子汉。)

"朋友？"阿塞夫大笑说,"你这个可怜的白痴！总有一天你会从这小小的幻想中醒来,发现他是个多么好的朋友。听着,够了,把风筝给我们。"

哈桑弯腰捡起一块石头。

阿塞夫一愣,他开始退后一步:"最后的机会了,哈扎拉人。"(阿塞夫也恐惧,因为上回他就被哈桑勇敢的举动吓跑了。)

哈桑的回答是高举那只抓着石头的手。(明知是鸡蛋碰石头,但他心中有一个信念,就是实践他的诺言,为阿米尔守护好那只风筝。)

"不管你想干吗。"阿塞夫解开外套的纽扣,将其脱下,慢条斯理地折叠好,将它放在墙边。

我张开嘴,几乎喊出来。如果我喊出来,我生命中剩下的光阴将会全然改观。但我没有,我只是看着,浑身麻木。(看看,他和哈桑的反差有多大,没有担当的人,又怎会真正地成长起来?)

阿塞夫挥挥手,其他两个男孩散开,形成半圆,将哈桑包围在小巷里面。

"我改变主意了,"阿塞夫说,"我不会拿走你的风筝,哈扎拉人。你会留着它,以便它可以一直提醒你我将要做的事情。"

然后他动手了,哈桑扔出石块,击中了阿塞夫的额头。阿塞夫大叫着扑向哈桑,将他击倒在地。瓦里和卡莫一拥而上。

我抓紧拳头,合上双眼。(阿米尔会后悔的。)

写作提示:

这是 1975 年的冬天,阿米尔在赢得风筝巡回赛之后,哈桑为阿米尔追回那只最后掉落的风筝时,被阿塞夫一伙殴打的场景。我们知道,场景描写,需要具备几个要素:时间、地点、人物,还有最重要的,就是过程。在选段中,这些都有,但有了这些,并不一定就能把它写好。合适恰当的安排,必不可少。

拿选段来说,首先交代"我"的位置是在巷口的拐角处,这样就能以"我"的视角来叙述将要发生的事情;然后点明这是一条死胡同,映射出哈桑处境不利;再对其他三个人的位置作以交代,阿塞夫居中,瓦里和卡莫一左一右,不仅写出了他们的主次差异,也间接表明了哈桑处于他们构成的包围圈中,这让我们的心揪得更紧。过程的叙述也并非平铺直叙,尤其是对话、动作,以及"我"的心理描写,在穿插配合中有效地前行,比如阿塞夫的动作,就是配合其语言,层层加码,先是神情自若地戴上不锈钢拳套;接着玩弄着拳套;然后朝哈桑迈上一步;哈桑捡起石头时,他又退后一步;最后,在发觉哈桑的反抗只是徒劳时,他才慢条斯理地脱下外套,向两个帮凶挥挥手,一拥而上。别小看这细微的动作,都能够反映人物心理的微妙变化。而"我"的心理描写的适时穿插,又让"我"的猥琐懦弱的心理在哈桑面前,在这起事件面前暴露无遗。

所以说,好的写作,是合力的作用。

第二十七课 卡洛琳·帕克丝特与《巴别塔之犬》
"巴别塔"的美

走近"巴别塔":

巴别塔与《圣经》上的一段记载有关。据说,在创世记之初,人们的语言都是一样的,于是大家相约建造一座高塔,能够通达天堂。上帝得知此事后,颇为不悦,他担心人类的力量有一天超过自己,所以就变乱人们的口音,让人们言语不通,分散到各地,以至于巴别塔尚未建成就荒废了。在古希伯来语中,"巴别"是"变乱"的意思,象征着心灵沟通的困境;而在古巴比伦语中,"巴别"则被解释为"神之门",象征着人类对自身的超越。显然,这两种看法是有差异的,但放在本书中,似乎又存在着某种联系。

《巴别塔之犬》中的故事是以一个男性的口吻来叙述,但你可知,它的作者却是一位女性,对,卡洛琳·帕克丝特,1971年出生于美国马萨诸塞州的Waltham,写这本书时,她才三十二岁。作为她的处女作,《巴别塔之犬》甫一面世,便受到各方好评。她的第二本小说《伊甸园的鹦鹉》的中译本也已出版。听起来很有意思吧,一个是"犬",一个是"鹦鹉",但我们知道,这只是另一种意义上的象征罢了。

导读与分享：

> 记住她原本的样子，就是我能送给我们彼此的最佳礼物。

卡洛琳·帕克丝特狡猾得很，她知道用什么样的噱头吊足读者的胃口。

一个女人死了，现场唯一的目击者是一条狗，死者的丈夫为了搞清楚妻子死亡的真相，开始教狗"说话"……

听起来是侦探或悬疑小说惯用的开头，那小说的结尾一定是狗开口说出真相喽。且慢，不是这样的，直到读完这篇小说，那只叫"罗丽"的罗德西亚脊背犬都没有说出哪怕是一个完整的词。但真相还是被公开了，其中有偶然，也有必然。保罗偶然在电视里听到妻子的声音，偶然间翻阅妻子留下的笔记本，偶然看到罗丽的项圈背面那行字，等等。必然呢？只有一条——保罗的回忆，他和妻子露西从认识到露西离世前那天早晨的点点滴滴，都被他从记忆中搜寻了出来。由此，我们看到了一个人眼中的另一个人：满以为了解对方的全部，可是当自己将记忆的碎片连缀起来时，对方的影像却模糊了，而真实的只有那张覆于其上的面具。露西的工作本就是做面具，她更了解面具和面具后那张脸的差别,所有的人概莫能外。这个事实很容易让我们联想起"虚伪",但我敢保证,与虚伪无关。虚伪是品质问题,而在这里,分明是我们不愿正视的客观存在。所以,理解只能是相对意义上的,你不可能完全理解另一个人,即便是你的至亲,你的骨肉。

"不是吗?我们每个人不是都有两颗心脏吗?秘密的那颗心脏就蜷伏在那颗众所周知、我们日常使用的那颗心脏背后,干瘪而瑟缩地活着。"作者通过保罗,道出了谜底,却又产生了一个乃至一系列新的谜题:对于保罗来说,露西那颗秘密的心脏里究竟装着什么?保罗最终找到了吗?或者他找到的所谓真相有多少真实的成分?如果保罗得知的这一真相并不是真相本身,他是应该为此而欢喜还是悲哀?我们是让当事人永远保有这个秘密好呢,还是要绞尽脑汁将这秘密解锁?哪种方式更人道?于是,露西的谜题就像雪球一样越滚越大,不断挑动着人们脆弱而又敏感的神经。若要找到现成答案,何其难哉!即便在小说里,也依然是个大大的问号。

在保罗记忆中的露西时而是明媚的、可爱的、善解人意的,时而又是偏执内向的、神经质的,甚至有点斤斤计较、小家子气。这样的印象出自保罗的讲述,自然带有主观色彩,他看到的露西只是戴着面具的露西,他始终都不愿或没有机会走进露西的内心世界。露西死前的最后一次吵架,也证明了这一点,二人的隔阂愈来愈深。也就是在保罗第一次产生分手的念头时,露西死了。看起来,前因后果都很明晰,但事情总没有我们想象的那样简单,正如前面所言,事实上,露西用自我毁灭的方式,为他,也为所有人留下了一个极其疼痛而残忍的"斯芬克斯之谜"。这当然不是露西自杀前刻意在书架上排列的那四十九本书就能解决的,尽管她想告诉保罗一些什么,保罗最终也心有所悟,但仅此而已,保罗不知道的还有很多,就像保罗第一次向露西求婚时,不知道露西的头皮上还有块刺青一样。

不过,当时间定格在露西跳下苹果树的那一刹那时,我们还是会因镜头中的画面而心有戚戚。"秋天的阳光下,露西的头发因风的力量而向上披散。她的双手如翅膀般张开,短上衣灌饱了空气而微微鼓起……脸仰起看着天空……"多么优美,多么轻盈,多么心无旁骛,宛若止水!保罗说,当他回顾这个画面时,无论重看多少次,都无法看见她的脸。因为露西把头微微偏向了一边。至此,我们方才领悟,露西是不愿意让人看清这张脸的,因为脸里藏着她的秘密,她的"神之门",谁都无权知晓,包括她深爱着的保罗。

或许,这才是"巴别塔"想要告诉我们的,"神之门"因"变乱"而无法开启,那就让它的遗骸永恒地伫立在那儿吧,那也是一种美,不是吗?

节选批读:

(保罗用了一下午时间为露西想了许多做面具的点子,并制成图片,然后兴高采烈地带着这些作品回家,以图博取露西的欢心,没想到露西非但不领情,还和他吵了一架。这也是他们吵的最后一架,发生在露西死亡的前一天——笔者注)

"露西,这是我花了半天时间做出来的,你至少——"(破折号,表停顿,保罗的话被露西打断了。)

"我可没麻烦你这么做。"

"我不懂你干吗这么沮丧。"我说,我的声调也拉高了(调子拉高是吵架的前奏),"我只想帮个忙。看你已经闲晃了好几个星期,苦苦思考接下来该做什么。你为什么不考虑一下我的想法?"

"因为你这些想法根本是垃圾。"

"我怎么看不出它比你以前做的东西差?'洗衣店类型灵魂'?那是什么鬼东西?"(吵架往往是这样,哪壶不开提哪壶,平时不愿揭穿的事情,到这一刻成了压倒对方、占据上风的有力武器,杀伤力大,造成的伤害也更大。另,"洗衣店类型灵魂"是露西近期的一个面具构思计划。)

她猛然从桌前站起,气愤地瞪着我,那股怒意逼得我不得不把头别开。"我不敢相信你居然说这种话。"她说,声音有点颤抖。她握起拳头,放开,同时发出一种又愤怒又沮丧的声音。("愤怒"是因为保罗的话刺伤了她,"沮丧"是对保罗不理解她感到失望,简单的两个形容词,道出了露西当时的情感状况。)突然,她用力一挥,把桌上所有东西——纸张、切好的蔬菜、砧板——全扫到地上,力道之强,让菜刀在掉落地板后又弹起向她飞去,迫使她立刻向后退了一步,才没被刀刺中。(不单是唇枪舌剑了,还有剧烈的肢体动作,可以看出,露西简直已经歇斯底里了。)

我并没有退让。"很好,"我冷冷地说,"我们又来了。"("冷冷"说明"我"对这样的争吵已司空见惯。)

她抡起拳头,用力捶了桌子一下,又一下,然后缩回来用另一只手抚摸,仿佛弄痛了自己的手。

"你去死吧!"她狠狠地说,转身走了出去,动作既激动又僵硬。我听见地下室那扇门被甩上的声音。

我从地上捡起那些纸张,一一摊平,却不想管那些散了一地的蔬菜。我看见那个木头砧板已裂成了两半。

我在厨房来回踱步,心中怒火越烧越旺。为什么每件事都这么难搞?我心想,为什么其他人的生活可以过得这么容易,不必担心一些善意的小举动会引起心爱的人发脾气?(其他人过得也不容易,家家有本难念的经嘛。不过身在当时的情境中,我们总会生出这山望着那山高的想法,很正常。)正是在这个时候,我第一次冒出想和露西分手的念头。一时之间,只是一时之间,我瞥见生活中若没有她可能呈现的面貌,而我看见的是更美好、更自在光明的生活。一时之间,我那潜藏的第二颗心似乎突然挣脱,获得了自由。("一时之间"连用了三次,保罗极力在表明自己这种危险想法尚处于萌芽阶段,但露西的死是不是

第二十七课 卡洛琳·帕克丝特与《巴别塔之犬》/ 233

与此有关呢？她是不是察觉出"我"心理的微妙变化了？）正是在这个时候，我听见地下室传来了哭声。（这是一极好的转折。）我走下露西的工作室，发现她正坐在沙发上哭泣。她的膝头上放着一本大开本的非洲面具图鉴，上面放了一张纸。她低着头，凝视自己放在书上紧握在一起的手。我看见她的手上有鲜红的液体，一开始以为那是血。同样颜色的液体也渗进了纸张和书本里。

"怎么回事？"我问。

"我太生气了，"她说，"不知道该怎么处理。"

"你做了什么？"我问。

"我本来想，如果我把情绪写下来，或许有助于控制它，但我才一提笔就无法自制了。我拿起笔用力往纸上戳，结果纸破了，笔也断了。"

"所以那是墨水啰？"我问。

（这段对话虽是平铺直叙，但亦可见保罗仍是爱着露西的。）

她点点头，然后把头低下，哭得更伤心了。

"我到底怎么了？"她说，"我把笔弄坏了，为什么我会做这种事？"

我一动不动，只站在那儿看她哭泣。原本还想摒弃前嫌，走过去安慰她，但当我看见她握在手中的那支笔时，我才明白她弄坏的是哪支笔。那是我大学毕业时父母送我的金笔，我习惯用它来批改作业和考卷,所以里面灌满了红色的墨水。这支笔对我而言意义实在太重大了,因此即使后来我每天都在悔恨当时应该采取别种行动,但在那一时之间,我实在没办法让自己和颜悦色。(弄坏对保罗来说如此有纪念意义的东西,虽是偶然,但也直接加深了他们之间的误会和隔阂,和解就更难了。)

"我上去了,"我说,"你能不能不再毁坏别的东西了?"

我扔下双手沾满酷似鲜血的墨水的她,让她一个人坐在那儿哭泣。(她会无助的,抑或触发了她那个可怕的想法?不过,应该只是导火索吧。)

那天晚上我没再见到她。她一直待在地下室,直到我上床睡觉都没回屋里。尽管在上床时我的怒气已消退了不少,尽管我清掉厨房撒了一地的东西,又留了一张纸条向她道歉,但伤害已经造成了。(记得有个故事说,伤害一个人就像在木头上钉了一颗钉子,即使你把它拔出来,还是会留下痕迹的。)那天晚上,当我入睡后,露西拿起电话打给阿拉贝拉夫人(一个心理咨询师),说出那个她不曾对我说的秘密。"我迷失了,"她说,"我不知道该怎么办。"到了星期三早上,当她醒来,当她换好衣服,当她在吃早餐时向为我道歉,当她在我出门上班前再次亲吻我的唇,当她在做这些事的时候,其实已经很清楚那天就是她生命中的最后一日。(五个"当她",意图强调露西赴死的决绝?或还有"我"的歉疚?)

第二十七课 卡洛琳·帕克丝特与《巴别塔之犬》 / 235

写作提示：

对话是一种生活常态，自然也是写作中一种基本的表现手法。对话描写的方式有很多，可以是无叙述语的对话，也可以是有叙述语的对话。在有叙述语的对话中，叙述语可前可后，亦可插在话语的中间。写作中除了要灵活运用多种方式，还应注意根据具体的情景，设置相应的叙述语。选文中的对话描写就很精彩。首先是保罗刚说到"你至少——"，露西就立马打断了他，此处用破折号，说明露西不想他再说下去；接着是"我"讲话时插入了一个神态描写，"我的声调也提高了"，表明接下来的话带着火药味，二人开始掐上了；而后，露西被保罗激怒，一长串的动作神态描写起到了极佳的渲染作用；等等。但是，他们在地下室里的对话为什么只用了"我问""她说"这些基本可以忽略的叙述语呢？这是因为他们在极端的愤怒之后，情绪已经进入了相对的低潮，且行文的目的发生了转移，主要是引出后文露西弄断钢笔这件事，所以叙述语就交代得相当简略。因此，叙述语什么时候长，什么时候短，什么时候可以没有，都要以能否起到补充衬托作用为前提。

再来说说人称，使用什么样的人称来叙述，往往在一定程度上决定着叙述的内容和范围，本书采用的是第一人称，叙述内容当然要以保罗的限知视角为主，就是说不能超越他的所见所闻、所思所想，如果是第二或第三人称则另当别论。选文除了严格遵守这一原则外，还着重对保罗的心理变化做了细致入微的刻画,这些心理上的描写不仅有助于读者了解事情的因果关系和发展脉络,也增添了浓厚的情感色彩。

第二十八课 维多利亚·希斯洛普与《岛》
孤独,却不孤单

岛在何处:

《岛》是英国作家维多利亚·希斯洛普的长篇处女作。小说甫一问世,就能名冠文坛,令无数人为之倾倒,靠的自然不是劳什子运气,而是深厚的写作功底和对世界、人生的充分体悟。其实,维多利亚在写作《岛》之前便已名声在外,只不过她从来没写过这么长的作品而已,还好,《岛》让这位"没有著作的著名作家"终算是告别遗憾,开始新的征途,恍然间,第二部也出来了,名曰《回归》,所以,你现在可以郑重地称她为"有著作的著名作家"了。

在希腊爱琴海的克里特岛海岸以北,有一个小岛,名叫斯皮纳龙格,从 1903 年到 1957 年,这座曾经被威尼斯人砌有坚固要塞的小岛,是希腊主要的麻风病隔离区。小说便是以此为背景,为我们展开生命、展现生活……

导读与分享:

每个人的心里都有一座岛,正如岛的英文 Island(岛)源自

Isolated(隔绝的)和Lonely(孤独),上了这座岛,便意味着孤独。心里的岛是无形的,它可以是你逃离尘世、逃避庸常的灵魂港湾,也可以是你一时失意、排遣苦痛的世外桃源,即便孤独,那也是你情我愿,且来去自如,一切皆唯你的心意是从。但有形的岛呢,比如阿里克西斯在多年以后登上的这座斯皮纳龙格岛,她也仅仅是待了几个小时,就感到了一种从未有的彻底的孤独,何况那些曾经被放逐在这座孤岛上的麻风病人?

不幸的是阿里克西斯的祖辈两代人都曾生活在这里,伊莲妮和玛丽娅,一位是她的外曾祖母,一位是她的姨婆,也就是她外祖母的妹妹,她们都患有麻风病。阿里克西斯是从玛丽娅的好友那儿得知这个秘密的,连同她的身世。这段从她出生起就被母亲刻意隐瞒的耻辱往事终见天日的那一刻,无论是对于她,还是对于读者,都将是一场考验生命耐性的旅行。

就像一滴水落到地上,这看似简单的一瞬,却经历了三代人数十年的情感孕育,而这孕育都和斯皮纳龙格岛有关。伊莲妮上岛的时候病情已很严重,她和吉奥吉斯的隔海相守,虽没有换来奇迹,却也为他们的爱画上了值得欣慰的句号,毕竟,在吉奥吉斯的心里,没有人可以替代她,以前没有,在她死后,更不会有,唯一的遗憾就是留下两个未成年的女儿,尚需吉奥吉斯独力抚养。到安娜和玛丽娅出落成美丽的少女,她们未来的人生之路就再没有母亲的恬淡和温暖了。应该说,姐妹俩最终走向不同的归宿,性格的差异是主因:安娜懒惰、急躁、叛逆,对穷困的生活一分钟也无法忍受;玛丽娅则勤劳、内敛、顺从,默默地承受着生活的沉重和不公。所以安娜为离开乡村,转念之间就能决定嫁入豪门,尽管这与爱无关,她却甘之如饴。与姐姐相比,玛丽娅的苦难则要延续得更长一些,但最终得到真爱的是她,而不是安娜。

不过,如果没有斯皮纳龙格岛,如果玛丽娅没有在与公子哥结婚之前发现自己患上了麻风病,又会怎样?虽然她不见得落得像姐姐一般的下场,但就我们有限的推测,也不会好到哪里去,或做笼子里的金丝雀,或眼睁睁地看着自己的丈夫与人通奸,而且是她的姐姐?(玛丽娅爱上了公子哥马诺里,并订立婚约,而马诺里是安娜丈夫的堂弟,他在得知玛丽娅患上麻风病后抛弃了她,并与安娜勾搭成奸,安娜丈夫发现此事后,于麻风病人庆祝痊愈且重获自由的当晚枪杀了安娜。)显然,对于岛外的人来说,麻风病也许是玛丽娅另一段苦难的开始,可对于玛丽娅,乃至所有曾被圈禁在此的人,则是彻底改变她和他们命运的新生活的起点。是这座岛让她在承受孤独的同时,看到了希望,懂得了什么是生命与尊严,什么是真正的力量、温暖和爱。所以当她要离开时,不是要寻求新的开始,而是要将这岛上最美好、最宝贵的生活带走,伴随她余下的人生。

可惜,安娜至死也无法理解这一点,她厌恶斯皮纳龙格,憎恨和这座岛相关的所有人,可事实上,她始终在岛上,从未离开。玛丽娅恰好相反,她离开了有形的岛,心中却还装着一座无形的岛。

因为,她孤独过,却从不孤单。

节选批读:

(经过医生的努力,岛上的麻风病人大多痊愈,他们被允许离开斯皮纳龙格,没有治愈的病人也将被转到雅典的医院,玛丽娅是最后离开小岛的几个人之一,这天,拉帕基斯医生将和她一起坐父亲的小船驶向大陆。——笔者注)

当她最后看一眼这条主街,强烈的不舍之情几乎令她晕倒。回忆一桩连着一桩在她脑海里翻腾、交叠、碰撞。(三个动词连用,且呈递进关系,不能颠倒次序。准确地表现了主人公突然涌起诸多回忆,继而这些回忆交织在一起,随后相互激荡碰撞的过程。)她建立的最特别的友谊,洗衣岁月里的同志情谊,节日里的庆祝活动,看最新电影的快乐,帮助那些真正需要她帮助的人带来的满足,小酒馆里,雅典人中间的激烈争论带来的没理由的恐惧——其实大多数话题与现实生活无关。(这里再现了六处情景,既然是瞬间的回忆,就要简短,说明事情即可,不过,还是能看到一种情感的深化,越到后面交代得就越详细一些。前三处情景的主语均是名词,如友谊、情谊、活动,而后三处则是形容词,如快乐、满足、恐惧,从此,亦可见出玛丽娅的回忆由简括到细微,由外部到内心的逐步推进和交融。)从当初她第一次踏上这里到现在,时间仿佛静止不动。四年前她恨透了斯皮纳龙格。

那时,死亡似乎也绝对好过在这座岛上的无期徒刑,可是现在,她在这里,片刻间突然很不想走。还有几秒钟,另一种生活就要开始了,她不知道那生活里有什么。(今昔对比,其实也是岛上生活与陆上生活的对比,陆上是自由的,却禁锢了她的心;岛上是隔离的,却让她感受到了温暖和快乐。)

拉帕基斯从她脸上读出了一切。(一个"读"字,饱含着一派款款的意境,一种缓缓的过程,一份同在天涯的理解,一脉惺惺相惜的岁月流觞。)对他而言,生活正要带来新的不确定,因为他在斯皮纳龙格的工作结束了。他会去雅典,在那里与麻风病人待上几个月,他们被送到了圣芭芭拉医院,还是需要接受治疗。可是,在那之后,他自己的生活就要像月亮一样在地图上没有标记了。(以月亮为喻,更显凄凉和迷茫。插入拉帕基斯医生对未来生活的想法,不仅对玛丽娅此时的复杂心情有烘托作用,也是在诠释为什么他能理解玛丽娅。)

"来吧,"他说,"我想我们该走了。你父亲一定在等我们。"

他们转身,走过地道。脚步声回响在他们周围。吉奥吉斯正在另一头等着。他坐在合欢树荫下的矮墙上,大口抽着烟,守候着他的女儿从地道出来。(合欢树、大口抽烟,说明他很急切。)她似乎不会再出来了,除了玛丽娅和拉帕基斯,岛上的人们全走了。像挪亚方舟中的画面重现一般。连驴子、山羊和猫也被渡到对岸去了。除了这条小船,最后一艘船十分钟前也已走了。码头上现已空无一人。(越是空,就越发担心起来,以景托情。)近处,一个小的金属盒子、一捆信、一整条香烟被丢下了,到处都是这群人匆忙撤离时留下的痕迹。(由远及近,很像电影镜头,吉奥吉斯的情绪表面上定格在这几件物什上,其实是长久盼望女儿归来的生动注脚。)也许有什么事耽搁了,吉奥吉斯惊慌地想到。也许玛丽娅无法离开,也许是医生不在她的健康书上签字。(微妙的心理变化,表明他的等待已到了极限。)

就在这些模糊想法好像要变成令人不安的现实时,玛丽娅从黑黑的半圆形地道里出来了,向他跑来。她伸开双手,拥抱他时,吉奥吉斯关于小岛的所有其他想法与疑虑通通忘掉了。他感受着她丝一般光滑的头发拂过他粗糙的皮肤,他一声不吭。(越是饱经沧桑,越会将自己的情感埋在心底,男人尤其如此,这就是他们表达爱的方式。)

"我们可以走了吗?"玛丽娅最终问道。(与前文拉帕基斯之言的遥相呼应。)

她的东西已经放到船上去了。拉帕基斯首先上去,转身拉起玛丽娅的手。她一只脚踏上了船,就在这一瞬间,她提起另一只还在石头地上的脚。(这一动作描写再一次暗示玛丽娅对岛上生活的不舍,待她将另一只脚提起来,则有某种被迫和胁从的意味。)

她在斯皮纳龙格上的生活结束了。

吉奥吉斯解开他的旧帆船,把它推离岸边。然后,以他这种年纪难得的机敏,跳上船,掉转船头。不久,船离开小岛,朝着大陆驶去。他的乘客迎向前方。他们看着船首那尖尖一点,像一支箭,朝目标飞驶而去。(人逢喜事精神爽,连船都变得轻快起来。)吉奥吉斯没有浪费时间。他还能清楚地看到斯皮纳龙格。黑黑窗户的形状对着他,像空洞无光的眼睛,它们难以忍受的空虚让他想起了那些麻风病人,他们结束了被失明折磨的日子。(把黑黑的窗比作空洞的眼睛,是明喻;窗户忍受空虚是拟人;以失明喻麻风病人与世隔绝,是暗喻。一句话里包含三种修辞手法,生动、形象、深刻。)吉奥吉斯突然想起了伊莲妮,就像他最后一次见她时的样子,站在码头上;那一刻他是那么怀念伊莲妮,连女儿在他身边带来的快乐也全忘了。(吉奥吉斯之所以想起逝去的妻子,既说明他们情深似海,也是在告慰死者。他当然不会忘掉女儿归来的快乐,这里只是在反衬他对亡妻的爱。)

写作提示:

不知你注意没有,选文计有一丁多字,但真正起架构作用的,只有三句话,它们均是独句成段。第一句是,拉帕基斯跟玛丽娅说:"来吧!""我想我们该走了。你父亲一定在等我们。"第二句是玛丽娅问父亲,"我们可以走了吗?"第三句是作者交代"她在斯皮纳龙格上的生活结束了"。这就是语言的力量,作者用如此简练的语句,便将整个事情的来龙去脉讲得一清二楚,从行文上来讲,有一种大开大阖、收放自如的效果,特别有张力。

对微妙心理变化的捕捉,也是作者的擅长之处。尤其是描写吉奥吉斯时,首先是急切地等待;等而未到,生起了少许的担忧;接着是惊慌,怕女儿无法离开而胡思乱想;待女儿出现并拥抱他时,则一声不吭,说明他悬着的心终于放下;驾船离开时,心里本是舒畅的,但由女儿的归来又让他想到了亡妻,不禁悲从中来。对玛丽娅的心理描写则主要是围绕她对岛上生活的不舍展开。其实父女二人的心理可以说是一纵一横、经纬交织,父亲是纵向的,是纬;女儿是横向的,是经,二者共同演绎了一场心灵的纠结和蜕变。

还有一点须注意,作者在刻画人物心理时,并非就心理写心理,而是用"曲笔",即通过对动作、神态、细节、景物的描写,让人物的心理变化自然、生动地呈现,堪称高妙。

第二十九课 约翰·伯恩与《穿条纹衣服的男孩》
人性的跨越

这本书和它的作者：

　　这本书被称为"给成年人阅读的童话"。不难理解，它虽然是儿童小说，但对成年人仍旧具有不可抵挡的魅力。二战、集中营、屠杀，这些都是老话题，但旧瓶子里装上新酒时，你就不能因为瓶子的旧而否认酒的新。当然，这新，是刺鼻的，甚至有些异味……究竟是何种感受，或能给你带来怎样的收获，读完全书，相信你会有一个全面的判断。

　　作者约翰·伯恩是个爱尔兰人，卡耐基勋章获得者。《穿条纹衣服的男孩》是他的第四部小说，也是他创作的第一部儿童小说。此前他还出版了《偷时间的贼》《骑手议会》等小说。2008年，由小说改编的同名电影上映，由著名导演马克·赫曼执导，拍得不错，但怎么说呢？电影再好，又怎能与原汁原味的小说媲美？

导读与分享：

　　就像所有的男孩儿一样，9岁的布鲁诺天生爱冒险，可当他、母亲和姐姐随刚刚被"炎首"(即希特勒,因德文发音相近,布鲁诺错将"元首"理解为"炎首")拔擢为司令官的父亲从柏林搬到新家的时候,他原来的生活消失了,随之而来的是空旷、沉闷和难挨的孤寂。最致命的是,在这个叫"一起出去"的地方,他竟找不到一个朋友。不过,布鲁诺很快有了一个新的发现,从他卧室的窗户向远处望去,是一道无限延伸的铁丝网、许多低矮的小屋,两三个高耸的烟囱,还有成百上千的大人和小孩。而且奇怪的是,所有人都穿着一模一样的衣服——一身条纹睡衣和一顶条纹帽子。他们是谁?他们在那里做什么?……几个月之后,布鲁诺便带着心中的疑问开始了他的探险之旅,直到他和铁丝网那边的小伙伴被驱赶进"毒气浴室"时,他都以为这只不过是一次探险,很快就可以回家了。

约翰·伯恩的叙述是平静的,他尽量在以一个孩子的视角,讲述发生的一切。所以,布鲁诺将"元首"误认为"炎首",将"奥斯维辛"误认为"一起出去"等等,就不再是什么滑稽的事,而正因了这份童真,才让我们更清晰地看到了那段历史在孩子面前呈现的别样情状。一个是集中营指挥官的儿子,一个是集中营里的犹太男孩,他们本不该相遇,可偏偏鬼使神差一般,他们相遇了,尽管每次他们只能隔着高高的铁丝网聊天,但对于两个只有九岁、对"屠杀"几乎一无所知的孩子来说,友谊就是他们的全部。他们丝毫没有意识到铁丝网的两边,竟是不同的世界,这边是刽子手的天堂,那边却是被迫害者的地狱。两颗纯真善良的童心,就这样轻易地撕裂了这道罪恶之网。所以,当小说的结尾,布鲁诺为了帮助希姆尔找爸爸,也是为了能够完成他的"终极探险",而从一处并未固定好的铁丝网底部钻过去的时候,就不仅仅是身份和种族的跨越,更是人性的跨越。这一出于人性本能的最自然的举动,清晰地表明:罪恶,无论被冠以多么冠冕堂皇的理由,它始终就是罪恶,是与人性,与人类的良知背道相驰的,尤其是在澄澈的童心面前,它虚伪残忍、灭绝人性的本质更是尽显无疑。

当然,约翰·伯恩不仅仅是想告诉我们这些,在布罗诺的探险之外,似乎还潜隐着另一条探险之路,即,人们是怎样一步步走向罪恶的?为什么在某些情况下人性会被罪恶所俘虏?这听上去是个难解的问题,但在小说中,还是给了我们某些方面的喻示。这主要体现在对布鲁诺的父亲、姐姐和年轻军官科特勒中尉的描述中。

布鲁诺的父亲非常爱他的家人,以至于在儿子眼里,他是一个伟大的父亲,但是当布鲁诺问到那些在铁丝网里的人是什么人时,父亲却不容置疑地回答说:"他们根本就不是人。"(此外,作为集中营的指挥官,他还杀害了无数犹太人,这一点在小说中没有明说,但可以推测出来。)而布鲁诺的姐姐,虽然身上还存有些许善良的基因,但在思想上更像一个已被纳粹思想洗脑的"无可救药的孩子",要知道,她仅比布鲁诺大三岁。科特勒中尉呢,一方面表现出对"炎首"和祖国极其忠诚,一方面又对犹太老人帕维尔厉声恶语、拳打脚踢,可是在当司令官对他父亲离开德国的原因表示出怀疑时,他又极力地为父亲辩护和掩饰。

在他们身上,人性和罪恶交织前行。看来,并不是罪恶本身的力量有多强大,而是罪恶在一种制度性保护下,以集体无意识的方式渗透进了每个人的血液中。我甚至怀疑,如果布鲁诺在这样的环境中多待两天,他会不会也和其他人一样。当年德国人对纳粹的狂热不也是这样吗?更遑论日本!

不过,小说毕竟是小说,它并不能事无巨细地反映生活的所有,若要真正读懂它,我是说这部小说,你还必须对二战、纳粹、法西斯、犹太人大屠杀及奥斯维辛集中营有个大概的了解,因为"它属于所有能够理解那段历史的人"。

节选批读:

(布鲁诺穿着希姆尔给他弄来的条纹衣帽,钻过铁丝网,在营地里帮希姆尔找爸爸,但他们找了很长时间,都没有任何线索,此时,天开始黑了,好像要下雨。——笔者注)

"我想现在我得回家了,"布鲁诺说,"你可以陪我走到铁丝网那边去吗?"

希姆尔张嘴想回答,但正在这个时候,一声哨响、十个士兵——布鲁诺以前看见过很多士兵聚集在那个地方,但是这次士兵的数量比他以前见过的都多(士兵为什么会多起来呢?恐有不测?)——包围了集中营里的一个区域,布鲁诺和希姆尔正好站在这个区域里。

"发生什么事了?"布鲁诺轻声问,"怎么了?"

"这种事情时有发生,"希姆尔说,"他们会让人们列队前进。"

"列队前进!"布鲁诺很生气,"我不能列队前进。我得准时回家吃晚饭,今晚做了牛肉呢。"(毕竟是孩子,他们还没有发现危险即将来临。)

"嘘。"希姆尔说,手指放在嘴唇上,"什么也别说,不然他们会生气的。"

布鲁诺皱起眉头,但是看到这个区域里的人现在都聚在一起,他又感到放松了。他们绝大部分人是被士兵推着走到一起的,所以他和希姆尔就藏在这一大群人中间,看不到了。(埋下伏笔,因为他们是小孩,个子矮,还因为他们藏在人群之中,所以士兵是不会发现这里还有一个德国孩子的。)他不知道这些人为什么看起来那么害怕 毕竟,列队又不是一件多么可怕的事情——他想轻声告诉这些人,没事的,他的父亲是司令官。(是啊,这真是个绝大的讽刺,司令官的儿子在集中营里,却被他父亲的士兵当作犹太人驱赶向未知的地方,或是死亡之地?我的心都快提到嗓子眼了,但愿这只是一次"列队前进"吧。)

哨声再次想起,这次所有的人——大概有一百来人——开始一起列队前进,布鲁诺和希姆尔还被围在中间。后面好像出现了骚动,好像有的人不愿意前进,但是布鲁诺太小了,看不到究竟发生了什么事情,只能听到大声的嘈杂,像是枪声,但是他也不能辨认那到底是什么声音。(气氛越来越不对了,作者正在给紧张的空气层层加码。)

"这样列队前进的时间会很长吗?"他小声说,因为他现在开始觉得很饿了。

"我想不会。"希姆尔说,"那些列队前进过的人后来就再也没露过面了。但是我想应该不会很长。"(希姆尔这话是种暗示,有去无回的暗示。布鲁诺应该有所察觉吧?)

布鲁诺皱皱眉头。他抬头看看,这时又是一声巨响,这次是头顶的雷声,天立刻更暗了,几乎黑了,大雨倾盆而下,比早上的更猛烈。布鲁诺闭上眼睛,感觉到雨把他给浇透了。(作者这一笔真堪绝妙,用倾盆大雨来烘托紧张的气氛,再好不过。)当他再次睁开眼睛的时候,与其说是他的双脚在行进,还不如说是被人群推挤着向前走。他能感觉到的是全身包裹的泥土和已经湿透了并紧贴在皮肤上的条纹衣服。他真希望能够回到家里,从窗户里旁观这一切,而不是被包围在人群里亲身经历这一切。

"够了,"他对希姆尔说,"我这样会感冒的。我得回家了。"

正说着,他的脚已经把他带上了几级台阶,他继续往前走,感觉没有雨了,原来他们全被推进了一个长长的房间,里面惊人地温暖。而且这间屋子造得很严实,因为没有一点雨滴进来。其实应该说,这里简直就是完全密封的。(严实?没有一点雨滴?密封的?短短几句,简直让人不寒而栗。)

第二十九课 约翰·伯恩与《穿条纹衣服的男孩》/ 251

"嗯,现在好点了。"布鲁诺说,他为至少能少淋几分钟的雨而高兴,"我想我们可能要在这里等到雨停,然后我就可以回家了。"

希姆尔紧紧地贴着布鲁诺,惊恐地看着他。(希姆尔虽然也是孩子,但他经历的恐惧太多了,在这一点上,他与布鲁诺不同。)

"很抱歉,我们没能找到你的爸爸。"布鲁诺说。

"没关系。"希姆尔说。

"而且很抱歉,我们没能真正地在一起玩,但是等你来柏林的时候,我们就可以一起玩了。我会把你介绍给……哦,他们叫什么来着?"他问自己,并且为自己没能记住一生中最好的三个朋友的名字而感到沮丧,他们现在已经完全从他的记忆中退去了,他不再记得他们的名字,也不记得他们的模样。

"事实上,"他低头看着希姆尔,"无论我是否记得都没关系。他们不再是我最好的朋友了。"他低下头,做了一件不符合他性格的事情:他把希姆尔的小手握在自己的手里,紧紧地抓住。

"你是我最好的朋友,希姆尔。"他说,"我一生中最好的朋友。"(即便到这时候,布鲁诺还在惦记着他们的友谊,而不是其他,在一尘不染的童心面前,罪恶是多么不可饶恕啊!)

希姆尔应该张嘴回应了他,但是布鲁诺再也听不到了。因为这个时候,前面的门突然关上了,房间里所有的列队行进者都发出了大声的喘息声,而屋外则传来了刺耳的金属铃声。

　　布鲁诺扬起眉毛,对这一切都不甚理解,但是他想,这可能是为了防雨,以免让人们感冒。然后房间骤然变得黑暗起来。尽管接下来一片混乱,但是布鲁诺发现他还是紧紧地握着希姆尔的手,世界上没什么可以让他放开希姆尔的手。(还能说什么呢?人世间最美的东西悄然消逝了,我泣不成声……)

写作提示:

　　有关对比手法,大家应该再熟悉不过了,而且在日常写作中也会经常用到。但是,把对比当作一种纯粹的修辞手法用,以及把它当作贯穿全文乃至整篇小说的艺术文体来用,却是两码事。由对选段(这篇小说亦是如此)的分析,我们可惊讶地发现:对比作为一个艺术统一体和小说主题竟能如此完美地结合,且对比的双方并不是在一个层面上,而是分属两个不同的小说要素,即人物和环境。

　　人物是布鲁诺和希姆尔,两个同年同月同日生的9岁男孩,环境是奥斯维辛集中营的士兵即将把包括他们在内的一百来号犹太人驱赶进毒气"浴室",然后实施屠杀。在死亡即将来临的如此紧张窒息的恐怖环境中,作者却巧妙地将布鲁诺和希姆尔的对话穿插其间,让人物和环境完全呈现出两张皮。环境随时间的推移,越压抑,越紧迫,人物的对话则越轻松,越真挚。由此凸显出人物本身的单纯和天真。美因为丑而显得更美,丑因为美而变得更丑。在这种极端的看似没有交叉的对比中,让人性和罪恶做了一次针锋相对的较量,最终在美的毁灭中,跨越一切的美丽的人性和友谊,让布鲁诺和希姆尔的两只小手紧紧握在一起。

不过,选段只是小说的结尾部分,你虽能窥见一斑,但未必就见了全貌。如果你读完全书,或者会有新的发现,或者还会发现,我说的,也只是一家之言喽。

第三十课 马克斯·苏萨克与《偷书贼》
文字的羔羊

与《偷书贼》有关的:

作者是马克斯·苏萨克,一个澳大利亚人,他长得很帅,一副大男孩儿的模样。父母分别是德国和奥地利后裔,小时候他常听父母讲二战时德国的故事,其中有个故事一直留在他的心中,那是一个有关人性在同一时刻,既显现出它的伟大,又暴露出它的残酷的故事。后来,苏萨克把它写成了一本书,就是这本《偷书贼》。

苏萨克还写过其他书,比如《书家》《与鲁本·乌尔夫战斗》《得到那女孩》《传信人》等。30岁时,他就成为当代澳大利亚文学界获奖最多、著作最丰、读者群最大的作家。

《偷书贼》问世后,获得了很多荣誉,在中国也掀起了人们争相"偷书"的热潮,不过你最好还是去书店买,因为"能让人决定重生的,只有书。这个故事能够改变你的生命"。

《纽约时报》的评语一点也不夸张。

导读与分享：

题目和内容不相关的。合上这本书，我不由得感叹，且愤愤不平起来，就像孔乙己偷了何家的书，极力辩解道："窃书不能算偷……窃书！……读书人的事，能算偷吗？""偷"是贬义，可明明是书改变了莉赛尔，改变了战火下人们灵魂的颜色，让他们变得温暖、柔和起来，为什么要叫她"偷书贼"呢？

事情经不住反过来想，有时候，越是凌厉的字眼，越是一副傲慢的、不可一世的姿态，更撞击我们的心房，继而才默默地将它回味咀嚼。我承认，正是在这咀嚼的过程中，莉赛尔和她"偷"来的书，才一并将我打晕。当然，莉赛尔不是刻意的，她小小的脑袋装不下过多世故的想法，当她朗读书中的文字给蜷缩在养父地下室的犹太人听，给被空袭的炮火驱赶进防空洞的街坊邻居听时，在她眼里，日耳曼人、犹太人、雅利安人，乃至其他族类，并没有分别，他们都是——人，他们都能听懂书中的故事，那 个个给他们颤抖的心灵以平静和安详的故事。就像莉赛尔每晚入睡前，养父总要给她朗诵讲解《掘墓人手册》一样，莉赛尔用偷来的书、偷来的文字，让人们甘愿俯首做"文字的羔羊"。

死神说："人哪！人性萦绕我的心头不去！人性怎能同时如此光明，又如此邪恶！"这是一个老话题，对立有对立的好处，没有对立面的丑恶和肮脏，人们就不知道什么是善良和纯净。没有泪水，怎么会有欢笑？没有苦难，怎么能体会苦难中不泯的人性的光明？莉赛尔在战乱中成长，纳粹德国容不下她的亲人，也容不下她,但国家究竟是一个有限的存在,人类与生俱来的善良才是收养她灵魂的栖所,拉手风琴的汉斯·休伯曼,喊她"小母猪"的罗莎,想亲吻她一下的鲁迪……甚至是收走人们灵魂的死神(小说的第三人称叙述者,也是参与到这个故事里的人),他们性情各异,底色却是一样的,他们成就了"偷书贼"的人生,也成就了我们,这些浸到文字里与其融为一体的读者。

《掘墓人手册》是莉赛尔偷来的第一本书,在母亲将她和弟弟送往寄养家庭的路上,弟弟死了,冷清的葬礼上,一本黑色封皮的书从那个马虎的年轻掘墓人的外衣口袋里滑落下来。他在焦急寻找的当口,并不知道这本书可以影响一个小女孩儿的一生,乃至汉密尔街上所有人的世界,至少,它是他们重新认识生活的起点。尽管,生命总要消失,生活还得继续。

那就重新再读一遍吧!有的书,读一次,都是浪费时间;有的书,读一次,却是对它的不敬和亵渎。

这真的是一个小故事而已,主要是关于:一个小女孩,几页文字,一个拉手风琴的人,一些狂热的德国人,一个犹太拳击手,以及,许多起偷窃事件。

节选批读:

(莉赛尔刚来到养父母家。——笔者注)

毫无疑问,开头的几个月是最难熬的。每天晚上,莉赛尔都会做噩梦。梦见她弟弟的脸,(她弟弟在一起和她去慕尼黑的路上得病死了,对于一个9岁的小女孩儿,她需要承受的苦难才刚刚开始。)梦见弟弟的双眼盯着火车车厢的地板。(定是无望的眼神。)

她在床上醒来时感到阵阵眩晕,然后大声尖叫起来,仿佛要淹死在那堆床单里了。房间的另一边,为弟弟准备的那张床在黑暗中像一艘漂浮的小船。等她恢复意识后,那小船慢慢地沉下去,似乎沉入地板下面去了。这个幻觉没什么可怕的,但是在她停止尖叫前,它一直不会消失。(此刻,她的眼里只有弟弟,和弟弟死去带来的恐惧,弟弟的床还在,但她看到的是小船,漂浮在黑暗中。比喻的力量是惊人的,一下子揪住了我们的心。)

或许,噩梦给她带来的唯一好处是,她的新爸爸,汉斯·休伯曼会走进来安慰她、爱抚她。

他每晚都会过来,坐在她身旁。开头的几次,他只是和她待在一起——他是帮助她排遣孤独的陌生人。过了几晚,他开始对她耳语:"嘘,我在这儿呢,别怕。"三周后,他开始搂着她,哄她入睡了。莉赛尔逐渐信赖他,主要是由于那股男性的温柔带来的神奇力量,还有他的存在。女孩开始确信她半夜尖叫时,他一定会来,而且会一直守护自己。(信赖感的产生,哪会一蹴而就?父亲的每一次安慰和爱抚,都会慢慢沁入这个孤独小女孩儿的内心,开头、过了几晚、三周后,作者对女孩儿的心思描述得怎么那么细腻?)

字典中找不到的词条

　　守护：一种出于信任和爱的行为，通常只有孩子才能辨别真伪。（回想一下自己小时候，真是似曾相识。）

　　汉斯·休伯曼睡眼惺忪地坐在床头。莉赛尔把头埋在他袖子里哭泣，好像连他都要一块儿吸进去似的。（在最无助的时候，哪怕是一点点慰藉，都能拯救她。）每天深夜两点后，他身上那淡淡的烟草味、浓烈的油漆味，还有男人的体味，伴着她进入梦乡。黎明到来的时候，他总是蜷着身子在离她不远的椅子上睡着了。他从来不睡另外那张床。莉赛尔爬下床，小心翼翼地亲亲他的脸颊，他就会微笑着醒来。（多么温馨的场面，想想莉赛尔小小的身子，挪动到养父的身旁时，就想笑，既有点滑稽，又感到暖意融融。）

　　有时候，爸爸要她回到床上等一会儿，他会拿着手风琴回来，给她演奏音乐。莉赛尔坐在床上跟着音乐哼唱，冰凉的脚指头兴奋地紧紧缩在一起。从前可没有人给她演奏过音乐。看着他脸上的皱纹，还有他眼中的柔光，她会咧着嘴傻笑——直到从厨房里传来咒骂声。（音乐，真是人类伟大的创造，我们在音乐中感受世界的美好，不过这种美好在破折号到来时，戛然而止了。）

　　"蠢猪，别瞎弹了！"

爸爸还敢再拉上一阵儿。

他会对小姑娘眨眨眼,她也笨拙地冲他眨眨眼。(父女之间心领神会呢,这一点妈妈可体会不到,但妈妈除了嗓门粗一点、话脏一点,还有其他毛病吗?不急,读下去就会明白的。)有时,为了给妈妈火上浇油,他会把琴带进厨房,在大家吃早饭时拉个没完。(呵,这个爸爸看来并不怕妈妈,而且还要搞一些恶作剧,专门气妈妈。)

爸爸吃了一半的面包和果酱丢在盘子里,上面还残留着牙印儿。音乐仿佛钻进了莉赛尔的心里,我知道这样说有点奇怪,但她的确觉得爸爸的手好像是在乳白色的琴键上漫步似的,他的左手按着键钮(她尤其喜欢看他弹那个乳白色的闪闪发光的键钮——C大调键)。他拉动着风箱,空气在土灰色的风箱里进进出出。手风琴那黑色的外壳虽然已有了划痕,但晃动时依然闪闪发亮。此时的厨房里,爸爸让手风琴活了起来。我猜你只要仔细想想就能明白我的意思。

你怎么判断一个东西是不是活着呢?

当然得检查它是不是能呼吸了。(在爸爸的手里,手风琴是活着呢,它有呼吸,它能弹奏出让莉赛尔心醉的乐曲,我敢保证,这时候,莉赛尔已经把手风琴琴键上飘散出来的音符当作整个世界了。)

……

(养父死于盟军的轰炸。——笔者注)

有一件事我能向你发誓,因为它是我许多年以后才看到的——偷书贼眼里看到的幻觉——她跪在汉斯·休伯曼身旁,看到他站立起来,拉起了手风琴。他站起来把琴放在被炸毁的房顶上。他的眼睛里闪着银光,嘴里漫不经心地叼着一支香烟。他甚至弹错了一个音,然后又笑着悄悄地掩盖了错误。手风琴的风箱吸着气,这个高个子为莉赛尔·梅明格最后弹奏了一曲,此时,天空里这锅恶心的炖菜被慢慢从炉子上端走了。(爸爸没有死,你看他还站起来,拉手风琴呢。莉赛尔处于幻觉中,我也仿佛进入了幻觉,这样的死亡是多么残忍,他们本可以平静地度过一生,莉赛尔的爱,在这一刻,爆发了,像汩汩的河流奔涌向无边的天际。)

接着弹,爸爸。爸爸停了下来。手风琴落在地上,那双银色的眼睛慢慢被锈蚀了,最后只剩下一具躯体躺在地上。莉赛尔抱起他,紧紧拥抱着他。她的泪水浸湿了汉斯·休伯曼的肩头。(你知道吗?有一种爱,不需要言语。)

要读,还要写:

选文是两段,一段在小说的开头,一段在小说的末尾,但它们是相关联的。能够将它们联系起来的是手风琴,当然,你也可以说是父女对彼此的爱,这种朴素的感情,我们都有,可是我们有时候并不在意。当你决定把人最基本也是最深厚的感情写出来时,说明你开始成熟了,意识到了爱就在你的身边。那么为什么不拿起笔,也试着写一段呢?先不要管,怎么用词,怎么安排,把发自内心的声音形诸文字就可以。这是其一。

其二是什么呢?是你写出来后,读一读,哪些地方可以表达得更恰当,更真挚一些。用什么样的词句,用什么样的修辞手法,用什么样的描写方法,等等。这都是选段中出现的,需要一一指出来吗?我想那就有些多余了,相信你能自己找出来,自己去慢慢体会、慢慢消化。

还要说其三,读。书不去读,不是带着真诚的敬畏之心去读,就永远学不会写作。技巧是潜移默化的事,单纯去照搬技巧,学些花哨的写作方法,会令你失望的。在这一点上,偷书贼就给我们做了一个很好的榜样,你说呢?